신神의 아들 3

신(神)의 아들 3

초판1쇄 인쇄 | 2020년 6월 24일
초판1쇄 발행 | 2020년 6월 30일

지은이 | 이원호
펴낸이 | 박연
펴낸곳 | 한결미디어

등록 | 2006년 7월 24일(제313-2006-000152호)
주소 | 서울시 마포구 모래내로 83 한올빌딩 6층
전화 | 02-704-3331
팩스 | 02-704-3360
이메일 | okpk@hanmail.net

ISBN 979-11-5916-135-3 979-11-5916-132-2(set) 04810

신神 의

이원호 지음

3
대한연방

아 들

한결미디어
HANGYEOL MEDIA

차례

1장
한·중 전쟁

일본 관방장관 나가노가 남북연방의 외교부를 통해 아베 총리의 방한을 타진했다. 남북연방의 '성립'을 축하하며 임홍원, 김정은 양측 지도자가 서울에 함께 있을 때 방문하고 싶다는 것이다. 임홍원과 김동호가 같이 있을 때 비서실장이 보고를 했기 때문에 둘은 함께 들었다. 먼저 입을 연 사람은 김동호다.

"만나십시다, 대통령님."

이곳은 청와대의 대통령 집무실, 안에는 임홍원과 김동호, 장진영과 최용해, 그리고 비서실장 정인규까지 다섯이 모여 있다. 남북의 최고위층 넷이 다 모여 있는 것이다. 김동호가 말하자 임홍원은 곧 고개를 끄덕였다.

"그러시지요."

임홍원의 얼굴에 웃음이 떠올라 있다.

"우리가 핵을 가져오니까 아베 씨가 급한 것 같습니다."

"그래도 중국보다 낫지요."

쓴웃음을 지은 김동호가 말을 이었다.

"중국은 핵을 빼어가려다가 간발의 차이로 놓친 것 아닙니까?"

"하, 그것 참."

금방 정색한 임홍원이 김동호를 보았다.

"의주 북쪽의 중국군이 진짜 내려오려고 했을까요? 난 도무지 믿기지가 않아서."

"지금도 안심할 수 없습니다."

고개를 저은 김동호가 말을 이었다.

"북조선과 중국은 동맹관계란 말입니다. 지금 북조선은 북남연방이 되어 있지만 중국 입장에서 보면 아직 북조선과의 동맹은 깨지지 않았습니다."

"……"

"중국군이 남침할 가능성이 있단 말입니다. 이런 때 아베 수상이 오는 건 환영할 일이지요."

"서둘러야겠군."

임홍원이 고개를 돌려 정인규를 보았다.

"외교부 장관한테 연락해서 언제라도 좋다고 해."

최종래의 얼굴에 웃음이 떠올랐다. 이곳은 다시 서울, 역삼동의 커피숍 안, 오후 2시, 지금 최종래는 벽에 붙은 TV를 보고 있다. 일본 총리 아베가 내일 한국을 방문한다는 뉴스가 나오고 있다. 최종래의 두 눈이 번들거렸다. 이제 는 아시아 대륙의 중심이 한국으로 옮겨온 것이다. 남북연방이 되더니 순식 간에 코리아의 비중이 전(前)보다 몇십, 몇백 배 커졌다. 반대로 중국, 일본, 미 국이 갑자기 한국과 비교해서 가벼워진 것 같다. 그것은 악마인 최종래만 느 끼는 분위기가 아닐 것이다. 북한까지 따라갔다가 앞에 앉은 박기철도 마찬 가지인 것 같다.

"아베가 오네."

혼잣소리처럼 말한 박기철이 최종래를 보았다.

"급한 모양이네요."

"핵 때문이지."

"중국이 북한 핵을 탈취하려고 중국군을 보내기 직전에 핵을 옮겼다면서요?"

최종래가 숨만 쉬었다. 박기철에게 내막을 말해주지 않았던 것이다. 이번 북한행은 신의 아들놈에게 완패를 당한 셈이다. 그리고 빈손으로 돌아왔다. 이윽고 최종래가 천천히 고개를 끄덕였다.

"일하기가 좋아지는군."

한국이 세계의 중심이 된다면 더 좋다.

"군 동향은 어때?"

김동호가 고개를 돌려 김영철에게 물었다. 오후 2시 반, 광화문의 북한청사 안, 김동호가 최용해, 김영철, 최선희 등 고위 각료들과 함께 회의를 하는 중이다. 그때 김영철이 김동호를 보았다.

"이상 없습니다."

시선이 마주친 순간이다. 김동호의 머릿속에 김영철과 사문경이 만나는 장면이 주르르 떴다. 김동호의 시선을 받은 김영철이 마침내 눈을 껌벅였다. 그러더니 말을 잇는다.

"모두 지도자 동지의 위대하신 결단에 복종하고 있습니다."

김동호가 김영철에게 시선을 준 채 머리를 끄덕였다. 타심통(他心通), 누가 나를 배신할 수 있단 말이냐?

그날 밤, 김정은을 재워놓고 다시 김동호 본인의 몸으로 돌아간 김동호가 서수민의 오피스텔로 찾아갔다. 기다리고 있던 서수민이 이제는 웃음 띤 얼굴로 김동호를 맞는다. 웃음 띤 얼굴이 물을 흠뻑 먹은 꽃 같다. 싱싱하고 활기까지 느껴진다. 밤 11시, 이제는 김동호가 어깨에 잠깐 손을 얹었더니 서수민이 품에 안겨 왔다. 그래서 둘은 방 복판에 껴안고 서 있는 자세가 되었다.

"의주에 가서 고생했어."

서수민의 귀에 대고 말했더니 간지러운 듯 목을 움츠렸다.

"이젠 변신에 익숙해졌어요."

"그래서 안심이 된다."

서수민의 허리를 당겨 안은 김동호가 말을 이었다.

"악마가 의주에서는 우리한테 당했지만 가만있을 놈이 아냐."

"그놈이 왜 한국에서만 왔다 갔다 하는 거죠? 한국이 무슨 죄를 지었다고."

"그래서 내가 내 왔는지도 몰라."

김동호가 서수민의 숨결이 더워지는 것을 느끼고는 볼을 더 붙였다.

"창조자께서 그렇게 균형을 맞춰 주시는 것 같다."

그러나 둘 다 없어지는 것이 더 낫지 않겠는가? 김동호가 말을 이었다.

"네가 당분간은 날 도와줘야겠어."

"그럴게요."

"내 옆에서 말야."

"지금처럼요?"

"아니."

서수민과 함께 침대로 다가가면서 김동호가 말을 이었다.

"너도 변신하고 내 옆에 있어야겠다."

그러려면 먼저 김동호가 지금 누구로 변신하고 있는지도 말해줘야겠지.

아베가 왔다. 딱 15일 전만 해도 아베는 한국을 다시는 안 볼 것처럼 상대했다. 국제회의에서 임홍원을 만났을 때도 대놓고 외면했다. 그래서 해외 언론들까지 떠들썩했는데 임홍원이 당하는 편이었다. 그 원인이 물론 김정은 때문이다. 김정은이 마치 복날에 개 패듯이 임홍원을 무시하고 미사일을 쏴댔기 때문이다. 거기에 제대로 대응하지 못한 임홍원을 트럼프하고 짜고 괴롭혔다고 할까? 아베와 아소 다로 부총리, 나가노 관방장관까지 일본의 3대 거물이 다 온 것이다.

이곳은 성남공항, 일본 수상 전용기가 도착하고 아베가 전용기 트랩을 내려온다. 뒤에 아소, 나가노가 따르고, 트랩 밑에서는 한국 대통령 임홍원과 북한 지도자 김동호, 아니 김정은이 기다리고 있다. 그것을 본 아베의 눈이 번들거렸다. 둘이 영접 나왔다는 말은 들었지만 막상 보고 나니까 감격해버린 것이다. 한국의 남북한 지도자가 공항에 나온 것이다, 36년 식민지 지배를 했는데도! 우리가 임진왜란을 일으켰는데도! 한국의 두 지도자가 영접 나왔다.

"고맙습니다."

트랩을 내려온 아베가 임홍원의 손을 잡고 먼저 말했다. 눈이 촉촉하게 젖어 있다.

"어서 오십시오, 수상 각하."

임홍원의 자세가 15일 전보다 15배는 무게가 있는 것처럼 느껴졌다.

"반갑습니다."

다음에는 김동호가 먼저 손을 내밀면서 말했다. 체중 105킬로, 또 5킬로가 줄어든 날씬한 몸매, 미남. 아베가 김동호의 손을 두 손으로 쥐었다.

"위원장 각하, 진짜 반갑습니다."

아베의 목소리가 떨렸다. 하늘이 엄청 맑다.

연단에 선 아베가 똑바로 이쪽을 보았다. TV 화면 전체에 아베의 얼굴이 비친 것이다. 이곳은 서울역 대합실 안, 대형 TV에 아베의 얼굴이 다 드러나 있다. 앞에 모인 여행객들은 수백 명, 오가던 여행자들이 점점 더 모여들고 있다. 아베의 뒤쪽으로 타고 온 비행기가 보인다. 그때 아베가 입을 열었다.

"친애하는 한국 국민 여러분, 남북연방의 성립을 일본 국민을 대표해서 진심으로 축하하는 바입니다."

아베가 말을 이었다.

"이제 저는 지금까지 가슴속에 묻어두었던 말씀을 한국 국민께 드립니다."

서울역 안이 조용해졌고 안내 방송도 뚝 끊겼다. 그때 아베의 목소리가 이어졌다.

"남북연방 국민 여러분, 지난 역사에서 일본은 여러 번 한국에 잘못을 저질렀습니다. 임진왜란에서부터 한일 합방, 일본의 식민지 시절에 대한 수백 가지의 잘못을 이 자리를 빌려 진심으로 사과합니다. 잘못했습니다."

말을 마친 아베가 연단에서 비켜서더니 허리를 90도로 꺾어 절을 했다.

TV를 지켜보던 시민들 사이에서 잠깐 정적이 덮였다. 대부분의 눈동자가 흐려져 있다. 서울역 로비 안, TV 주위에 둘러선 남녀노소, 정적, 그때 어디선가 박수 소리가 들렸다.

"투덕, 투덕."

다시 이쪽저쪽에서 박수 소리.

"투덕, 투덕, 투덕, 투덕."

이제는 10여 명으로 늘어났다. 그 박수 소리는 점점 더 늘어났지만 외침은 없다. 모두 가슴이 이어졌기 때문일까?

서울로 돌아오는 차 안, 임홍원이 아베 수상과 함께 주빈용 차에 탔고 그 뒤에 김동호가 최선희와 함께 탄 차가 따른다. 김정은, 아니 김동호가 임홍원에게 주빈 자리를 양보한 것이다. 전(前)의 김정은과는 전혀 다른 양보와 겸손의 화신이 되어 있다. 승용차 뒷좌석에는 김동호와 최선희가 나란히 앉아 있다. 앞쪽 좌석과 칸막이가 쳐져 있어서 이곳은 밀폐된 공간이나 같다. 창밖을 바라보던 최선희가 김동호에게 물었다.

"저는 언제까지 최선희가 되어 있어야 하죠?"

세상에, 최선희가 바로 서수민인 것이다. 김동호가 내 옆에 있어줘야겠다고 한 말뜻이 바로 이것이다. 김동호가 대답했다.

"지금이 남북연방의 기초를 닦아야 하는 중요한 시기야. 악마는 내가 변신하고 북한 최고위층에 들어와 있다는 것을 알고 있어."

고개만 끄덕인 최선희에게 김동호가 말을 이었다.

"더구나 중국군이 북한으로 진입해서 중국 괴뢰 정권을 세우려고 한다. 그 정권의 수뇌로 김영철이 정해졌어."

김동호가 사문경과 김영철이 만난 이야기를 해주었더니 최선희는 숨을 들이켰다.

"중국이 급해졌군요."

"절박해진 거지. 동북아의 주도권은 이제 남북연방이 쥐게 되었으니까."

김동호의 시선이 앞쪽을 스치고 지나갔다. 앞쪽 차에 타고 있는 아베를 가리킨 시늉이다.

"아베가 급하게 날아온 이유도 그것 때문이지."

"하지만 사과는 진정성이 배어 있었습니다. 저도 감동했어요."

"그래, 맞아."

고개를 끄덕인 김동호가 말을 이었다.

"우리가 당당하게 사과를 받아들일 위치에 있기 때문이기도 해. 남북으로 분단되어서 형편없이 국력이 추락된 남과 북한테는 사과할 마음이 있었어도 하지 못했을 테니까."

이해가 되었기 때문에 최선희가 고개를 끄덕였다.

"다 우리 때문이기도 하죠."

임홍원, 김동호, 아베가 각각 총리 격인 장진영, 최용해, 아소 다로, 그리고 외교장관인 박상호, 최선희, 나가노까지만 대동하고 둘러앉았다. 이른바 9인(人) 회의, 그러나 남북연방이어서 이쪽은 6인, 일본은 3인이 되겠다. 셋씩 앉은 책상과 의자가 근사하게 원을 만들어 배치되었다. 이곳은 청와대 대회의장, 비밀회담이어서 불러야 보좌관, 담당자들이 들어온다. 밖의 대기실에는 3국의 해당 인원이 1백 명도 넘게 대기하고 있다. 언론사들은 철저히 통제되어서 아래층에 대기 중, 그때 먼저 아베가 입을 열었다.

"트럼프 대통령하고도 상의를 한 일입니다."

아베의 시선이 임홍원과 김동호를 스치고 지나갔다.

"지금 남북연방으로 되어 있지만 아직 북한은 중국과, 한국은 미국과의 군사동맹이 되어 있는 상황입니다. 하지만 남북연방은 미국, 중국 양국과 군사동맹 상태를 유지할 수는 없지 않겠습니까?"

"그렇지요."

먼저 임홍원이 대답하고는 쓴웃음을 지었다.

"그래서 이제는 미국이 군사정보를 협조해주지 않습니다. 정보가 중국으로 흘러 들어갈 것이라고 믿으니까요."

그러자 김동호가 말을 이었다.

"우리 북조선도 마찬가지죠. 정보 협조가 끝난 지 오래되었습니다."

"우리 일본하고 남한은 정보 협정이 되어 있는데요, 그것도 문제가 있겠지요?"

아베가 묻자 임홍원과 김동호가 동시에 고개를 끄덕였다. 세 정상의 얼굴에 웃음이 떠올라 있다. 그때 김동호가 말했다.

"중국이 조만간 국경에 배치된 군대를 북조선으로 보낼 것입니다. 동맹국을 보호한다는 명분으로 위협을 제거하려는 것이지요."

임홍원과 아베가 고개를 끄덕였다. 임홍원은 김동호가 직접 말해서, 아베는 정보 보고를 다 들은 것이다. 간발의 차이로 44방사포 부대에 배치된 핵을 빼앗지 못한 것도 다 알고 있다. 김동호가 말을 이었다.

"지금 이 상황에서 중국군이 남침하면 북한군은 무너집니다. 지금 조·중 국경 지역은 빈 것이나 마찬가지거든요."

"제가 그래서 온 것입니다."

책상에 몸을 붙인 아베가 임홍원과 김동호를 번갈아 보았다.

"중국군은 38선 이남으로는 내려오지 않겠지요. 중국군이 단숨에 북한을 석권하면 북한은 중국의 조선성이 될 것입니다."

방 안에 잠깐 무거운 정적이 덮였다. 모두 알고 있는 사실이다. 임홍원과 김동호도 이미 아베의 우려를 예상하고 있었던 것이다. 그때 아베가 다시 입을 열었다.

"그러면 조선성은 중국의 핵을 가진 더 큰 위협이 됩니다. 그리고 서해와 동해를 중국 해군이 장악하게 되겠지요."

그렇게 되면 일본에는 전의 북한 시절보다 더 큰 위협이 되는 것이다. 그때 김동호가 임홍원을 쳐다보았다. 발언을 하라는 표시였기 때문에 방 안의 모든 시선이 모였다. 벽시계가 오후 3시 35분을 가리키고 있다. 그때 임홍원이 말했다.

"남북연방과 일본의 군사동맹을 제의합니다, 어떻습니까?"

뉴스 속보, 이곳은 주한 중국 대사관의 대사 집무실 안. 대사 황문이 부대사 곽기천과 함께 TV를 보고 있다. 둘 다 북한 주재 평양대사관에서 5, 6년간씩 근무한 경험이 있었기 때문에 한국어에 정통하다. TV 화면에 '뉴스 속보'가 뜬 순간 둘은 말을 그치고 주시했다. 둘은 지금 아베와 임홍원, 김정은의 회담에 신경을 집중하고 있었던 상태, 황문이 손짓으로 음량 볼륨을 키우라고 지시하자 비서가 음량을 키웠다. 그 순간 청와대 안 대기실에서 기자가 열띤 목소리로 말했다.

"속보입니다. 방금 남북연방이 일본과 군사동맹을 체결했다는 청와대 대변인실의 서면 보도가 나왔습니다."

"엇!"

곽기천이 외마디 외침을 뱉었을 때 기자의 목소리가 더 높아졌다.

"곧 남북한 정상과 아베 총리가 동맹 발표를 할 것입니다. 이 동맹은 발표 즉시 발효하는 조건이라고 합니다."

"아니, 이건."

고개를 돌린 곽기천이 황문을 보았다.

"김정은이 주도한 것입니다. 눈치를 채고 일본을 끌어들인 것이지요."

"전화를!"

황문이 비서에게 소리쳤다.

"주석 동지 비서실로!"

그때 방문이 노크도 없이 열리더니 비서 하나가 핸드폰을 쥐고 달려왔다.

"당서기 동지입니다!"

외교부장 겸 당서기 왕우다. 호떡집 불났다.

"지금 당장 중국 정부의 입장을 발표하도록!"

왕우가 소리치듯 말했다.

"입장문을 보낼 테니까 발표해!"

"예, 비서 동지."

황문이 흐려진 눈으로 앞쪽을 보았다. 어떤 입장문이란 말인가?

중국 단둥 북방의 제10사단 사령부, 지난번 압록강을 건너려다가 만 10사단은 그 위치에 그대로 대기 중, 사령부 식당에서 저녁을 먹던 사단장 위세경이 다가오는 참모장을 보았다. 참모장 양소무는 군단 사령부에서 작전 지시를 받고 온 것이다.

"다녀왔습니다."

앞에 선 양소무가 보고한 순간 몸에 들어가 있던 최종래가 위세경에게로 옮겨갔다. 악마가 위세경이 된 것이다. 고개를 끄덕인 위세경에게 양소무가 진저리를 치고 나서 말을 이었다.

"별도 지시가 있을 때까지 대기하라는 명령입니다."

"알았어."

젓가락을 내려놓은 위세경이 고개를 끄덕였다. 위세경의 두 눈이 번들거리고 있다.

단둥으로 넘어간 최종래는 10사단장 위세경에게 접근하려고 먼저 경비초소장으로 변신한 후에 마침 사단으로 들어오는 참모장 양소무에게 옮겨갔다가 마침내 목적을 달성했다.

오후 8시 반, 위세경이 사령관 당직사령실로 들어서자 당직사령 오금동 대좌가 긴장했다. 위세경이 오금동에게 지시했다.

"전군 비상! 출동 준비!"

"옛! 출동 준비!"

먼저 사령부에 비상이 발동되었다. 숙소에서 참모들이 달려왔고 참모장 양소무도 달려왔다.

"각하, 출동 준비를 시키셨습니까?"

"그래."

어깨를 편 위세경이 양소무를 보았다.

"2연대, 3연대를 바로 남진시키기로 한다."

"각하."

"30분 후에 출동이다. 준비시키도록."

"각하, 군단의 지시는……."

"내가 받았어."

눈을 치켜뜬 위세경이 목소리를 낮췄다.

"극비다."

"옛, 각하."

극비 지시를 받았다는데 더 이상 말할 것이 없다. 양소무가 몸을 돌렸다. 출동 준비는 다 되어 있는 상황이다.

오후 9시 5분, 조선호텔 숙소에 있던 김동호에게 비서가 달려왔다. 손에 전화기를 쥐고 있었는데 얼굴이 하얗게 굳어졌다.

"지도자 동지, 중국군이 넘어왔습니다!"

김동호가 숨만 들이켰고 비서가 휴대폰을 건네주었다.

"최용해 총리의 전화입니다!"

김동호가 핸드폰을 귀에 붙였다. 일본과 남북연방의 군사동맹이 발표된 것이 4시간 전인 오후 5시다. 정식으로 세계 각국에 통고된 것이나 같다. 그런데 중국군이 북한을 침공하다니, 군사동맹 발표 직후에.

"여보세요."

"위원장 동지, 중국군 10사단이 9시 정각에 압록강을 넘어 남진하고 있습니다!"

최용해가 소리쳤다.

"현재 14경비대를 격파하고 남진하고 있는데 8군단에 비상을 걸었지만……."

"425기계화군단은?"

김동호가 소리쳐 물었다. 평안북도 국경 지역은 8군단이 맡고 있지만 후방 정규 군단인데도 이번 남북연방 성립으로 대부분의 병사가 이탈했다. 10년이 넘는 군 생활에 수용된 느낌이었던 병사들의 긴장이 풀렸기 때문이다. 그러나 정주에 본부를 둔 425기계화군단은 정예. 탱크와 장갑차, 기갑보병으로 무장된 정예군으로 이탈자도 적다. 그때 최용해가 소리쳤다.

"425군단장, 8군단장까지 연락이 안 됩니다!"

"뭐라고?"

"8군단장은 숙소에서 전화를 안 받고 425군단장은 부대로 복귀 중이라는데 전화가 안 됩니다!"

"……."

"중국군이 9시 정각에 넘어왔다니까 다시 보고 드리겠습니다."

조금 진정이 된 최용해가 목소리를 낮췄을 때 김동호가 말했다.

"3군단은 움직이고 있나?"

10사단 위쪽에는 3군단 소속의 4개 사단이 포진하고 있는 것이다. 그때 최용해가 말했다.

"아직 모릅니다. 곧 보고 드리겠습니다."

핸드폰을 비서에게 건네주면서 김동호가 말했다.

"최 부장을 불러와."

최선희가 방으로 들어섰을 때는 20분쯤 후다. 9시 30분, 그때는 TV에서 난리가 났다. 뉴스 속보가 이어졌고 전쟁 분위기가 되어서 나라가 다시 공황 상태가 되었다. 더구나 일본 수상 아베가 방한한 상태. 더더구나 군사동맹을 선언한 지 4시간도 안 되었을 때 한국을 침략하다니, 그야말로 말도 안 되는 대사건이다.

"중국의 의도가 남북연방의 해체입니다!"

KBC의 앵커가 자신 있게 말한다.

"중국은 남북연방과 일본과의 군사동맹을 깨뜨리려는 것입니다!"

MBS의 유명 앵커가 말했다. SBC의 아나운서는 열띤 목소리로 말했다.

"아직 중국 3군단은 움직이지 않았지만 10사단은 이미 정주에서 30킬로 전방까지 접근했습니다. 정주의 425기계화군단하고 마주치게 됩니다!"

그때는 본격적인 전쟁이다. 10사단은 40여 킬로를 무아지경으로 남하해 온 것이다.

"전쟁인가요?"

걱정스러운 표정으로 최선희가 물었을 때 김동호가 쓴웃음을 지었다. 방금 임홍원과 통화를 마친 후다.

"내가 지금 청와대 비상상황실로 가야 되니까 넌 내 대신 평양에 가줘야겠다."

"평양에요?"

"그래, 내 대신 평양에서 정리를 해, 내 대리인으로 너를 임명할 테니까."

"알겠습니다."

고개를 끄덕인 최선희가 김동호를 보았다. 시선이 마주치면서 김동호의 의지가 최선희로 변신한 서수민에게 옮겨졌다.

아베가 임홍원에게 말했다.

"위성정보를 다 드리지요. 지금 곧 정보가 전달될 것입니다."

"감사합니다."

"공군은 당장 동원할 수 있습니다."

"곧 말씀드리지요."

"방위성에 작전팀을 구성토록 지시했으니까 곧 남북연방군 참모부와 연결이 될 것입니다."

전화기를 귀에 붙인 임홍원의 눈에 물기가 고였다. 북한이 침략당했지만 이제 남의 일이 아닌 것이다. 전화기를 내려놓았을 때 상황실로 김정은이 들어섰다. 뒤로 북한의 고위층들이 따른다.

"어떻게 된 거야?"

국가주석 시진핑이 버럭 소리치자 군사위부주석 양창명이 고개를 들었다. 눈동자가 흔들리고 있다.

"3군단장 장환은 명령하지 않았습니다. 제가 직접 확인했습니다."

"동무, 그럼 10사단장 놈이 저 혼자서 치고 내려갔단 말이야?"

"예, 그런 것으로 확인되었습니다."

"확인? 직접 통화는 했어?"

"아닙니다, 전쟁 중이라……."

"전쟁 중? 누가 전쟁하라고 했는데?"

"그, 그것은……."

천안문의 당 청사 안, 이곳 시간은 9시 10분, 서울 시간은 10시 10분이니 10사단의 남침 1시간 후다. 지금 10사단은 정주 북방 15킬로 지점까지 남진했다. 1시간 동안 50여 킬로를 주파한 것이다. 전차연대를 앞세우고 기갑연대가 뒤를 따르는 전투대형으로 2개 기갑보병 연대는 트럭에 타고 있다. 시진핑이 어깨를 부풀렸다가 내렸다.

"하필 아베까지 가 있는 상황에서 이런 일이 일어나다니, 이게 무슨 일이야?"

모여 앉은 당 간부들은 입을 열지 않는다. 모두 황당했기 때문이다. 지금 남침하고 있는 10사단과는 연락이 되지 않는다. 연대장급과도 통신이 두절되었다. 사단장이 지시한 것 같다. 3군단장이 수십 번 연락을 시도했지만 받지 않는다는 것이다. 비정상이다. 간부 몇 명은 10사단장 위세경이 반역을 일으켰다느니 정신분열을 일으킨 것 같다고도 했지만 시진핑은 아직 믿지 않았다. 오히려 당 고위층 몇 명이 위세경에게 그런 지시를 내린 것 같다는 생각을 했다. 왜냐하면 며칠 전만 해도 10사단을 44방사포 부대로 남진시켜 핵탄두를 빼내 올 계획이었기 때문이다. 그 작전에 아직도 미련이 남은 고위층이 있는지도 모른다. 그때 외교 담당 당서기 왕우가 서둘러 회의실로 들어섰다.

"주석 동지, 지금 청와대에 셋이 다 모여 있다고 합니다."

시진핑 앞에 선 왕우가 말을 이었다.

"일본과 동맹을 맺은 터라 일본군의 지원을 받으려는 것 같습니다."

모두 숨을 죽였고 왕우의 목소리가 회의실을 울렸다.

"북조선이 침략을 받았다는 이유로 곧 선전포고를 할 것 같습니다."

"뭐? 선전포고?"

눈을 치켜뜬 시진핑이 왕우를 노려보았다.

"감히 얻다 대고 선전포고를 해?"

"그것은……."

시선을 내린 왕우가 목소리를 낮췄다.

"주한 중국 대사 황문한테서 연락이 왔습니다. 남북연방 외교부에서 불렀다는데 선전포고를 전할 것 같다고……."

"……."

"그러고 나서 공식으로 발표할 것 같다는데요."

시진핑이 어금니를 물었다. 지금 10사단은 북한의 정주 근처까지 남하한 상태인 것이다. 그야말로 파죽지세로 남하하여 1천 명 가까운 북한군을 살상했다. 전쟁인 것이다. 선전포고를 안 해도 이미 전쟁은 벌어졌다. 그때 군사위 부주석 양창밍이 말했다.

"주석 동지, 10사단장 위세경이 항명을 했다고 발표하는 것이 낫지 않겠습니까?"

양창밍의 목소리가 떨렸다.

"차라리 솔직하게 털어놓는 것이 나을 것 같습니다만."

"이런."

시진핑이 어깨를 늘어뜨렸다. 그렇게 되면 대망신이다. 항명을 한 사단장이 제 마음대로 타국을 침략하다니. 대국(大國)의 개망신 아닌가? 미국인들이 들으면 박장대소할 것이다. 어떻게 얼굴을 들고 국제회의에 나간단 말인가? 그때 회의실 안으로 비서 하나가 뛰어 들어왔다. 두 눈이 치켜떠져 있다.

"주석 동지! 북조선 공군이 출동했습니다!"

미그 29기 3개 편대다, 12대. 평양 제27공군 기지에서 이륙한 미그 29기의 출동이 1시간이나 걸린 것은 중국군의 침공에 대한 즉각적인 대응책이 없었기 때문이다. 그리고 군의 최고 지휘관인 김정은의 직접 지시가 없었기 때문이기도 했다. 서울에 있는 김정은의 지시를 기다리느라고 공군 지휘관은 1시간 동안을 초조하게 기다렸던 것이다.

"공군기는 5분 후에 폭격을 실시할 겁니다."

최용해가 김동호에게 말했지만 옆에 선 임홍원도 들으라고 한 소리다. 김동호는 조금 전에 공군 사령관에게 10사단을 폭격하라는 지시를 한 것이다. 개전이라고 볼 것도 없이 중국군이 무인지대를 휩쓸고 내려오듯이 남하했지만 이제는 전쟁이다. 조금 전 임홍원은 방송을 통해 중국에 선전포고를 했다. 거창하게 TV에 나올 필요도 없었기 때문에 방송으로 짤막하게 했다.

"2019년 12월 27일, 중국군이 남북연방을 침입, 50여 킬로나 남하했기 때문에 남북연방은 선전포고를 한다."

이렇게만 발표했다. 상황실 안은 남북 고위급과 장군들로 가득 차 있다. 시간이 지나면서 장군들의 호흡이 맞아가고 있다. 구석 쪽 자리에서 일본 아베 수상이 전화기를 귀에 붙이고 있다. 아베는 동맹국의 전쟁을 돕고 있는 것이다. 군사동맹 4시간 후에 동맹국의 전쟁에 참가하게 되다니, 이런 우연이 있는가?

"엇!"

레이더에 잡힌 공군기를 보고 10사단의 제2연대장 조창인이 소리쳤다.

"왔군, 대공미사일 준비!"

거리는 아직 70여 킬로, 그러나 2분쯤 후에는 사정거리 안에 들어올 것이다. 제2연대는 지대공 미사일 우방 3호를 30기나 보유하고 있다.

"미그 29기입니다!"

탐지병이 소리쳤다. 12대다. 레이더를 본 조창인이 다시 지시했다.

"사거리 안에 들어오면 발사!"

이쪽도 어느 정도 피해를 입겠지만 우방 3호는 5킬로 거리에서 명중률 95퍼센트를 자랑한다.

"뒤쪽 연대에도 알려라!"

다시 장갑차에 오르면서 조창인이 소리쳤다. 이곳은 정주 북방 15킬로 지점, 이제 곧 북한군 425기계화군단의 제7사단과 마주칠 것이었다. 7사단은 장갑사단으로 구성이 10사단과 비슷하지만 화력이나 장비, 전체 전력이 절반도 되지 않는다. 그래서 장갑연대인 2연대가 7사단을 상대할 계획이다.

북한군 제425기계화군단장 홍창목 대장은 김동호에게 불려가지 않은 군단장 중 하나였는데 제10사단의 남침을 보고받고 차분하게 대처하는 중이었다. 남침 10분쯤 후에 김동호의 직접 지시를 받고 대전 준비를 갖춘 것이다.

"좋다, 전차연대가 먼저 오는군."

상황판을 보면서 홍창목이 고개를 끄덕였다.

"곧 아군기의 공격을 겪고 나면 바로 7사단과 부딪치겠다. 그런데……."

홍창목이 제2연대 위쪽의 상황판을 보았다. 위쪽에 1연대, 3연대, 4연대가 쇄도하게 남하하고 있었지만 그 뒤쪽은 비었다. 공간이 너무 큰 것이다. 북한군이 후속부대를 차단할 수 있을 만한 공간이다. 10사단이 소속된 3군단은 아직 국경을 넘어오지 않았다.

"저 새끼들은 왜 꾸물거리는 거야?"

홍창목이 압록강 건너편의 3군단 위치를 향해 투덜거렸을 때 레이더 탐지병이 소리쳤다.

"부딪쳤습니다!"

미그기와 미사일, 미그기와 2연대가 부딪쳤다.

5분 후인 오후 10시 25분, 청와대 지하 비상상황실, 이곳에서 대통령 임홍원이 악마와의 전쟁을 치렀는데 오늘은 남북연방군과 중국군의 전쟁 상황을 지휘, 보고받고 있다. 상황실에는 남북한의 고위층, 그리고 일본의 아베 총리, 아소 부총리까지 와 있어서 3국 정상들이 다 모였다. 그때 합참의장 겸 인류수비대장인 백철이 보고했다. 김동호의 제안에 의해 한국군 총사령관 격인 백철이 이번 전쟁의 지휘자가 되어 있다.

"미그 29기 12기 중 8대가 격추되었습니다."

모두 숙연했고 백철의 목소리가 이어졌다.

"4기는 미사일을 발사해서 2연대의 전차 3대를 격파했지만 지금 귀환 중입니다."

고개를 든 백철이 번들거리는 눈으로 김동호, 임홍원을 번갈아 보았다.

"하지만 5분 전에 대구, 오산 공군 기지에서 이륙한 남한군 F-16 18개 편대 72기가 3분 후에 10사단 상공에 도착할 것입니다."

남한군 전투 폭격기가 출동한 것이다. 일희일비할 정도는 아니다, 아직 결과가 나오지 않았으니까. 하지만 북한 혼자만 버티는 게 아니다. 남한이 있지 않은가?

"앗, 남한 공군기!"

레이더병이 소리쳤지만 이미 10사단장 위세경은 보았다. 조금 전 미그 29기 8대를 격추, 나머지 4기가 꽁무니를 보이며 도망가는 것을 육안으로 목격한 위세경이다.

"접근 중, 아앗!"

다시 보고하던 레이더병이 비명을 질렀다. 한국군 F-16기에서 공대지 미사일을 발사한 것이다. 수십 기의 미사일이 이쪽으로 다가오고 있다.

"앗! 이쪽이 목표입니다!"

다른 레이더병이 소리쳤다.

"또 발사했습니다!"

보라, 레이더에 100개가 넘는 미사일이 잡혔다.

"앗, 또 발사!"

70여 대의 공군기가 2대씩의 미사일을 장착하고 있었으니 100여 발의 점이 보인다. 위세경은 이쪽으로 급속하게 다가오는 미사일을 보면서 쓴웃음을 지었다. 여기서 옆 사람으로 변신한다고 해도 멀리 도망가지는 못하겠다, 저놈의 미사일이 빠를 테니까. 여기서 위세경으로 그리고 오리지널 최종래가 사라지는 것으로 하지, 중국군 10사단 장병들과 함께 말야. 한국 공군이 청소차 역할이군.

"앗, 옵니다!"

번쩍하는 그 순간 레이더병의 마지막 외침이었다.

"싹 청소했습니다."

425기계화군단장 홍창목의 목소리가 상황실을 울렸다.

"포로도 잡지 않았습니다. 10사단은 전멸했습니다, 지도자 동지."

"수고했어."

김동호가 밝은 목소리로 대답했다.

"동무는 영웅이오."

"아닙니다, 지도자 동지. 앞으로 조선 민족을 그 누구도 침략할 수 없을 것입니다."

목소리가 상황실을 울리자 이곳저곳에서 박수와 함께 환호성이 울렸다. 이미 일본 위성을 통해 현장 사진을 본 터라 임홍원도 고개를 끄덕였다. 통신을 끝낸 김동호가 임홍원을 보았다.

"중국 측이 후속 조치를 하지 않는 걸 보면 계획적 남침이 아닐 가능성도 있습니다."

"그렇습니다."

임홍원이 대답했을 때 아베가 거들었다.

"3군단이 단둥 위쪽에 그대로 있지 않습니까?"

3국 지도자들의 표정이 밝다. 그때 상황실로 비서관이 달려 들어왔다. 손에 핸드폰을 쥐고 있다.

"트럼프 대통령입니다."

오후 11시 40분, 9시에 전쟁이 시작된 지 3시간도 되지 않았다. 전쟁이 2시간 반 만에 끝난 것이다. 임홍원이 핸드폰을 받아 귀에 붙였다.

"예, 임홍원입니다."

그때 트럼프의 목소리가 울렸다.

"각하, 축하합니다. 중국군을 격멸시키셨군요."

"감사합니다."

임홍원이 힐끗 앞에 앉은 김동호와 아베를 보더니 핸드폰의 스피커 버튼을 누르고는 탁자 위에 놓았다. 그때 트럼프의 목소리가 상황실을 울렸다.

"위대한 승리입니다. 역사에 남을 것입니다."

"감사합니다, 대통령 각하."

"주한 미군이 돕기도 전에 한국군만으로 전쟁을 끝내셨군요."

"예, 중국군이 아직 움직이지 않는 것을 보니까 전쟁이 끝난 것 같습니다."

"이 전화도 도청하고 있을 텐데 제가 한마디 하지요, 대통령 각하."

28

"예, 말씀하시지요."

"만일 중국군이 다시 한국 영토에 침입한다면 주한 미군이 자동적으로 반격을 할 것입니다."

상황실 안이 조용해졌고 트럼프의 목소리가 이어 울렸다.

"아직 미국과 한국은 동맹국입니다. 미군은 자동적으로 반격을 할 것입니다."

"감사합니다."

임홍원의 시선이 김동호와 아베에게로 옮겨졌다. 이것은 중국에 대한 경고다. 나쁠 것 없다.

통화가 끝났을 때 시진핑이 고개를 돌려 군사위부주석 양창명을 보았다. 트럼프와의 전화를 도청한 것이다.

"3군단을 철저히 감시하도록."

"예, 감찰반이 도착했을 것입니다."

양창명이 열심히 대답했다.

"10사단 같은 일은 재발하지 않을 것입니다."

"이번 사건은 10사단장 위세경의 정신착란에 의해서 발생된 거요."

"예, 전군(全軍)에 그렇게 발표하겠습니다."

시진핑이 둘러앉은 간부들을 하나씩 훑어보았다. 밤 11시 10분, 서울은 이제 12시 10분이 되어 있을 것이다. 전쟁이 끝난 지 아직 1시간도 되지 않았다. 그러나 3시간도 안 된 전쟁에서 중국군 3군단 소속 10사단은 전멸했다. 물론 북한군 1천여 명을 살상하고 미그29기 8대를 격추시켰지만 10사단은 탱크, 장갑차 등 수백 대와 함께 1만 2천5백여 명의 병사가 전멸했다. 사단장 위세경 이하 참모 전원, 병사까지 생존자는 단 1명도 없다. 한국군 전폭기 편대의 무지막지한 폭격에 이어서 북한군 기계화군단인 425군단이 철저하게 소탕했기 때문이다. 포로가 1명도 없는 사상 초유의 전멸인 것이다. 시진핑의 시선이 왕우에게서 멈췄다.

"발표를 해."

"예, 주석 동지."

왕우가 외면한 채 대답했다.

중국 외교부장 겸 당서기 왕우의 성명서 발표. 한국 시간 오전 1시 반, 그러나 한국에서는 10명 중 8명이 잠을 자지 않고 전 세계로 생방되는 이 발표를 본다. 왕우가 전처럼 말끔한 모습으로 연단에 섰지만 눈동자가 흔들렸다. 자세히 보니까 입도 자주 벌어진다. 전에는 꽉 닫혀 있었는데 턱 힘이 빠진 것이다.

이곳은 광화문의 북한청사, 5층의 대회의실에서 김동호를 중심으로 고위층들이 둘러앉아 TV를 보고 있다. 김동호, 최용해, 김영철 등이다. 그 뒤로 당 서열 50위권 안의 간부들이 모여 있는 것이다. 그때 왕우가 입을 열었다.

"이번 중국군의 이탈 사건은 사단장 위세경의 정신착란으로 일어난 돌발 사건입니다."

왕우가 똑바로 이쪽을 보았다.

"위세경은 정신착란을 일으켜 휘하 사단 병력을 동원, 사건을 일으킨 것입니다. 이에 대해 중국 정부는 피해를 입은 해당국과 국민들에게 심심한 사과를 표명합니다."

말을 멈춘 왕우가 고개를 숙였다가 들었다.

"이 사건에 대한 수습 문제는 곧 해당국과 협의하여 조속하고 원만하게 처리되기를 중국 정부를 대표하여 말씀드립니다."

왕우의 성명 발표가 끝났다.

"중국이 딱 걸렸군."

성명 발표를 본 트럼프가 말했다. 이곳은 백악관의 오벌룸, 주위에 안보보
좌관 커크 매디슨, 국무장관 제임스 이스트먼, 합참의장 벤자민 프로스트 등
핵심 인물, 보좌관들까지 10여 명이 둘러앉은 상태, 축제 분위기. 트럼프가 웃
음 띤 얼굴로 주위를 둘러보았다.

"어때, 내가 시진핑한테 위로 전화를 하는 것이?"

모두 실실 웃기만 했고 트럼프가 한술 더 떴다.

"UN에다 연락해서 각국 사단장급 이상으로 정신병 검사를 시키자는 제
의를 해볼까?"

그때 서너 명이 낮게 웃었고 커크가 거들었다.

"러시아가 반대할 것입니다, 러시아에는 중국보다 미친놈들이 더 많을 테
니까요."

"각하, 일본이 남북연방과 군사동맹을 맺은 상황이라 우리 입장이 난처해
질 것 같습니다."

불쑥 제임스가 말하자 트럼프의 이맛살이 찌푸려졌다.

"무슨 소리야? 우리하고 남한하고 군사동맹은 그대로 있는데?"

"이번에 북한하고 동맹을 맺은 중국군이 남침했지 않습니까?"

"그래서 어쨌단 말야?"

"그것을 핑계로 남한이 미국과의 군사동맹을 폐지하고 남북연방과 일본
과의 군사동맹으로만 나갈 가능성도 있지 않겠습니까?"

순간 방 안이 조용해졌다. 과연 그렇다. 이번 중국군 남침 때 미국은 어영
부영하다가 시간이 지나가 버렸다. 남북연방으로부터는 물론이고 남한으로

부터 어떤 지원 요청도 없었기 때문이기도 했다. 그리고 일본과 남북연방의 갑작스러운 군사동맹으로 당황해서 허둥거리다가 끝난 것이다.

"이런."

장사꾼인 트럼프는 잇속에서는 남한테 지지 않는다. 이맛살을 좁힌 트럼프가 한반도에서 미국의 가치가 갑자기 폭락한 것을 그때서야 실감했다.

오전 10시 반, 각각 한숨 자고 일어난 북한 고위층이 다시 광화문의 상황실에 모였다. 외교장관 최선희만 김동호의 지시를 받고 평양으로 떠났기 때문에 최용해, 김영철, 김영남, 오근택, 박승태 등이 원탁에 둘러 앉아있다. 모두 밝은 표정이다. 이제 남북연방은 굳어져 가고 있다. 1시간쯤 전에 일본 수상 아베가 일행들과 함께 일본으로 출국했다. 아직 남북한은 비상 상태였지만 전쟁 분위기는 식어가는 중이다. 그때 김동호가 입을 열었다.

"앞으로 북조선은 최용해 총리 주도하에 남북연방의 일원이 되어서 발전해 나가기를 바랍니다."

모두 숙연했고 김동호의 말이 이어졌다.

"나는 정무에서 물러나 연방 대통령의 고문관으로 지낼 거요."

김동호의 얼굴에 웃음이 떠올랐다.

"그동안 너무 힘이 들었어. 이제 좀 쉬어야 할 때도 되었고, 솔직히."

정색한 김동호가 고위층을 둘러보았다.

"북남연방은 남한 주도로 발전이 되어야 해, 그리고 우리는 핵을 남한에 넘긴 그 대가를 충분히 받을 테니까."

모두 알고 있었기 때문에 상황실은 조용하다. 그때 김동호의 시선이 김영철에게 옮겨졌다.

"하지만 내가 처리할 일이 있어."

32

시선을 받은 김영철의 몸이 굳어졌다. 그때 김동호가 말을 이었다.

"김 부장, 여기 간부들이 모인 앞에서 자아비판 이야기가 없나?"

그 순간 숨을 들이켠 김영철의 얼굴빛이 누렇게 변했다. 모두의 시선을 받은 김영철이 입 안의 침을 삼키고 나서 김동호를 보았다.

"지도자 동지, 무슨 말씀이신지요?"

"없나?"

"저는 도무지……."

그때 김동호가 고개를 끄덕이더니 탁자 위의 벨을 눌렀다. 그러자 금방 문이 열리면서 수행장군 둘에게 양쪽 팔을 잡힌 사문경이 들어섰다. 중국 공산당 조직위 부장이며 국제위원회 부위원장인 사문경을 대부분의 고위층은 아는 것이다. 모두 숨을 죽였을 때 김동호가 앞에 선 사문경을 보았다.

"사 부장, 네가 이곳에 온 이유를 알 것이다."

"예, 지도자 동지."

사문경이 김동호의 시선을 받은 채 말을 이었다.

"말씀드리지요."

"말하라."

"예, 이번 북남연방이 결성되었기 때문에 제가 시 주석의 명을 받고 남조선에 잠입한 것입니다."

"말하라."

이제 사문경은 좌우의 수행장군이 팔을 잡고 있지 않았다. 똑바로 선 사문경이 말을 이었다.

"북조선에 쿠데타를 일으켜 북남연방을 깨뜨릴 의도였습니다."

주위가 술렁거렸다가 뚝 멈췄다. 김영철은 굳어져서 숨도 쉬지 않는 것 같다. 고개를 끄덕인 김동호를 향해 사문경이 말을 이었다.

"저는 북조선 고위층이 모두 모인 서울에 와서 쿠데타의 주도 세력을 모으는 역할을 맡았습니다."

"말하라."

"그래서 일단 당의 선동부장 김영철을 포섭해서 묵시적 승인을 받았습니다."

"아닙니다!"

김영철이 바락 소리쳤지만 다음 순간 뒤에 있던 수행장군 하나가 권총 손잡이로 뒷머리를 강타했다. 머리를 떨군 김영철이 주저앉았을 때 사문경의 말이 이어졌다.

"김영철을 북조선 국가수반으로 하고 무력부장 장수영, 보위부장 박승태, 북남교류위원장 오동철이 지도자급으로 포섭한 인물입니다."

모두 상황실 안에 모인 고위층이다. 방 안이 잠시 술렁거렸다가 금방 그쳤다. 어느새 사문경에게 이름을 불린 고위층 뒤에 수행장군들이 서 있었기 때문이다. 그때 김동호가 입을 열었다.

"아느냐? 조선왕조 500년간 조선은 제대로 된 국가가 아니었다."

사문경도 멍한 표정으로 시선을 주었고 김동호의 목소리가 상황실을 울렸다. 50명 가까운 인원이 앉아 있었지만 빈방 같다. 모두 숨을 죽이고 있었기 때문이다. 김동호가 말을 이었다.

"500년간 왕은 중국의 황제로부터 왕위를 인정받아야 왕 행세를 했고 신하들은 이 좁은 땅에 갇혀 서로 물어뜯고 죽이는 당쟁에만 몰두했다."

눈을 치켜뜬 김동호가 고위층들을 훑어보았다.

"그러나 지금부터는 아니다. 북남연방은 지금부터 대륙으로 뻗어 나간다."

어깨를 부풀린 김동호가 수행장군들에게 지시했다.

"반역자들을 끌고 나가라."

34

임홍원 대통령이 김동호와 마주 앉았을 때는 오후 5시가 되어갈 무렵이다. 이곳은 청와대 대통령 집무실, 김동호는 최용해와 둘이 들어섰고 임홍원은 총리 장진영과 둘이서 맞는다. 긴장한 대통령 비서실장 정인규가 어물거리면서 눈치를 보았기 때문에 김동호가 먼저 말했다.

"비서실장도 있는 것이 낫겠소."

그러자 임홍원이 고개를 끄덕였기 때문에 정인규가 끝 쪽 자리에 앉았다. 남북한의 대통령, 총리 격이 나란히 앉은 셈이다. 이번 모임은 김동호가 제의를 한 것이다. 김동호가 입을 열었다.

"내가 내일부터 정계에서 떠납니다. 물론 가끔 연락은 하겠지만 모습을 나타내지 않을 겁니다."

"아니!"

놀란 임홍원이 김동호를 보았다.

"위원장님, 모습을 나타내지 않으시다니요? 제 옆에서 1년만 계시기로 했지 않습니까?"

"아닙니다."

고개를 저은 김동호가 정색했다.

"이 체제에서 제가 빠지는 것이 가장 효율적입니다. 대통령께서는 남북한 총리 두 분과 함께 남북연방의 대통령 직임을 수행하시는 것입니다."

"위원장님, 그것은……."

그때 김동호가 웃음 띤 얼굴로 임홍원의 말을 막았다.

"제가 오늘 북한 지도층 내부를 정리했습니다. 그러니까 여기 있는 최용해 총리가 마음 놓고 대통령님과 손발을 맞춰 남북연방의 발전에 협조를 할 것입니다."

"위원장님께서는 어디 계실 겁니까, 평양입니까?"

"아닙니다. 가끔 연락은 드리겠지만 당분간 은둔할 예정입니다."

"은둔이라뇨?"

놀란 임홍원이 고개까지 저었다.

"요즘처럼 어려운 시기에 우리는 위원장님이 절실하게 필요합니다. 은둔하시다뇨?"

"하지만 정세는 면밀히 주시하고 있을 테니까요."

김동호가 웃었다, 물론 김정은이 웃는 것이다.

"다시 말씀드리지만 여기 있는 최용해 총리가 충분히 해낼 것입니다. 물론 저도 도울 것이고요."

"연락은 자주 주시는 거죠?"

"물론이지요."

"저한테 연락처를 주십시오."

"핸드폰이 있지 않습니까?"

김동호가 이를 드러내고 웃었다.

"요즘 세상에 숨기가 쉽습니까, 핸드폰에 다 나오는데요."

김동호의 이마에 진땀이 배어났다. 김정은이 이렇게 인기가 있다니. 떼기도 힘들구나.

돌아오는 차 안에서 묵묵히 앉아 있던 최용해가 고개를 돌려 김동호를 보았다.

"위원장 동지, 저를 도와주셔야 됩니다."

"걱정 마, 동무, 내가 지켜보고 있을 테니까."

최용해가 눈물이 고인 눈으로 김동호를 보았다.

"위원장 동지, 꼭……."

"동무는 잘할 거야."

김동호가 손을 뻗어 최용해의 손을 쥐었다.

"나는 동무를 믿어."

최용해의 손이 뜨겁다. 그리고 시선이 마주쳤을 때 머릿속이 깨끗하다. 김동호, 아니 김정은에 대한 진심, 진정성이 보이는 것이다.

다음 날 오전 1시 반, 서해안의 무인도인 절명도에 낚싯배 1척이 접안했다. 배에서 내린 사내는 6명, 그중 하나가 김동호다. 5명은 수행장군들이다. 접안 시설이 없었기 때문에 흔들리는 배에서 겨우 내린 김동호가 수행원들에게 말했다.

"알았느냐? 1년 동안이다. 내가 뭐라고 하건, 어떤 위협을 해도 날 이곳에서 내보내면 안 된다. 알았느냐?"

"예, 위원장 동지."

김정은의 추상같은 명령이다. 어깨를 부풀린 김동호가 다섯 명의 수행장군을 둘러보았다.

"1년 동안 내가 이곳에 있어야 남북연방이 온전하게 발전한다. 내가 유혹을 이겨내도록 너희들이 도와줘야 한다."

"예, 위원장 동지."

다섯이 일제히 대답했다. 고개를 끄덕인 김동호가 섬 안으로 발을 떼면서 말했다.

"가자."

김정은 일행이 숲 속으로 사라졌을 때 낚싯배 선장이 한숨을 쉬었다.

"어휴, 김정은이가 이곳에서 사는 모양이네."

그때 고개를 돌린 선장이 옆에 서 있는 김동호를 보더니 대경실색을 했다.

"누, 누구요?"

시선이 마주친 순간 선장의 올라갔던 어깨가 내려갔다.

"예, 돌아가십시다."

선장이 엔진을 켜면서 말을 이었다.

"섬 구경 다 하셨어요?"

선장의 머릿속은 다 비워져서 김정은을 태우고 왔다는 걸 금방 잊었다. 김동호하고 섬 구경을 나갔다가 돌아가려는 것이다. 김동호가 심호흡을 하면서 말했다.

"돌아갑시다."

이제 김동호로 돌아왔다.

다시 동호상사 사장 김동호다. 이젠 큰 일 안 한다. 악마하고 싸우다 보니까 핵폭발을 막으려고 북한까지 넘어갔다가 어쩌다 보니까 김정은으로 변신해서 남북연방까지 만들어 놓고 돌아왔다. 위대한 과업을 이루었다. 역사에 남는 대업이지만 누가 믿어주기나 할까? 동호상사에 돌아온 날 아침, 김동호는 감개무량했다.

"사장님, 돌아오셨습니까?"

지금까지 사장 대리를 맡았던 강동철이 허리를 90도로 꺾어서 절을 했다. 40세, 역삼동파 조폭으로 고리대금 사업의 대리 사장 노릇을 하다가 김동호에게 픽업된 인물. 지금은 김동호의 능력을 본 후로 심복이 되어 있다.

"잘하고 있군."

김동호가 대차대조표를 보면서 만족한 얼굴로 웃었다. 동호상사에 4개월 만에 돌아온 셈인데 그야말로 바깥세상은 강산이 변했다. 옛말에 10년이면 강산이 변한다고 했는데 지금은 4개월 만에 강산이 변했다. 바깥세상도 변하

38

고 동호상사도 변했다.

"싹 변했군."

조직도를 보면서 김동호가 웃었다. 전(前)의 직원이 싹 퇴사한 것이다. 그때 강동철이 말했다.

"모두 제가 덕이 없기 때문입니다, 사장님."

"아냐, 내가 버릇을 잘못 가르쳤기 때문이야."

"죄송합니다."

김동호가 고개를 저었다. 한재영은 무난하게 나갔지만 영업부 직원들은 리베이트 사건에 연루되어서 불미스럽게 퇴사한 것이다. 그때 김동호가 말했다.

"자, 이제 다시 시작하자."

"예, 사장님."

"당신은 오늘부터 부사장이야."

"아닙니다."

질색을 한 강동철이 손까지 저었지만 김동호가 정색했다.

"당신은 그럴 능력이 있어."

지금까지 강동철은 김동호 대신 회사를 경영해 온 것이다. 매출은 크게 늘지 않았지만 신용과 품질을 지켜 거래선의 신임을 잃지 않았다.

강동철이 나간 지 얼마 되지 않아서 사장실로 여직원 하나가 들어섰다. 비서 하성란이다. 입사 3개월, 그동안 사장 없는 사장 비서가 되어서 매일 빈 사장실을 청소하고 지냈을 것이다. 걸려오는 전화도 없었을 것이니 심심해서 죽을 지경이었겠지. 신일여대 비서학과를 졸업하고 양산전자 비서실에 입사했지만 회사가 부도나는 바람에 1년 만에 퇴사, 그리고 나서 동호상사에 들어온 것이다.

"사장님, 오늘부터 거래처 약속 잡으신다고 하셨는데요. 순서는 어떻게 합니까?"

하성란이 조심스럽게 묻자 김동호가 쓴웃음을 지었다. 강동철이 하성란에게 말한 것이다. 사장이 오랜만에 다시 돌아왔으니 그러는 것이 정상이다.

"지금까지 부사장이 잘 해왔으니까 내가 새삼스럽게 인사하는 게 어색하지."

"부사장님이라면⋯⋯."

"강동철 전무야, 오늘부터 부사장이다."

"아, 예"

"동호상사가 해 온 업무는 강 부사장이 맡아서 하면 돼."

"알겠습니다."

"난 다른 일을 할 테니까."

김동호가 똑바로 하성란을 보았다. 그 순간 시선이 마주쳤고 하성란의 머릿속이 읽혔다.

'놀고 있네.'

김동호의 입에서 저절로 한숨이 뱉어졌다. 하성란은 다소곳한 표정에 부드러운 인상이다. 눈이 맑고 커서 만화책에 나오는 청순가련형의 미모다. 그런데 머릿속 말이 이렇다니. 김동호의 시선을 받으면서 하성란의 머릿말이 또 생겨났다.

'젊은 나이에 사장이 된 이유가 사람을 잘 끈다는 소문이던데 여자 홀리는 솜씨도 좋은가? 날 유혹하는가 볼까? 잘하면 몇억 뜯어낼 수 있을 것 같아.'

더 듣기 싫었기 때문에 김동호는 시선을 내렸다. 이래서 인간은 겉과 속이 다르다는 것인가? 외모와는 전혀 다른 속마음이라니. 내가 이 능력이 없었다면 '미투'에 걸렸을 것 같다.

오후에 밝은세상 교회에 들렀더니 서수민이 반색을 했다. 서수민도 최선희로 변신하고 있다가 돌아온 것이다. 교회는 그 자리에 그대로 위치했고 이층으로 올라가는 계단은 낡아서 삐걱거렸다. 사람들이 많이 밟는 바람에 무너질 것 같았다.

"이제 악마는 사라졌을까요?"

목사 정영복이 물었기 때문에 모두 조용해졌다. 좁은 교회 안에는 김동호한테서 능력을 이전받은 신의 전사만 모여 있다. 그들은 모두 김동호가 신의 아들인 것을 믿고 있는 추종자들이다. 그중에서 서수민이 가장 높은 능력을 갖췄지만 노출시키지 않는다. 서수민이 최선희로 변신한 것도 김동호만 안다. 그때 김동호가 대답했다.

"지금은 사라진 것 같아요. 하지만 언젠가는 나타날 것입니다."

"이번 남북연방이 갑자기 이뤄진 것을 보면 우리 한민족은 하나님의 가장 큰 축복을 받은 민족인 것 같습니다."

오백진이 말했을 때 서너 명이 푹푹 웃었다. 남북연방 전에 악마의 출현으로 용인에서 1만 명 가까운 시민이, 그리고 이어서 대형사고로 수천 명씩 죽어 나간 것을 잊은 것 같았기 때문이다. 그때는 모두 악마의 저주를 받은 땅이며 민족으로 생각했지 않았던가? 김동호가 고개를 들고 둘러앉은 전사들을 보았다.

"모두 능력들을 갖췄으니 좋은 일들을 벌여 가시도록 해요."

모두 14명이다. 악마와의 전쟁에서 죽은 사람도 있기 때문이다.

"교회를 크게 늘릴 필요 없습니다."

김동호가 전사들을 둘러보며 말을 이었다.

"일전에 크고 넓은 교당으로 옮기려 했으나, 우리는 이 삐걱거리는 나무계단을 올라와 이 30평도 안 되는 '밝은세상'에 터를 잡고 밖으로 나가서 활동해야 됩니다."

모두 고개를 끄덕였다.

"모으는 것이 아니라 나가서 찾아다녀야 합니다. 어렵고 아픈 사람들을 부르지 말고 찾아가서 도와주도록 해야 됩니다."

"주인이시여."

마침내 정영복이 소리쳤다.

"그렇게 하겠습니다."

"그래야 악마도 찾아서 미리 예방할 수도 있을 테니까요."

"주인이시여."

이제는 모두 입을 모아 소리쳤을 때 김동호가 주머니에서 봉투를 꺼내 한 사람에게 하나씩 나눠주었다.

"현실에서 살려면 자금이 드는 법입니다. 이것으로 아픈 사람, 힘든 사람을 도와주도록 하시지요."

봉투 안에는 1억씩 수표가 들었고 정영복에게는 교회 운영비로 3억을 더 넣어 주었다. 자리에서 일어선 김동호가 말을 이었다.

"내가 자금은 얼마든지 댑니다."

교회 앞 모퉁이까지 따라 나온 전사들을 돌려보낸 김동호가 택시 승강장으로 다가갔을 때 뒤에서 부르는 소리가 났다.

"저기요, 주인님."

주인님 소리는 조그맣게 불렀다. 서수민이다. 고개를 돌린 김동호가 웃음 띤 얼굴로 물었다.

"무슨 일이야?"

"앞으로 자주 들르시지 못하겠지요?"

다가선 서수민이 그윽한 시선으로 김동호를 보았다. 머릿속이 깨끗한 것은 마음과 말이 같다는 표시다. 김동호가 고개를 끄덕였다.

"일이 있으면 바로 올 거야."

"저도 방해하지 않을게요."

"고마워."

한 걸음 다가선 김동호가 서수민을 보았다.

"난 여러 개의 인간을 갖고 있어."

"압니다, 주인."

"그중 하나가 널 좋아해, 맨 처음의 김동호가."

"저두요."

서수민의 눈이 번들거렸다.

"저는 행복해요."

"생각나면 연락해, 언제라도."

"그럴게요."

고개를 끄덕인 김동호가 몸을 돌렸다. 여러 개의 인간이란 바로 변신용이다. 김동호일 때는 서수민과 함께할 수 있지만 다른 인간으로 변신했을 때는 다르다. 그리고 달라야만 한다.

"결재해 주십쇼."

사장실로 들어온 강동철이 서류를 내밀었다. 시선이 마주치자 강동철은 멋쩍게 웃었다.

"사장님 오시기를 기다렸습니다."

결재 서류를 본 김동호가 고개를 끄덕였다. 업체에 선급금 지불하는 내역이다. 5개 업체에 15억이다. 자금 사정이 나쁜 업체는 대부분 영업이 저조하고 영업이 저조한 이유는 품질이 떨어지기 때문이다. 반대로 자금력이 좋은 업체는 영업력이 뛰어나고 품질이 좋다. 그러나 품질이 좋은데도 영업력에 밀려 처지는 업체도 있기 마련이다. 강동철은 그 업체들에게 선급금을 지불해서 경쟁력을 키워주려는 것이다. 회사의 여유자금이 25억 정도 있었기 때문에 김동호가 결재를 했다. 밝은세상 교회에 가서 지급한 돈은 김동호의 개인 자금이다. 그때 강동철이 서류를 챙기면서 김동호에게 물었다.

"사장님, 우리들도 대북투자를 하는 것이 어떻겠습니까? 지금 너도나도 북한으로 달려가고 있는데요."

"무슨 말야?"

남북연방을 만든 주역이면서 김동호는 어리둥절했다.

"북한으로 투자를 하러 달려가?"

"모르십니까? 우리 경쟁사인 선호통상도 어제 원산에다 대리점을 세웠다는데요. 수산물을 가져오겠답니다."

"아!"

"대기업은 말할 것도 없고 중소기업도 돈 싸 들고 북한으로 달려갑니다."

"좋은 일이지."

김동호가 고개를 끄덕였다.

"20년 전에는 우리가 중국에다 쏟아부었지. 지금은 다 나왔지만."

"중국에서는 한동안 서로 윈윈했지만 지금은 달라졌지 않습니까? 다른 나라니까요."

"그렇지."

김동호가 고개를 끄덕였다. 비록 조폭 출신이지만 강동철은 나이도 10여 살이나 많은 데다 대부업체 사장에다 유흥업소 사장 등을 거친 경력자다. 김동호보다 영업에 대한 안목이 높은 것이다. 고개를 든 김동호가 강동철을 보았다.

"부사장 생각은 어때?"

"사장님께서 허락하신다면 북한 사업에 뛰어들고 싶습니다."

"그럼 해봐."

"감사합니다."

"북한에서 사업하다 실패해도 돼. 그 돈이 어차피 북한에 떨어질 테니까."

"그럴 리가 있습니까?"

정색한 강동철이 고개를 저었다.

"서로 윈윈해야지요."

"내가 듣기로는 윈윈이란 없어. 서로 이용하고 서로 양보하는 거야."

들은 말이지만 윈윈이란 그럴듯한 말보다는 정직한 표현이다. 장사에서 서로 득을 본다면 둘 다 망하게 되는 지름길이다. 서로 양보한다는 말이 정직하다.

"그럼 시장조사부터 하겠습니다."

어깨를 부풀린 강동철이 신바람을 일으키며 방을 나갔을 때 하성란이 들어섰다.

"사장님, 손님이 오셨는데요."

들어선 사내는 고정한, 김동호의 고등학교 동창이다. 고등학교 때는 친했지만 졸업 후에 소식이 뚝 끊긴 친구 중의 하나다. 소문으로는 사기를 쳐서 교도소에 가 있다고도 하고 이민을 갔다고도 했지만 잊힌 친구. 지금 6년 만에 만나는 셈이다.

"야, 너 출세했다."

들어오자마자 고정한이 주위를 둘러보는 시늉을 하면서 말했다. 체격이 크고 거친 인상, 고등학교 때부터 지저분한 깡패 노릇을 했지만 김동호한테는 허튼짓을 못 했다. 2학년 때 맞장을 떠서 기절을 시킨 후부터 '친구'가 된 것이다. 자리에 앉은 고정한이 떠벌렸다.

"니 이야기 듣고 놀랐어. 근데 니 전번을 아는 동창들이 없더라고. 그래서 인터넷을 뒤졌더니 동호상사가 나오더라고."

고정한이 이를 드러내고 웃었다.

"니 이름으로 찾은 것이 딱 들어맞은 거야."

김동호는 고정한의 눈을 보면서 과거를 다 읽었다. 사기, 폭행 전과 2범, 2년 반을 교도소에 있다가 출소한 지 한 달밖에 되지 않는다. 김동호를 찾아온 이유는 뻔하다. 잘되었다는 소문을 듣고 왕창 뜯어가려는 계획. 김동호가 웃음 띤 얼굴로 물었다.

"근데 어떻게 지냈냐?"

"나 미국에 가 있었어."

준비된 각본이 술술 풀려 나왔다.

"외삼촌이 LA에 계시거든. 거기서 마트하고 아파트 임대 사업을 하고 계시는데 일 좀 도와달라고 해서."

"그렇구나."

"답답해서 나왔는데 좀 있다 들어가야 돼."

"LA가 살기 좋지?"

"아, 그럼. 여기보다 낫지. 하지만 친구들이 없어서 답답해."

"그렇겠지."

"지난달에 차 사고를 내서 당분간 면허정지를 먹었거든. 그래서 차 모는 재미도 없어지고."

"……."

"페라리 신형을 샀는데 한 달 만에 박살이 났어. 17만 불짜리가 말야. 술 마시고 운전해서 보험도 못 받고, 삼촌한테 깨졌지."

고개를 끄덕인 김동호가 고정한을 보았다.

"너 지금 숙소가 어디냐?"

"아, 조선호텔."

대번에 대답한 고정한이 의자에 등을 붙였다.

"외삼촌이 VIP 고객이어서 예약 안 해도 돼, 거긴."

"그렇구나."

"어때, 오늘 술 한잔할까? 내가 살게."

고정한이 웃음 띤 얼굴로 김동호를 보았다.

"어디 물 좋은 데 소개만 시켜주라."

그때 김동호가 고정한의 시선을 받았다. 그러고는 천천히 고개를 끄덕였다.

저녁에 만나기로 해놓고 고정한을 보낸 김동호가 의자에 등을 붙이고는 길게 숨을 뱉었다. 고정한은 오늘 저녁에 김동호를 납치할 계획인 것이다. 이미 교도소 동기 넷을 모아 놓았고 승합차도 한 대 빌렸다. 이삿짐용 테이프, 비닐 봉투, 식칼도 3자루, 플라스틱 박스까지 차에 실어 놓았다. 마취제도 준비해 놓아서 일단 오늘 밤 김동호를 마취제를 먹여 납치해서 계좌의 돈을 다 빼낸 다음 처치할 계획인 것이다.

"이건 인간이 악마보다 더 끔찍하군."

한숨과 함께 저절로 말이 뱉어졌다. 전에는 폭력적이기만 했지 단순하고 순수했던 고정한이다. 그것이 6년 만에 이렇게 변한 것이다. 아마 교도소에서 단련된 것 같다. 그래서 교도소를 '학교'라고 하지 않는가? LA의 외삼촌 이야기, 페라리, 조선호텔 VIP 고객 이야기도 모두 교도소에서 '교육'받은 줄거리인 것이다. 이것이 현실이다. 김동호의 얼굴에 쓴웃음이 떠올랐다. 위에서 큰일 하는 인간들도 있지만 바닥에서 쓰레기 청소하는 사람들의 '일'이 더 중요하다. 나는 이 능력을 지금부터 '쓰레기 청소'에 쓸 것이다.

요즘은 거리에서 귀신이 보이지 않는다. 전에는 붉은 얼굴에다 머리 위에 뜬 귀신들이 시내에 범람했는데 지금은 싹 없어졌다. 그렇다고 죽음의 사신이 없어진 것은 아니다. 병원에 가면 몸속에 들어가 있는 사신을 얼마든지 볼 수가 있다. 죽음에 가까워진 인간들에게 스며들 듯이 사신이 내려와 있는 것이다.

그러나 오늘 김동호가 회사에서 나왔을 때 서둘면서 걷는 여자의 몸에 붙은 귀신을 보았다. 이번 귀신은 여자의 몸에 딱 붙어 있었기 때문에 몸이 2겹으로 보였다. 눈이 흐려져서 그렇게 보이는 것 같은 착각이 일어났다. 그러나 아니다. 김동호의 눈에는 귀신이다. 그래서 김동호가 뒤를 따라가면서 물었다.

"언제 데려가는데?"

물론 귀신말로 속으로 물은 것이다. 그러자 귀신이 고개를 돌려 김동호를 보았다. 귀신만 고개를 돌렸기 때문에 주인은 그대로 앞을 향하고 있다. 그때 귀신이 말했다.

"지금 데려가려고."

귀신이 말을 이었다.

"잠시 후에 고가에서 차가 떨어져. 이 여자는 고가 밑을 지나다가 재수 없게 깔리는 거지."

"그것 참, 또 악마의 작업이야?"

"악마라니?"

귀신이 눈을 가늘게 뜨고 김동호를 보았다. 여자의 얼굴, 30대 중반쯤, 선량한 인상. 김동호가 뒤를 따르며 다시 묻는다.

"악마의 작업 아니냐고? 무더기로 데려가는 작업."

"그건 모르겠는데, 난 할당받고 내려와서."

"어디 고가야?"

"저기 바로 위."

시청 앞으로 들어가는 고가다. 신호대기에 멈춰 선 여자의 옆에 섰을 때 귀신이 이번에는 김동호에게 물었다.

"왜 따라와?"

"그 여자 빼 갈 수 없을까?"

"빼 가다니?"

"이번에 데려가지 않을 수 없느냐고."

"왜?"

"내 눈에 띄었으니까."

"참, 넌 누구야?"

귀신이 묻자 김동호가 쓴웃음을 지었다.

"신의 아들."

"신의 아들이라고 자연의 법칙을 깨뜨리면 되나?"

"무슨 소리야?"

"인간의 운명은 다 정해진 거야. 성공하고 실패하는 건 제 능력에 따르지만 낳고 죽는 건 자연의 섭리야. 우리도 그 섭리대로 내려오는 거야.”

“너희들이?”

“귀신이라고 법칙을 깨뜨리는 게 아냐.”

신호가 바뀌자 둘은 걸음을 떼었다. 김동호가 고개를 끄덕이며 말했다.

“알았다. 깨우쳤다.”

지금까지 사람 몸에 붙은 저승사자를 보면 무조건 떼어 놓았던 김동호다. 그것이 자연의 섭리를 어긋나게 한 것 같다. 그래서 악마를 저지하는 임무를 내가 맡은 것이 아닐까? 균형을 잡으려는 창조자의 배려다. 건널목을 건넌 김동호는 귀신 붙은 여자와 헤어졌다. 고개를 돌리면서 여자 앞쪽에 가로로 놓인 고가를 힐끗 보았다. 멀쩡한 고가 위를 차가 쌩쌩 달리고 있다.

김동호가 방으로 들어서자 고정한이 반색했다. 오후 7시 반, 이곳은 서초동의 룸살롱 ‘유진’의 특실 안. 고정한이 먼저 와서 기다리고 있었다. 물론 이곳은 김동호가 예약해 놓은 곳이다.

“야, 여기 괜찮다.”

고정한이 싱글싱글 웃으면서 말했다.

“내가 다니던 LA 룸살롱보다 나아.”

“그거야 당연하지.”

앞쪽 자리에 앉은 김동호가 말을 이었다.

“여기가 룸살롱 원조다. LA하고 비교가 돼?”

그때 문이 열리더니 마담이 들어섰다. 김동호도 이곳이 처음이지만 강동철에게는 이곳이 처갓집이나 같다. 강동철이 마담한테 주의를 주었을 것이다. 마담이 조심스러운 표정으로 김동호를 보았다.

“준비한 것을 가져올까요?”

"그러지."

김동호가 고개를 끄덕이자 선녀 같은 마담이 몸을 돌렸다.

"야, 너 여기서 잘 통하는구나."

고정한이 감동했다.

"여기 술값은 얼마나 돼?"

"보통으로 마시면 1인당 3백은 되겠지."

"3백."

고정한이 고개를 끄덕였지만 얼굴이 굳어져 있다. 교도소 교육에서 들은 정보보다 더 비싼 것 같다. 김동호가 말을 이었다.

"술을 코냑 50년산으로 시켰으니까 술값만 5백쯤 될 거야."

이제 고정한은 숨만 쉬었다. 물론 거짓말이다. 놀라게 하려고 불렀다. 마담은 강동철이 지시한 대로 고정한이 들도 보도 못한 상표를 붙인 술병을 들고 올 것이다. 그때 마담이 아가씨 둘을 데리고 다시 들어왔다. 김동호가 보기에도 숨이 막힐 것 같은 미인이다. 고정한이 놀란 표정을 짓지 않으려고 이를 악물었지만 콧구멍이 벌름거렸다. 아가씨들을 고르고 자시고 할 것도 없이 각각 옆쪽에 앉았을 때 곧 술과 안주를 든 종업원들이 들어왔다. 진수성찬, 룸살롱의 안주였지만 10개도 넘는 안주 접시가 놓였다. 종업원들을 데리고 마담이 나갔을 때 김동호가 고정한을 보았다.

"언제 LA로 돌아간다고 그랬지?"

"한 달쯤 여기서 쉴 거야."

"숙소는 조선호텔이냐?"

"응."

"거기 방값 비쌀 텐데."

"그거야 삼촌이 내주는 건데."

"네 삼촌이 그렇게 부자야?"

"미국 억만장자하고 비교하면 어림없지."

"재산이 얼마나 되는데?"

"한 1억 불쯤, 한화로 1천억쯤 되나?"

"더 되지, 요즘은 환율이 높아서."

"미국에서 그만큼 가진 놈들은 쌨어."

"네가 외삼촌 상속자냐?"

"외삼촌이 자식이 없고 형제는 우리 엄마 하나뿐이니까 아마 그렇게 되겠지."

"넌 금수저구나."

"글쎄, 운이 좋았다니까."

그때서야 고정한이 어깨를 펴고 옆에 앉은 아가씨를 보았다. 처음에는 여자의 미모에 기가 죽은 것 같더니 김동호가 기를 살려줬기 때문인지 똑바로 본다.

"30분만 기다려."

손목시계를 본 안기태가 말했다.

"그 새끼가 데리고 나올 테니까."

오후 8시 반, 9시에 고정한이 나오기로 한 것이다.

"그나저나 저 집, 한번 들어가고 싶고만."

운전석에 앉은 장성구가 혼잣소리로 말했다.

"엄청 비쌀 거야."

옆자리의 조종석이 말을 받는다. 승합차 안에는 셋이 타고 있었는데 길 건너편이 룸살롱 '유진'이다. 그때 차 옆으로 사내 하나가 다가왔기 때문에 장성구가 고개를 들었다. 운전석 옆으로 다가선 사내가 창문을 열라는 시늉을 했다.

"뭡니까?"

창문을 연 장성구가 거친 목소리로 물었다. 장성구는 폭력 전과 3범, 교도소 생활 4년짜리다.

"여기서 뭐 하는 거요?"

사내가 주머니에서 꺼낸 신분증을 보이면서 차 안을 둘러보았다. 경찰 신분증이다. 숨을 삼킨 장성구가 뒷자리의 안기태를 보았다.

"누구 기다려요."

장성구가 엉겁결에 그렇게 말했을 때 차 문이 열렸다. 사내에게 정신이 팔린 사이에 옆쪽으로 다가온 사내들을 보지 못한 것이다.

"그대로 있어!"

승합차 안으로 들어선 사내들이 소리쳤다. 셋이 들어서고 있다.

"이 새끼! 움직이지 마!"

먼저 들어온 사내가 장성구의 목덜미를 잡아당기면서 소리쳤다.

김동호가 물끄러미 고정한을 보았다. 고정한은 양주를 반병쯤 마시더니 아가씨 허리를 껴안고 돈 자랑을 늘어놓고 있다. 앞뒤가 안 맞는 말이 계속되고 있어서 아가씨가 자꾸 김동호 눈치를 보았다. 아가씨들도 강동철한테서 주의를 들은 것이다. 김동호가 손목시계를 보았다. 8시 반이다. 이제 밖에서 기다리던 고정한 일당의 승합차는 강동철이 부른 경찰들에게 제압당했을 것이다. 길게 숨을 뱉은 김동호가 자리에서 일어섰다.

"나 잠깐 나갔다가 올게."

아가씨에게 거짓말을 늘어놓던 고정한이 미처 말을 할 겨를도 없이 김동호는 방을 나왔다. 이것으로 고정한은 두 번 다시 안 만나게 될 것이다. 이 방법이 최선이다.

잠시 후에 방문이 열렸을 때 고정한이 숨을 들이켰다. 사내 셋이 들어오고 있다. 앞장선 사내가 아가씨들에게 말했다.

"아가씨들은 나가 있지."

아가씨들이 기다렸다는 듯이 벌떡 일어나 방을 나갔을 때 사내 하나가 고정한에게 다가오더니 그야말로 번개같이 손에 수갑을 채웠다.

"널 살인미수, 납치미수 혐의로 체포한다."

"아니, 이게……."

놀란 고정한이 버럭 소리쳤다.

"무슨 말을 하는 거요! 난……."

"밖에서 대기하고 있던 공범들도 다 잡았어. 칼, 테이프, 비닐 봉투까지 다 압수했고."

그때 고정한의 주머니를 뒤진 사내 하나가 플라스틱 약병 하나를 꺼내더니 웃었다.

"옳지, 여기 있군."

마취제다. 당황한 고정한이 몸을 비틀었지만 늦었다.

"자, 가자."

사내들이 고정한의 멱살을 잡아 일으켰다. 어쩔 수 없다. 고정한은 이번에는 꽤 오래 학교에서 공부하게 될 것이다.

다음 날 오전, 동호상사 사장실에서 회의가 열렸다. 부사장 강동철의 제의에 따라서 '북한 진출 사업'에 대한 회의다. 참석자는 김동호, 강동철, 박문수,

54

이철종, 그리고 유애란이다. 동호상사는 이제 직원이 50명이 넘었고 영업부 직원만 30명이다. 연간 매출이 1백억 원 가깝게 되어서 중소기업이라고 봐도 된다. 그러나 아직 중견기업이 되려면 한참 멀었다. 김동호가 둘러앉은 직원과 하나씩 눈을 맞췄다. 모두 긴장하고 있어서 머릿속은 비었다. 김동호가 숨을 골랐다. 지금부터는 사업이다. 고정한 같은 놈한테 사기당하지 말고 사업을 일으키자. 그래서 능력을 준 신에게 보은하자.

북한사업팀으로 이름 붙인 팀원은 넷, 부사장 강동철이 본사에 남아서 지원하기로 했기 때문에 북한으로 떠날 인원은 넷, 김동호와 박문수, 이철종, 유애란이다. 출발은 내일로 정하고 사륜구동 SUV를 이용해서 10일 일정으로 계획했다. 교통이 불편했기 때문에 대부분의 북한 방문자는 차를, 그것도 험지에서도 잘 달리는 사륜구동 SUV를 이용한다. 김동호는 동행하는 셋을 모르기 때문에 회의가 끝나고 강동철이 갖다 준 셋의 신상명세를 읽었다.

박문수, 30세, 강남대 경영학과 졸, 중소기업에 입사, 영업부에서 3년 반을 근무한 후에 동호상사로 옮겨온 지 5개월, 현 직책은 영업 1과장, 셋 중 선임자다. 강동철은 박문수의 소개를 이렇게 썼다.

'적극적이고 책임감이 강함. 임기응변, 순발력이 뛰어나 실적이 우수함. 결혼. 2살 딸이 있음.'

이철종, 28세, 서영대 사학과 졸, 은행에서 1년 반 근무 후 동호상사에 입사, 영업2과 대리. 강동철의 소개 글.

'침착, 꼼꼼한 성격. 치밀한 계획 수립. 미혼. 북한 개발을 적극 주장함.'

유애란, 26세, 평양 김일성대 졸, 2년 전에 탈북하여 베트남을 거쳐 한국에 온 후에 동호상사에 입사, 현재 6개월이 된 신입사원이지만 평양 물정에 익숙해서 이번 북한팀에 선발됨. 강동철의 소개 글.

'밝은 성격. 평양에 부모가 생존했는지 불명 상태. 안내역으로 적격임.'

유애란은 일단 가족 찾는 데 정신이 없겠지만 북한에서 자란 탈북자인 것이다. 북한 사업에 필요한 직원이다.

"또 출장이냐?"

그동안 집을 비웠을 때도 출장 핑계를 대었기 때문에 이번에도 출장을 간다고 했더니 어머니 박경숙이 대번에 되물었다.

"응, 열흘 동안 북한에."

"북한? 거긴 왜?"

"거기서 사 올 거 있나 보려고."

오전 7시 반, 출장 준비를 다 해놓고 김동호가 박경숙에게 말하는 중이다. 동생 김윤희는 아직 일어나지도 않았다. 김동호가 자리에서 일어서며 말했다.

"가서 북한산 좋은 거 선물 사 올게."

"다 북한으로 간다는구나."

현관으로 따라 나오면서 박경숙이 말을 이었다.

"이제 대한민국의 운이 확 핀다고 그래. 한 달 전만 해도 북한이 미사일 쏠 때 망하는 것 같더니."

"글쎄 말야."

"사고도 계속 나고 악마가 내려와서 다 죽이는 것 같더니 마치 악몽을 꾼 것 같구나."

"그러게."

이것이 현재 모든 대한민국 국민이 하는 말이다, 꿈만 같다는 말.

운전은 박문수와 이철종이 교대로 하기로 했고 김동호는 유애란과 뒷자리에 앉았다. 대동자동차에서 생산한 신형 SUV는 7인승이어서 뒤쪽을 화물칸으로 사용할 수 있다. 뒷좌석에는 선물용으로 쓸 남한제 상품이 가득 쌓였다. 자유로는 오늘도 막혔기 때문에 가다 서다를 반복하다가 개성시에 들어섰을 때는 오전 11시 반이 되었다. 입국심사는 신분증만 확인해서 1분도 안 걸렸지만 도로가 주차장이 되어 있는 것이다.

"아이고, 여기 길이 완전 한국의 50년대 수준이고만."

운전석에 앉은 박문수가 투덜거렸다. 저는 50년대에 태어나지도 않았으면서 그런다. 아스팔트 포장이 다 무너져서 속력을 낼 수 없는 것이다.

"아니, 저긴 사고가 났네."

이철종이 옆쪽을 가리키며 말했다. 과연 길가에 부딪혀서 구겨진 두 대의 차량이 보였다.

"저기, 또."

이번에는 유애란이 손으로 그 위쪽을 가리켰다. 그곳에는 4중 추돌이다. 차 4대가 길가로 치워져 있다. 차는 덜컹거리면서 시속 30킬로 정도의 속력으로 북상했다.

"저쪽으로 돌아가요."

유애란이 오른쪽을 가리켰다. 샛길이다. 그쪽으로 빠져나가는 차량은 아직 보이지 않는다. 길도 잘 보이지 않았기 때문이다. 유애란이 말을 이었다.

"저 길로 들어가면 평양으로 가는 샛길이 있어요. 비포장도로지만 잘 뚫릴 거예요."

"가봤어?"

박문수가 묻자 유애란이 고개를 끄덕였다.

"네, 4년쯤 전에 개성 갔다가 저 길로 갔어요."

"좋아, 저 길로 가지."

김동호가 결정하자 박문수는 핸들을 꺾었다.

"벌써부터 유애란 씨 덕을 보는군."

김동호가 한 말이다.

과연 유애란이 말한 대로 길이 잘 뚫렸다. 드문드문 차가 오갈 뿐이어서 시속 70킬로까지 속력을 내었고 비포장도로지만 구멍 난 포장도로보다 나았다.

"평양 숙박시설이 모자라서 민박을 한다던데, 유애란 씨가 아는 데 없어?"

김동호가 묻자 유애란이 고개를 들었다.

"제 친척 집에 가 보시죠. 지금 살아 있는지 모르지만요."

"그게 무슨 말야?"

"제 부모님은 수용소에 끌려가셨으니까 아직 생사는 알 수 없지만 친척들은 제가 탈북할 때까지 남아 있었거든요."

"부모님은 무슨 죄로 수용소에 갇히셨는데?"

"밀수했다는 죄죠, 우리가 중국산 제품을 많이 들여와 팔았거든요."

"그랬군."

"평양 북쪽 3번 수용소였는데 지금은 다 풀어줬다는데 연락이 안 되는 걸 보니까……."

"끌려가신 게 언젠데?"

"2년이 넘었어요."

"그렇군."

김동호가 갸름한 얼굴의 유애란을 보았다. 이목구비가 오밀조밀해서 전체적으로 귀여운 모습이다. 김동호의 시선을 받은 유애란이 수줍게 웃었다.

"죄송해요, 사장님."

"뭐가?"

"제 개인 사정으로 사업에 지장을 주는 것 같아서요."

"천만에."

김동호가 고개를 저었다.

"우리 함께 처리해 나가자고. 그것이 북한 실정을 더 알게 되어서 사업에도 도움이 될 거야."

"그렇습니다."

박문수가 바로 동조했다.

"사장님 말씀에 동감합니다."

김동호가 미소만 지었다. 이렇게 사원들과의 유대감을 쌓아가는 것이다. 무조건 사장이라고 지시하면 되는 일이 아니다.

오후 4시가 되었을 때에야 김동호 일행은 평양에 진입했다. 개성에서 5시간이 걸린 셈이다. 그러나 고속도로를 그대로 탔다면 아직도 주차장이 되어 있는 도로에 서 있을 것이다.

"제 친척집으로 먼저 가 보시죠."

유애란이 말했다.

"천리마거리로 가시죠. 우회전하세요."

유애란이 손으로 길을 가리키면서 말했다. 얼굴에 생기가 떠올라 있다.

2장
희망의 땅

아파트 현관으로 나온 유애란의 얼굴 표정이 굳어져 있다. 그것을 본 셋은 입을 다물었다. 오후 5시 반, 이곳은 천리마거리 안쪽의 아파트 단지. 낡은 아파트여서 외벽의 껍질이 벗겨졌고 군데군데 금까지 간 20층짜리 아파트가 10여 개 모인 단지다. 골목에는 아이들이 오갔는데 겨울이 다 되는 11월 말인데도 양말을 신지 않은 아이들이 많다. 그때 유애란이 차 안으로 들어와 말했다.

"이사 갔다고 해요."

셋의 시선을 받은 유애란이 외면한 채 말을 이었다.

"어디로 이사 갔는지 아는 사람이 없네요."

"찾을 수 있겠지, 서둘지 마."

김동호가 위로하듯 말했을 때 유애란이 고개를 저었다.

"숙청당해서 모두 교화소에 들어간 거죠."

"……"

"집주인한테 물어보았더니 당에서 집을 받았대요."

유애란이 손등으로 눈물을 닦았다.

"집을 당에서 몰수했다가 새 주인한테 준 거예요."

"자, 가지."

김동호가 말하자 이철종이 차를 발진시켰다.

수백만, 수천만의 일상에 상관할 수는 없다. 신(神)이 선정된 인간에게만 특혜를 준다면 불평등하다. 힘껏 노력을 한다고 해도 혜택을 받지 못한 인간은 얼마나 억울할 것인가? 운이 없었다고 체념하란 말인가? 차를 돌려 아파트를 떠나면서 김동호의 머릿속에 떠오른 상념.

통일거리의 아파트. 대규모 단지다. 유애란의 안내로 통일거리에 들어선 일행은 곧 민박집을 찾았다. 방 3개짜리 아파트였는데 2개를 빌린 것이다. 하룻밤 숙박비가 방 하나에 15만 원씩이었으니 엄청 비싼 편이었지만 부르는 게 값인 상황이다. 김동호는 두말 않고 민박했다. 물론 남자 셋은 방 하나에 들어갔고 유애란은 방을 혼자 쓴다. 유애란이 죄송해서 쩔쩔매었지만 어쩔 수 없다.

주인이 미안한지 저녁상을 차려왔다. 석식 포함 15만 원인 셈. 쌀밥에 김치, 나물, 고등어구이 반찬이었지만 맛있게 식사했다. 주인인 40대 남자는 '기계 공작소' 주임이며 당원이라고 했다. 당원이니까 이런 35평형 아파트에 살겠지. 고등학교 1학년, 중학 2학년짜리 아들이 있다. 주인 여자의 음식 솜씨가 일품, 수줍어서 밥상도 남자가 내오고 물도 떠 온다. 여자는 주방에서 일만 하고, 아들들이 거든다. 활기 띤 표정들, 돈을 벌게 되어서 그런 것 같다.

식사를 마치고 거실에 둘러앉았을 때 김동호가 주인인 강성춘에게 물었다.

"강 선생의 한 달 월급이 얼마나 됩니까?"

"얼마 안 됩니다."

쓴웃음을 지은 강성춘이 말을 이었다.

"한국 돈으로 계산하면 3만 원쯤 될 겁니다."

"그렇군요."

그렇다면 강성춘은 오늘 하룻밤에 30만 원, 10개월분 월급을 번 셈이다. 김동호가 다시 물었다.

"이제 통일이 되었으니 강 선생은 뭘 하고 싶습니까?"

"기계 공작 회사에 취직하고 싶습니다."

바로 대답한 강성춘의 눈이 반짝였다.

"그래서 이력서를 여러 장 써 놓았습니다, 남한에 그런 회사가 많으니까요."

"그럼 여기 회사는 그만두시겠네요?"

"그만둬야지요. 남한 회사의 월급이 100배 이상이 되는데 안 갈 바보가 어디 있습니까?"

김동호가 옆에 앉은 박문수, 이철종을 둘러보았다. 당연한 일이다.

시장조사다. 동호상사는 유통회사로 돈이 될 만한 사업은 다 한다. 싸게 사서 이윤 붙여서 파는 것이다. 다음 날 아침 평양을 떠난 일행은 국도를 따라 서북쪽으로 달렸다. 유애란이 성천에 돼지 공장이 있다고 했기 때문이다. 내륙 중심으로 들어가면서 남한에서 온 차량들이 뜸해졌고 소통이 빨라졌다.

"활기가 일어나고 있습니다."

만 하루가 되었을 뿐인데도 박문수가 감동한 표정으로 말했다.

"땅에서 열기가 일어나는 것 같습니다."

"우리는 이 열기에 물벼락을 끼얹으면 안 됩니다."

말을 받은 이철종의 얼굴이 상기되어 있다. 북한으로 온갖 사기꾼들이 몰려온 것이다. 언론 방송에서도 그것을 계속해서 보도하고 있다. 잠자코 듣던 김동호가 고개를 돌려 유애란을 보았다.

"유애란 씨는 지금 북한에 가장 필요한 것이 무엇이라고 생각해?"

그때 유애란이 바로 대답했다.

"없어요."

유애란이 고개까지 저었다.

"다 됐어요."

"아니, 남한에서 사기꾼들이 몰려온다고 매일 방송까지 해대는데?"

박문수가 묻자 유애란이 피식 웃었다.

"북한 사람은 한국인 아닌가요? 금세 그 사기꾼 등을 칠 텐데요."

"에이, 설마."

"북한도 장마당에서 치열하게 단련되었다구요. 오히려 핍박받으면서 남한보다 더 영리하게 사업했어요."

유애란이 번들거리는 눈으로 박문수를 보았다.

"금방 적응해나갈 테니까 두고 보시라구요."

"하긴."

이철종이 고개를 끄덕였다.

"우린 벌써 하룻밤 숙박비로 30만 원을 털리고 있네요. 계속해서 북한 땅에 '돈 비'를 뿌리고 있구만요."

차가 어느새 성천 시내로 들어서고 있다.

유애란이 대학 때 봉사를 했던 돼지 공장은 그대로 있었다. 그런데 지배인이 박문수에게 말했다.

"사흘 전에 서울에서 온 수입업자한테 돼지 다 팔았습니다. 새끼까지 다 팔아서 앞으로 6개월 후에야 상담할 수 있을 것 같습니다."

그러면서 지배인이 싱글벙글 웃었다.

"계약금까지 다 받았습니다."

놀랍고 짜증이 난 유애란이 바로 물었다.

"가격 잘 받으셨나요?"

"아, 그럼."

지배인이 누런 이를 드러내며 웃었다.

"잘 받았지. 내가 남한 돼지 시세를 잘 아는데 손해 볼 것 같아?"

"잘하셨습니다."

인사는 김동호가 했다. 진심으로 축하해주고 싶은 마음이 들었기 때문이다.

"선수 친 놈들이 있네요."

박문수가 분한 표정으로 말했다.

"역시 한국놈들은 빨라."

"제대로 값을 받은 것 같습니다."

이철종이 말을 받는다.

"북한 사람들도 빨리 적응하는 것 같은데요."

"그래야지."

박문수나 이철종까지 김동호보다 나이가 위였지만 이제는 자연스럽게 반말이 나간다. 모두 김동호의 나이가 위인 것으로 아는 것 같다. 김동호가 웃음 띤 얼굴로 유애란을 보았다.

"유애란 씨, 수고했어."

"아녜요. 제가 도움이 못 돼서 죄송합니다."

얼굴이 붉어진 유애란이 시선을 내렸을 때 김동호가 말했다.

"교화소로 가보지."

"네?"

유애란이 고개를 들었는데 어느새 얼굴이 하얗게 굳어졌다. 앞쪽의 박문수와 이철종도 숨을 죽였다. 차는 돼지 공장에서 나오는 길이다. 김동호가 유애란을 보았다.

"부모가 갇혀 있다는 교화소 말이야. 어디 있는지 아나?"

"그, 그것은……."

"지금도 있을 것 아닌가?"

"네, 아직 그대로 있습니다. 남북연방이 된 지 얼마 되지 않아서요."

이제는 유애란의 얼굴이 빨갛게 되었다. 유애란의 시선을 받지 않았지만 김동호는 알 수 있었다. 유애란은 탈북한 지 2년 반, 이번에 남북연방이 되자 교화소에 갇힌 부모를 가장 먼저 찾고 싶었던 것이다.

"어느 교화소야?"

김동호가 묻자 유애란이 시선을 내린 채 대답했다.

"평양 북쪽 제3교화소입니다."

"지금 연방이 되고 통행 자유화가 된 지 20일이 넘었는데 안 가봤어?"

"실은 열흘 전에 갔다가 돌아왔습니다."

"왜?"

"출입금지를 시키고 있어서요."

"그럼 거기부터 가지."

김동호가 박문수에게 지시했다.

"차를 돌려."

남북연방이 된 지 22일째, 북한의 지도자였던 김정은은 현재 모든 직책을 내려놓고 은신 중이고 남북연방은 한국 대통령 임홍원을 수반으로 하는 남북연방제로 착실하게 조직되는 중이다. 이미 연방 정부의 내각 인선이 끝났고 북한은 최용해 총리를 중심으로 북한내각이 구성되었으며 남한은 장진영 총리의 남한내각이 가동 중인 것이다. 그런데 북한의 교화소가 아직 풀리지 않은 것 같다.

평양 쪽으로 돌아오는 샛길에서 같은 방향으로 걸어가는 여자 하나를 보았다. 작업복 차림에 등에 큰 배낭을 메었는데 지나면서 보니까 60대쯤으로 지친 표정이다.

"세워."

김동호가 말하자 박문수는 차를 세웠다.

"같은 방향이면 태우자."

찬바람이 세게 부는 추운 날씨다. 차에서 내린 유애란이 다가오는 여자에게 소리쳐 물었다.

"어디 가세요?"

"평양."

"아니, 평양이 25킬로나 남았는데 걸어가요?"

"그럼 어떡해?"

"타세요."

유애란이 차 문을 열자 놀란 여인이 뒤로 한 걸음 물러섰다.

"왜?"

"우리가 평양 입구까지 태워 드릴게요."

여자의 시선이 차 안을 훑고 지나더니 고개를 저었다.

"고맙지만 싫어, 나 들를 데가 있어."

"아주머니, 우리 강도 아녜요. 남조선에서 왔어요."

"그러니까 더 안 타. 소문 못 들었어?"

"무슨 소문요?"

"남조선 사람들이 차에 태워준다고 하고는 다 뺏는대."

"아이구, 난 김일성대 나온 사람이라구요. 천리마거리에서 살았던 사람이에요."

"그래서?"

그때 김동호가 차에서 내리면서 여인에게 물었다.

"아주머니, 등에 진 건 뭡니까?"

"그건 알아서 뭐하시려고?"

"우리가 살게요."

"싫어!"

그때 유애란이 바락 소리쳤다.

"아이구, 관둬요, 관둬! 남의 호의를 무시하고 강도 취급하다니! 그러면 못 써요!"

잠시 후에 여인은 차 뒷좌석에 앉아서 등에 멘 배낭을 풀더니 송이 하나를 꺼냈다.

"이거 송이야. 송이 공장에서 가져온 게 아니고 우리 식구가 하나씩 둘씩 따 모은 것이라고."

과연 종이에 싼 송이는 크고 포실했다. 배낭 안에는 송이가 가득 들었는데 100개도 넘을 것 같다.

"얼마지요?"

차를 길가에 세워둔 채 앞자리의 박문수가 묻자 여인의 눈동자가 흔들렸다.

"우리는 달라만 받아."

"글쎄, 1개에 얼마냐구요?"

여인의 시선이 옆쪽에 앉은 김동호를 스치고 지나갔다.

"1개에 10불."

"어이구, 관둡시다. 북한 사람들이 요즘 남한에 가져오는 송이값이 얼마인지 알아요? 개당 1,000원, 달라로 1불이라구요."

박문수가 떠들었다.

"그리고 남한 사람들은 공장 송이나 자연산 송이를 같이 취급한다구요!"

그때 이철종이 거들었다.

"평양 가보셔도 마찬가지일 겁니다. 개당 1불 이상 받기 힘들어요."

"자연산 송이를 그렇게는 못 팔아."

여인이 고개를 저었을 때 김동호가 박문수에게 말했다.

"그럼 평양까지 모셔다 드리지."

차가 움직였고 비포장도로를 달리기 시작했다. 간혹 차량이 지났는데 10대 중 8대가 남한 차다. 10분쯤 달렸을 때 잠자코 창밖만 보던 여자가 입을 열었다.

"그럼 개당 5불씩 팔게. 이건 진짜 자연 송이야."

"아주머니도 참."

핸들을 쥔 박문수가 백미러를 향해 웃었다.

"거기 성천에 송이 공장이 2개 있지요? 거기서 나온 송이가 지금 남한에 쫙 깔렸어요. 남한 식당에서 밑반찬으로 쓰고 있다구요."

"……"

"다른 거로 장사하세요. 송이나 꿀, 약초는 이제 안 먹혀요."

그때 이철종이 물었다.

"공장에서 개당 얼마씩 받아오셨어요?"

"자연산이래두."

"알았습니다. 우린 도와드리려고 했는데 자꾸 그러시니 드릴 말씀이 없네요."

그러자 여인이 고개를 들었다.

"남한 돈으로 개당 3천 원씩 샀어."

"바가지 쓰셨군요. 요즘 공장에서 개당 500원씩 내놓는다고 합니다."

이철종이 차분한 표정으로 여인을 보았다.

"북한산 송이가 천지라서요. 수백만 개가 생산되지 않습니까? 그래서 처음에는 개당 2만 원씩 주고 판 사기꾼도 있었지요. 그렇지만 지금은 속아 넘어가는 남한 사람은 없습니다."

"그럼 내가 손해를 보고 팔라는 건가?"

"우린 산다고 안 했습니다. 모셔다만 드릴게요."

박문수가 말했을 때 대화가 끊겼다.

다시 5분쯤 지났을 때 여인이 말했다.

"그럼 개당 달라로 2불씩만 줘. 내가 손해 보고 처분할게."

여인의 시선이 지금까지 잠자코 앉아 있던 김동호와 마주쳤다.

"110개니까 220불."

그때 지그시 여인의 눈을 들여다보던 김동호가 입을 열었다.

"차 세워."

차가 멈췄을 때 김동호가 여인에게 말했다.

"아주머니, 남한에서 온 사기꾼도 많지만 그렇다고 맞받아서 사기 치면 안 되지요."

여인이 시선만 주었고 김동호가 쓴웃음을 지었다.

"배낭 메고 다니면 남한 사람 차가 멈추고 뭘 갖고 있느냐고 물어보지요?"

"무슨 소리야?"

"그 배낭 안의 송이를 다 꺼내볼 수 있어요?"

"살 것도 아니면서 왜?"

"그 송이들은 송이 공장에서 버린 송이를 채워 넣은 것 아닙니까? 배낭 위쪽에만 10여 개 정상적인 송이를 넣구요."

"나, 내릴 거야."

여인이 차 문을 열려고 손을 뻗었을 때다. 유애란이 여인의 배낭을 낚아채더니 미처 잡을 새도 없이 배낭을 뒤집어 차 안에 내용물을 쏟았다.

"왜 이러는 거야!"

놀란 여인이 소리쳤지만 송이들은 모두 바닥에 쏟아졌다. 그때 유애란이 송이를 두 손으로 집어 들었다. 손에 쥔 송이들은 새끼손가락만 했다. 어떤 것은 썩어서 문드러져 있었고 어떤 것은 종이에 싸인 채 물컹거렸다.

"이거, 쓰레기 아냐!"

박문수가 외쳤을 때 여인이 따라 소리쳤다.

"남한 놈들이 내 송이 다 빼앗는다!"

목소리가 차 안을 울렸다.

여인을 끌어내리고 차 안에 쏟아졌던 송이들을 다 밖으로 내놓은 일행은 다시 출발했다.

"어떻게 아셨습니까?"

박문수가 물었기 때문에 김동호가 고개를 들었다. 여인의 눈에서 지난 행적을 읽었다고 할 수는 없다.

"배낭에서 악취가 나서."

그렇게 대답했더니 유애란이 킁킁거렸다.

"전 냄새를 못 맡았는데요."

"어쨌든 좋은 공부를 한 셈이야."

여인을 태우자고 한 것은 김동호다. 김동호가 말을 이었다.

"세상에는 선악이 같이 존재하는 거야. 착한 사람도 있지만 악한 사람도 있어. 그리고 이건 대부분 환경이 만들어 놓는다구."

그렇다. 살려면, 당하지 않으려면 이쪽도 대비를 해야만 한다. 여인이 그런 부류일 것이다. 박문수에 이어서 이철종, 유애란이 머리를 끄덕였다. 이렇게 이쪽 세상에도 익숙해져 간다.

"통제를 하고 있는데요."

걸어서 도로 끝 차단봉이 내려진 곳까지 다녀온 박문수가 쓴웃음을 짓고 말했다.

"검문소 앞에서 기다리고 있는 사람들은 가족을 찾으려고 온 사람들입니다."

그때 이쪽으로 사내 하나가 다가왔기 때문에 박문수가 소리쳐 불렀다.

"기자님! 나 좀 봅시다!"

그러자 주춤거리던 사내가 다가왔다. 뒤를 목에 카메라를 건 사내가 따르고 있다. 박문수가 김동호에게 말했다.

"한성일보 기잔데 교화소 취재를 하러 왔답니다."

그때 사내가 다가왔기 때문에 박문수가 고개를 숙여 보이면서 물었다.

"기자님, 죄송합니다. 여기 교화소에 부모가 있다는 가족하고 같이 왔는데요."

유애란을 손으로 가리킨 박문수가 말을 이었다.

"안에 재소자 명단을 알 수 없을까요?"

그때 40대의 기자가 유애란을 보았다.

"언제 들어가셨는데?"

"2년 반 되었어요. 이름이 유병국, 심순희입니다."

"저기 수용된 인원은 알 수 있지만 명단은 모르겠는데."

고개를 기울였던 사내가 말을 이었다.

"우리도 안에 들어갈 수가 없어요. 최용해 총리가 아직 금지를 풀지 않았습니다."

"누가 들어갑니까?"

김동호가 묻자 기자는 손목시계를 보는 시늉을 했다.

"잠시 후에 내무장관이 시찰을 온다고 해요. 그래서 경비실 주위에 모인 사람들을 다 쫓아낼 겁니다."

김동호가 고개를 끄덕였다.

북한 내무장관 이연수는 최용해 총리의 보좌관 출신으로 현역 육군 중장이다, 58세. 오늘 제3수용소를 방문한 이유는 수용소를 철폐하라는 여론이 많았기 때문이다. 그러나 제3수용소는 악질분자가 많아서 얼른 결정하기가 힘든 과업이다. 이연수가 탄 차가 경비초소 앞에 멈춰 섰을 때 교화소 소장이 기다리고 있다가 경례를 했다. 교화소장은 육군 소장, 이연수와 아는 사이다.

"어서 오십시오, 장관 동지."

"이봐, 동지란 말은 빼."

이연수가 웃음 띤 얼굴로 말한 순간에 교화소 소장으로 변신했던 김동호가 이연수에게로 옮겨 갔다. 오리지널 김동호는 지금 정문에서 500여 미터나 떨어진 차 안에서 잠깐 잠을 자는 중이다. 오전 11시 40분, 햇살이 밝은 초겨

울의 맑은 날씨.

1시간이 지난 오후 1시경, 경비초소로 중년의 두 남녀가 나왔기 때문에 멀찍이 떨어져 있던 면회자들의 시선이 모였다. 그중 유애란도 하나다. 김동호 일행과 떨어져서 경비초소 근처에서 얼쩡거리던 유애란의 두 눈이 크게 뜨였다.

"아앗, 아버지!"

잠시 후에 유애란의 입에서 비명 같은 외침이 터졌다.

"앗, 어머니!"

초소를 나오는 두 남녀가 바로 유애란의 부모였던 것이다. 유애란이 정신없이 달려가 부모를 얼싸안았다.

"아버지! 어머니!"

정문에서 소란이 일어났을 때, 1시간 전에 교화소로 들어갔던 내무장관 일행이 탄 승용차 대열이 빠져나오고 있다. 유애란 가족을 스치고 지나간 승용차 대열이 곧 길가에 주차된 김동호 일행의 SUV 옆에서 잠깐 멈췄다.

승용차가 멈췄을 때 김동호가 이연수의 몸에서 빠져나와 옆쪽 SUV의 김동호에게로 옮겨 갔다.

눈을 뜬 김동호가 옆에 멈췄다가 떠나는 승용차를 보았다. 이연수가 탄 승용차. 고개를 든 김동호가 앞쪽에서 아직도 엉켜 있는 유애란 가족을 보았다. 차에 탔던 박문수와 이철종도 놀라 그쪽으로 다가가는 중이다. 김동호의 얼굴에 웃음이 떠올랐다.

유애란 부모는 내무장관 이연수의 특명에 의해서 석방되었다. 김동호는 세 식구를 태우고 평양으로 돌아온 후에 헤어졌다. 유애란에게 부모를 모시고 서울로 돌아가라고 한 것이다.

"북쪽으로 가지."

오후 3시 반, 김동호가 박문수에게 말했다.

"개천에서 오늘 밤 묵기로 하지."

개천은 평안남도 대도시 중 하나다. 바로 위쪽이 평안북도인 산업도시다. 박문수는 두말없이 차를 몰았고 이제 SUV에는 셋이 남았다.

"그런데 참 신통하지요. 기적이라고 해야 되나?"

박문수가 힐끗 백미러를 보면서 말했다.

"우리가 초소 앞에서 기다리고 있는 동안 유애란 씨 부모가 석방되어 나오다니요?"

"이건 기적이 아닙니다."

이철종이 굳어진 목소리로 말했다. 차는 평양시를 빠져나오고 있었는데 길에는 남한 차들이 가득 차서 밀리고 있다. 이철종이 말을 이었다.

"내무장관이 갑자기 부모 이름을 불러 석방하라는 지시를 내렸다고 하지 않습니까?"

"그러니까 기적이지."

"아니, 이것은 특별히 누군가 배려해준 것입니다. 말하자면 신의 아들의 출현입니다."

"신의 아들?"

놀란 박문수가 묻자 이철종이 목소리를 낮췄다.

"예, 바로 사장님입니다."

"뭐야?"

박문수가 차의 속력을 줄였을 때 김동호가 빙그레 웃었다. 이철종이 기적이 아니라고 했을 때부터 짐작하고 있었던 것이다.

"그래, 내가 손을 좀 썼어."

74

김동호가 의자에 등을 붙이면서 말했다. 같이 열흘간을 붙어 다니는 상황에서 털어놓는 것이 나을 것이다. 그리고 굳이 숨길 이유도 없다. 아예 길가에 차를 세운 박문수가 몸을 돌려 김동호를 보았다. 이철종도 굳은 표정으로 김동호를 본다. 둘의 시선을 받은 김동호가 말을 이었다.

"마침 내무장관이 교화소에 오는 것을 이용한 거야."

"사장님."

이철종이 번들거리는 눈으로 김동호를 보았다.

"부사장이 사장님한테 심복하고 있는 것도 사장님의 능력을 알고 있기 때문 아닙니까?"

"부사장도 알고 있어."

"저도 그런 느낌을 받았습니다."

그때 박문수가 말했다.

"지난번 악마와의 전쟁 때 도와주신 분이 사장님이시라니요. 제가 모시게 되어서 영광입니다."

"난 내 능력을 사업에 이용할 생각은 없어. 어쩔 수 없는 경우에만 사용할 뿐이야."

김동호가 정색하고 앞에 앉은 둘을 보았다.

"자, 가자고."

이렇게 둘의 의문이 풀렸다.

개천은 민박집이 평양보다는 싸다. 단층집의 방 2개를 빌렸는데 방값이 7만 원이다. 오후 6시 반, 이곳도 석식 포함이어서 셋은 민가 응접실에서 저녁을 먹는다. 주인 정갑상은 개천의 농산물 집하장 소속 트럭 운전사로 53세, 집에는 군에서 막 제대한 딸 정성희가 돌아와 있다. 정성희는 27세, 9년간 군

75

에 복무하다가 일주일 전에 전역한 것이다. 남북연방이 되었기 때문이다.

"많이 드시오."

정갑상이 셋에게 말했다. 밥상에는 정갑상까지 넷이 둘러앉아 있다. 쌀밥에 나물, 김치, 김치찌개가 놓인 밥상이다. 정갑상이 말을 이었다.

"옛날에 개천에서 용 났다는 말이 있지요? 개천이 바로 이곳입니다."

"아, 그렇습니까?"

박문수가 말을 받았다.

"그럼 개천 출신으로 용 되신 분이 있습니까?"

"지금 평안남도 지사로 임명된 장복용 중장이 개천 출신이지요."

그때 물그릇을 들고 오던 정성희가 말했다.

"개천에는 통조림 공장밖에 내세울 것 없어요."

정성희가 물그릇을 내려놓으면서 말을 이었다.

"그것도 해산물 통조림인데 중국으로만 수출합니다."

고개를 든 김동호가 정성희를 보았다. 건강한 모습의 미녀다. 햇볕에 탄 피부는 번들거렸고 두 눈이 반짝였다.

"그 공장은 품질이 좋아서 중국에서도 인정을 받았죠."

"그렇게 품질이 좋아?"

정갑상이 묻자 정성희가 흰 이를 드러내고 웃었다.

"제가 군대에 있을 때 그 공장 제품의 품질 검사를 맡았거든요."

"군대에서 품질 검사를 합니까?"

박문수가 묻자 정성희가 고개를 끄덕였다.

"네, 군대가 운영하는 공장이거든요."

"그렇군요."

"공장 규모가 큽니까?"

"네, 연간 3백만 개의 통조림을 수출했는데 원료만 있다면 1천만 개도 가능했지요."

"원료인 해산물이 충분히 보급되지 않았군요."

"우리 부대에서는 그 공장뿐만 아니라 7개 공장을 운영하고 있었기 때문에 저는 이곳저곳을 다 돌아다니면서 품질 관리 요원으로 복무했죠."

"그렇군요."

그때 김동호가 물었다.

"지금은 뭘 합니까?"

"제대한 지 얼마 안 되어서 집에 있습니다."

정성희의 두 눈이 반짝였다.

"하지만 곧 남조선 회사에 취직하려고 서울에 갈 겁니다."

"어느 회사에 가시려구요?"

다시 박문수가 묻자 정성희의 볼이 붉어졌다.

"아무 데나요."

그때 김동호와 박문수의 시선이 마주쳤다.

다음 날 아침, 차는 개천 북쪽의 제23통조림공장을 향해 달려가고 있다. 차 뒷좌석의 김동호 옆에는 정성희가 앉아 있었는데 상기된 얼굴이다. 정성희는 동호상사에 취업이 된 것이다.

"저쪽 사거리에서 우회전하세요."

정성희가 열심히 말했다.

"그리고 나서 3킬로쯤 직진하시면 우측에 간판이 보입니다."

"어, 정 중위님 아닙니까?"

통조림 공장 정문에서 차가 멈췄을 때 경비병이 뒷좌석에 앉은 정성희를 보더니 놀라 소리쳤다. 놀란 박문수와 이철종도 정성희를 보았다. 정성희가 사병쯤으로 근무했을 줄 알았기 때문이다. 그런데 중위라니, 장교 아닌가?

"동무, 수고 많아요. 우린 상담하러 왔는데, 공장장님한테 시간 좀 내달라고 연락해 봐요."

정성희가 말하자 경비 조장이 쓴웃음을 짓고 대답했다.

"예약 안 하면 들여보낼 수 없는 것 아시지 않습니까? 하지만 정 중위님이시니까 공장장님도 양해하실 것 같네요."

"고마워요, 백 동무."

그때 조장의 신호를 받은 경비병이 차단봉을 올렸다.

"이거 정성희 씨가 처음부터 실력 발휘를 하는데."

앞쪽에 앉은 박문수가 칭찬했다. 큰 공장이다. 아직 겉만 보았지만 깨끗했고 잘 정돈되었다. 이런 공장의 제품 수준이 좋은 것이다.

대기실에서 공장장인 이춘복 대좌를 기다리면서 김동호가 벽에 붙은 공장 소개를 살펴보았다. '제23통조림공장'은 근로자가 1,755명, 제4군단 직할 공장으로 1년에 각종 수산물 통조림 300만 개를 생산, 전량 중국으로 수출한다. 통조림 가격은 내용물에 따라서 다르지만 수출 가격으로 연간 2천만 불 정도의 매출액을 기록. 그 정도면 북한의 1급 생산업체. '개천의 용' 같은 공장이라고 불릴 만하다. 근로자 전원은 현역 군인이며 공장의 책임자는 대좌 계급의 공장장. 직속상관은 4군단 정치참모 오복수 중장이다.

"여, 정 중위가 취직을 했어?"

웃음 띤 얼굴로 들어선 공장장이 먼저 정성희에게 다가갔다.

"참 빠르구만."

"공장장 동지, 만나주셔서 감사합니다."

예의 바르게 인사를 한 정성희가 김동호를 소개했다.

"제 회사 사장님이십니다."

"아이구, 젊은 사장님이시군."

"처음 뵙습니다."

김동호의 인사를 받은 공장장이 손을 내밀었다. 50대쯤의 인상이 좋은 사내다. 군복은 입지 않고 흰색 가운을 걸친 것도 인상적이다. 공장 안의 모든 근로자가 흰색 가운을 입고 있는 것이다. 인사를 마치고 둘러앉았을 때 공장장이 웃음 띤 얼굴로 말했다.

"내가 정 중위가 취직해서 왔다는 말을 듣고 만나기는 했지만 우리 23공장에서는 중국하고 계약 물량이 밀려서 계약할 수가 없소."

공장장이 말을 이었다.

"더구나 중국으로부터 선급금을 받은 상태라서 말이오."

고개를 끄덕인 김동호가 지그시 이춘복을 보았다.

"중국에서 선급금을 회수하겠다고 했지요?"

"아니."

순식간에 얼굴이 굳어진 이춘복이 김동호에게 물었다.

"어떻게 압니까?"

"들었습니다."

"누구한테서 들었단 말요?"

"왕우한테서 들었습니다."

"왕우?"

깜짝 놀란 이춘복이 다시 물었다. 왕우는 당비서다.

"어디서 말요?"

"지난번에 서울에 왔을 때."

숨을 죽인 이춘복에게 김동호가 말을 이었다.

"5백만 불을 지급했는데 4군단 고위층이 그 돈을 유용했다고 하더군요."

"……."

"그것으로 중국 측이 약점을 잡고 23공장을 좌지우지하고 있는 것 같더군요."

김동호가 의자에 등을 붙이고는 지그시 이춘복을 보았다. 방 안에 잠깐 정적이 덮였다.

정적이 끝났을 때 이춘복이 주위를 둘러보고 나서 김동호를 보았다.

"우리 둘이 이야기 좀 하십시다."

김동호가 고개를 끄덕이자 이춘복이 자리에서 일어섰다.

"가십시다."

옆방으로 옮긴 김동호와 이춘복이 마주 보고 앉았다. 방 안에는 둘뿐이다. 그때 이춘복이 입을 열었다.

"이 사실을 알고 있는 사람은 누구입니까?"

"연방 대통령."

바로 대답한 김동호가 빙그레 웃었다.

"그리고 남한 총리도 알 것이고."

"그, 그러면."

이춘복이 손등으로 이마의 땀을 닦았다.

"김 사장께서 여기 오신 목적은……."

"도와 드리려고."

김동호가 똑바로 이춘복을 보았다.

"내가 수습해 드린다고 참모장한테도 말씀하세요."

차에 탄 일행이 23공장을 나왔을 때는 오후 1시가 되어 갈 무렵이다. 이번에는 이철종이 운전을 했다. 차가 정문을 나왔을 때 박문수가 고개를 돌려 김동호를 보았다.

"어떻게 된 겁니까?"

"응, 앞으로 동호상사하고 거래를 할 거야."

이춘복은 현관 앞까지 그들을 배웅했지만 오더에 대해서는 이야기하지 않은 것이다. 김동호가 비자금을 해결해주기로 한 것은 박문수에게도 말할 필요는 없다. 그때 정성희가 물었다.

"사장님, 저 놀랐어요."

정성희가 손바닥으로 제 심장을 누르고 있다. 심장 박동이 빠르다는 표시다. 김동호는 쓴웃음만 지었다. 박문수와 이철종은 짐작할 것이다. 이춘복과 시선이 마주친 순간 내막을 읽었던 것이다.

"의주까지 가자."

김동호가 운전석에 앉은 이철종에게 말했다.

"오늘 밤은 그곳에서 자기로 하지."

"예, 사장님."

이철종이 기운차게 대답했다. 의주는 평안북도의 최북단, 바로 강 건너가 중국 땅이다. 단둥(丹東)시가 보이는 의주는 무역 거점이며 국경수비대가 주둔하는 대도시다, 임진왜란 때 선조가 조선 땅 끝까지 도망쳐 와서 명(明)나라만 쳐다보고 있었던 곳. 이제 김동호와 부하직원들이 SUV를 타고 사업거리를 찾으려고 가는 중이다. 그때 박문수가 고개를 돌려 김동호를 보았다.

"사장님, 들으셨습니까? 이제는 중국에 사는 조선족들이 압록강을 넘어서 북한 땅으로 밀입국한다네요."

웃음 띤 얼굴이다.

"저도 들었어요."

바로 정성희가 말을 받았다.

"사업거리를 찾으려고 온답니다. 그들에게 남북연방이 사업하기 좋은 땅이라고 합니다."

희망의 땅이다. 김동호가 고개를 끄덕였다. 아직 성과가 없더라도 희망을 심어주면 열기가 일어나고 성과는 저절로 생길 수도 있다.

의주에서도 민박을 했다. 집주인은 50대쯤의 박영만. 중학교 교사로 방이 3개인 단층 주택에 사는데 방 2개를 내놓은 것이다. 주인 식구는 넷. 아내와 16살, 14살짜리 자매인데 둘 다 중학생이라고 했다. 다 큰 아이들까지 넷이 한방에 자는 것이 미안해서 정성희가 막내딸을 데리고 방 하나를 썼다. 김동호는 박문수, 이철종과 한방을 썼고, 저녁 식사는 상을 붙여놓고 8명이 같이 먹었는데 돼지고기를 넣은 찌개에다 생선구이, 한국식 삼겹살까지 차려놓았다. 방 하나 값이 7만 원인데 대접이 좋아서 정성희가 미안해했다.

"죄송해요. 우리 집은 대접이 안 좋아서. 살림이 궁색했거든요."

영문을 모르는 박영만이 눈치만 보았고 김동호가 수습했다.

"괜찮아. 대신 이 집에서 잘해 주잖아."

박영만은 교사답게 말을 잘했다. 더구나 역사 교사다. 밥 먹으면서 시종 떠들었다.

"중국이 이번 북남연방에 놀라서 앞으로는 국경을 철저히 차단할 겁니다. 이제는 우리 연방으로 넘어오는 중국인들을 막아야 할 테니까요."

"중국에서 가져온 상품은 없습니까?"

박문수가 묻자 박영만은 고개부터 저었다.

"남조선 제품이 중국산보다 뛰어난데 가져올 필요가 있겠습니까?"

"그래도 싼 것이 있을 것 아닙니까?"

"콩이나 밀, 채소는 싸지요."

박영만의 부인이 입을 열었다.

"참깨, 돼지고기, 닭고기도요."

"하지만 국경 감시가 강해져서 애를 먹을 바에야 남쪽으로 내려가 막일이라도 하는 게 낫지."

박영만이 웃음 띤 얼굴로 일행을 돌아보았다.

"우리 학교에서도 벌써 교사 여럿이 남쪽으로 갔습니다. 나도 다음 달에는 식구들 놔두고 광주로 내려갈 겁니다. 거기에 내 사촌 형이 가 있거든요."

수저를 내려놓은 박영만이 말을 이었다.

"사촌 형이 비닐하우스라는 데 취직했는데 글쎄, 먹여주고 재워주고 한 달에 180만 원을 준다네요. 그럼 하루 3시간 자더라도 일해야지요."

"거기 일자리가 있습니까?"

박문수가 묻자 아내가 대답했다.

"네. 자리 하나 맡아 놨대요."

"교사는 그만두시고?"

"다음 달부터 남한 돈으로 화폐 개혁을 하고 나서 월급을 35만 원씩 준다는데 말이 됩니까? 남한 교사하고 비교하면 10분의 1도 안 되는데?"

"그래도 북한주민증 갖고는 물품을 절반 값에 살 수 있지 않습니까? 북한에서 말입니다."

"누가 팔아줍니까? 북한주민증 가진 사람한테 물건 안 팔아 줄 겁니다."

"그럴 리가 없어요, 박 선생님."

박문수와 박영만의 대화를 들으면서 김동호가 밥을 먹는다. 박영만이 거칠게 말을 하지만 생기 띤 얼굴이다. 가족들도 그렇다. 희망에 찬 분위기다.

"이곳에다 사무실을 만들기로 하지."

밤에 나란히 누웠을 때 김동호가 말했다. 박문수와 이철종이 긴장했고 김동호는 말을 이었다.

"동호상사 지점으로, 여기서 중국으로 수출입을 하고 또 매장을 만드는 거야."

"매장이라고 하셨습니까?"

박문수가 묻자 김동호가 고개를 끄덕였다.

"아웃렛도 좋아. 중국산, 남한산을 다 진열해 놓는 거야."

"그렇군요."

자리에서 일어나 앉은 박문수가 김동호를 보았다.

"결국 이곳이 중국과 한국이 부딪치는 장소가 되겠군요."

김동호의 얼굴에 웃음이 떠올랐다.

"이곳은 조선왕이 명으로 도망가려고 안달을 했던 곳이지, 요지야."

그때 이철종이 말했다.

"의주에 빈집이 많이 생겼을 것입니다. 우선 집부터 구입해야 되겠습니다."

토지는 국가 소유이니 개인 재산이 되어 있는 저택부터 구입하려는 것이다.

일단 10만 원을 받고 박영만이 일을 도와주기로 했기 때문에 일행은 다섯이 되었다. 집을 나왔을 때 김동호가 말했다.

"두 팀으로 나누지. 난 박 선생하고 같이 갈 테니까 박 과장은 이 대리하고 정성희 씨 안내를 받아."

집 앞에서 갈라졌는데 김동호는 박영만과 함께 걷기로 했다.

"사장님, 저쪽에 매장이 있습니다. 국영 매장인데 가 보시죠."

김동호는 동쪽 지역을 맡기로 했기 때문에 박영만이 앞쪽을 가리키며 말했다.

"전에는 장사가 안 돼서 직원들이 잠만 자고 있던 곳인데 지금은 말도 못 할 겁니다."

둘은 행인이 드문드문 오가는 거리를 걸었다. 오전 8시 반이다. 출근 시간이 지난 거리는 한산하다. 그때 박영만이 말을 이었다.

"전에는 군인들이 많았는데 지금은 싹 없어졌습니다. 국경 검문소에도 절반은 탈영했다고 합니다."

"큰일 아닙니까?"

"그래서 곧 남조선 군인들이 교대 병력으로 온다고 합니다."

"남한 군인이 말입니까?"

"북한 정부에서 요청을 했다네요."

박영만이 웃음 띤 얼굴로 말을 이었다.

"당연한 일 아닙니까? 캘리포니아주에서 문제가 생겼을 때 옆쪽 네바다주에서 방위군이 도와주러 오는 것이죠."

"잘 아시네요."

"제가 세계사도 가르칩니다."

남북연방을 만든 주역이 김정은으로 변신한 김동호였지만 지금은 소기업 사장으로 돌아왔다. 고개를 끄덕인 김동호가 박영만을 보았다.

"남북연방이 잘될 것 같습니까?"

"그럼요. 그걸 말씀이라고 하십니까?"

대번에 그렇게 되물은 박영만이 정색하고 물었다.

"국가가 번영하는 원인이 있습니다. 그것이 뭔지 아십니까?"

"모르겠는데요?"

"활기입니다."

"활기요?"

"예, 구체적으로 말하면 뭘 해보고 싶다는 생명력이지요. 해보자는 분위기라고 표현해도 됩니다."

"아, 그렇습니까?"

"북조선에서 그런 분위기 느끼지 못하셨습니까?"

"아뇨, 바가지만 씌우려고 하는 것 같아서."

"하하하."

소리 내어 웃은 박영만이 김동호를 보았다.

"민박 요금에서 바가지를 쓰셨군요."

"민박 요금 때문만은 아닙니다."

"그것도 활기지요."

박영만이 웃음 띤 얼굴로 김동호를 보았다.

"돈 뜯어내는 활기라기보다 잘살 수 있다는 활기지요."

김동호가 길게 숨을 뱉었다. 공감이 간다.

시내 중심부에 위치한 2층 건물의 매장을 인수했다. 아직 서류절차가 남았지만 당에서 운영하던 매장과 건물이어서 당위원회와 합의를 한 것이다. 2백 평 면적의 2층 건물에다 매장에 진열된 식품, 통조림, 의류까지 포함한 인수가격은 7억 원이다. 박문수는 비싸다고 펄쩍 뛰었지만 이철종은 장래를 봐

86

서 적당한 투자라고 했다. 상품대금이 1억 원 가깝게 되었지만 박문수는 그것을 1천만 원도 안 된다고 불평했다. 맞는 말이다. 남한산 물품이 쏟아져 오는 상황에 조잡한 중국산 의류나 과자는 쓰레기가 될 것이었다. 의주 매장의 수속과 처리를 박문수에게 맡긴 김동호가 이제는 이철종, 정성희와 함께 동쪽으로 출발했다. 국경 지역을 따라 회령과 나진, 청진까지 돌아볼 계획인 것이다. 정성희는 누가 시키지도 않았는데 운전석 옆자리에 앉아 안내를 맡는다.

"저도 이쪽은 처음입니다."

정성희가 달리는 차 안에서 말했다. 비포장도로여서 차는 시속 30킬로 정도밖에 속력을 내지 못한다. 드문드문 차가 오갔는데 대부분이 남한 차다. 의주에 사흘 머물고 떠나는 것이다. 그동안 정성희는 팀에 익숙해져서 눈치 빠르게 움직인다. 민첩하고 재치도 있어서 이철종도 마음에 드는 눈치다.

"북쪽 국경지대는 중국과 거래가 많아서 남조선 실정을 잘 알고 있는 편이지요."

정성희의 맑고 빠른 말투가 이어졌다.

"대부분의 주민이 밀 무역으로 먹고살았습니다. 매일 중국에 다녀가는 사람들이 많았지요."

"지금은 어떻게 살 것 같나?"

김동호가 묻자 정성희가 힐끗 뒤쪽을 보았다.

"일자리가 많은 남한으로 내려가겠지요."

"남한의 일자리가 꽉 차면 올라오겠군."

"그때는 북한 경제도 기반이 굳혀졌을 테니까요."

"그렇지, 북한 정부도 그렇게 생각하는 것 같더구만."

그때 이철종이 차를 세웠기 때문에 둘은 말을 멈췄다. 오전 10시 반, 차는 자강도를 향해 달리던 중이다. 고개를 든 김동호는 길에 멈춰 서 있는 트럭을 보았다. 북한 트럭이다. 고장이 났는지 보닛이 열려 있고 운전사가 굽어보고 있다. 트럭 주위에 7, 8명의 남녀가 모여 있었는데 북한인들이다. 제각기 배낭을 메거나 보따리를 들고 있는 것이 트럭에 탔다가 내린 것 같다.

"이런."

트럭이 길을 막고 있었기 때문에 이철종이 투덜거렸다. 길은 좁아서 앞으로 빠져 나갈 수가 없는 것이다. 트럭이 길 복판에 서 있기 때문이다.

"길을 막고 서 있군그래."

그때 정성희가 차에서 내리더니 그쪽으로 다가갔다. 정성희의 뒷모습을 본 김동호가 말했다.

"오늘은 강계까지 가기도 힘들겠다."

강계는 자강도의 중심도시다. 그때 앞쪽에서 정성희와 사내 하나가 다가왔다. 김동호의 옆쪽 창으로 다가온 정성희가 사내를 소개했다.

"차에 타고 있던 사람인데 저하고 같은 사단에서 근무했던 장교입니다. 집이 강계라는데요."

그때 사내가 고개를 숙여 인사를 했다.

"예, 군에서 나와 지금 강계에서 살고 있습니다."

"같이 갑시다."

김동호가 선선히 말하고는 문을 열어 주었다.

"가면서 강계 이야기나 해 주시오."

"강계는 군수품 공장이 많은데 남북연방이 되고 나서 대부분 가동이 중지되었습니다."

조병태라고 이름을 밝힌 사내가 김동호에게 말했다.

겨우 길이 뚫린 비포장도로를 차가 서행하고 있다.

조병태가 말을 이었다.

"저는 제대하고 강계에서 살다가 먹고 살길이 있나 하고 남한에 다녀오는 길입니다."

"먹고 살 일은 찾았습니까?"

김동호가 묻자 사내는 쓴웃음을 지었다. 30대 중반쯤으로 검은 피부, 마른 체격, 작업복 차림인데 악취가 났다. 보병 중위 제대, 군 생활 14년이라고 했다. 조병태가 대답했다.

"이것저것 알아보았는데 배에서 잡역부 일이 있더군요. 집에 가서 상의하고 오려고 가는 길입니다."

"월급을 얼마 준답니까?"

"수당제로 받는데 기본급이 60만 원입니다. 배 안에서 먹고 자는 건 공짜구요."

"배 타는 날 아니면 합숙합니까?"

"네, 그렇죠."

조병태가 말을 이었다.

"기본급에 수당까지 합하면 20일 배 타는 것 기준으로 월 200은 된다는데요."

"……."

"150은 집으로 보내줄 수 있겠지요."

"강계에는 사업할 것이 뭐가 있습니까?"

김동호가 묻자 조병태는 쓴웃음부터 지었다.

"제가 열흘쯤 남한에 머물면서 여러 사람하고 이야기를 해 보았는데 모두 그렇게 묻더군요."

"그래서 어떻게 대답했습니까?"

"북한을 관광지로 개발해 보라고 말했더니 그럼 돈이 너무 많이 든다고 하더군요."

"개인이나 중소기업이 하기에는 벅차지요."

"금강산을 개발하면 좋은데……."

"그건 정부에서 크게 해야 될 겁니다."

"남한에서 해외여행을 수백만 명씩 간다는데 그 돈을 북한에다 쏟으면 엄청날 텐데요."

"그렇지요."

이철종이 얼른 말을 받았다.

"민박비를 하루 20만 원쯤 받고."

옆자리에 앉은 정성희가 눈을 흘겼지만 조병태는 눈치채지 못했다.

고개를 끄덕인 김동호가 지그시 조병태를 보았다.

"다른 건 없을까요?"

"제 집 옆에 탱크 공장이 문을 닫은 지 오래되었는데, 그 공장을 인수하시지요."

"탱크 공장을 인수해서 뭐 하게요?"

그때 운전하던 이철종이 백미러를 향해 웃었다.

김동호가 묻자 조병태는 정색하고 대답했다.

"공장이 큽니다. 시설이 다 있어서 탱크를 안 만들면 다른 차라도 만들 수 있지 않겠습니까?"

그러더니 저도 민망한지 쓴웃음을 지었다.

"공장이 아까워서 그럽니다."

강계에 도착했을 때는 오후 5시 반, 100킬로도 안 되는 거리를 8시간이 걸린 셈이다.

조병태는 제 집이 좁아서 사촌형 집을 소개시켜 주었는데, 방이 6개나 되는 저택이었다. 그래서 이번에는 머릿수대로 방 3개를 빌렸고, 방값은 15만 원을 지급했다. 방 하나에 5만 원꼴이다.

"조 선생, 같이 식사나 합시다."

집에 가려는 조병태를 말렸더니 집에 가서 씻고 오겠다면서 돌아갔다.

조병태의 사촌형 조순태는 45세, 공산당원으로 기계제작소 공장장을 지냈다고 했다. 아들 하나가 있었는데 18세, 군대에 갔다가 빈년도 안 되어서 돌아왔다고 했다.

"저놈을 이제 공부시켜야겠는데 내가 일이 없어서 야단이오."

조순태가 한숨을 쉬며 하소연했다.

"북남연방이 되고 나서 내가 다니던 공장이 문을 닫아 버렸지 않소?"

"무슨 공장인데요?"

이철종이 묻자 조순태가 총을 쏘는 시늉을 했다.

"소총, 기관총을 만들었지. 우리 공장에서는 AK-47을 만들었는데 수출 길이 뚝 끊겼소."

"왜 그렇게 되었습니까?"

"총을 판 것이 아니라 아프리카 같은 곳에 무상으로 줬거든. 우리 동맹국들한테 말이오."

"저런……."

"당에서 원료, 자금 지원이 안 되니 끊길밖에."

"그렇군요."

"나도 남한 공장에라도 가서 취직을 해야겠는데 큰일이오. 나 같은 사람이 다 내려갈 것이라."

"내일 그 공장 구경이나 시켜주시오."

김동호가 말하자 조순태가 물었다.

"왜요? 공장 사실 겁니까?"

"공장 판다고 합니까?"

"시에서 구매자가 있으면 팔 겁니다. 내가 시 간부들한테 이야기해 드릴 수도 있어요."

"사서 뭘 하게요?"

김동호가 되묻자 조순태가 정색했다.

"우리는 소총뿐만 아니라 다른 무기도 얼마든지 만듭니다. 무기 제작 수준은 미국보다 낫습니다."

"그래요?"

김동호가 고개를 끄덕였다.

"내일 그곳도 가보지요."

탱크 공장까지 갈 계획이었으니 벌써 두 군데 약속이 잡혔다.

그날 밤 저녁 식사가 끝나고 응접실로 나와 앉았을 때 조병태가 찾아와 물었다.

"사장님, 이곳에 노래방 만들지 않으시렵니까? 내가 집사람한테서 들었더니 남한 사람들이 동네에 노래방을 만든다고 하는데요."

"노래방을 말입니까?"

눈을 크게 떴던 김동호가 곧 웃었다.

"손님들이 올까요?"

"가겠지요. 우리도 중국 노래방 소문을 많이 들었으니까요."

조병태가 말을 이었다.

"굶더라도 놀기 좋아하는 사람들이 많습니다."

그때 듣고 있던 조순태가 거들었다.

"북한에도 돈 많이 감춰둔 동무들이 많습니다. 달라나 중국 돈을 수백만 원씩 숨겨둔 놈들이 적발된 경우도 있지요."

"모두 밀수로 큰돈을 번 놈들이지요."

조병태가 활기 띤 목소리로 말을 이었다.

"이제는 우리가 남한산 물건을 들고 압록강을 넘어가서 중국에다 팔아야 겠는데요."

"그만둬라."

조순태가 말렸다.

"그러다가 좋은 세상 못 보고 교화소 간다."

이곳도 활기가 넘치고 있다.

"굉장합니다."

탱크 공장을 본 이철종이 눈을 둥그렇게 뜨고 말했다.

"이건 자동차 공장보다 큰데요."

그러나 공장은 텅 비었다. 만들다 만 탱크가 세워져 있는 것이 더 을씨년 스럽다. 빈 공장의 경비원이 멀찍이 서서 이쪽을 쳐다볼 뿐이어서 목소리가 울린다.

그들은 공장의 한복판에 서 있었는데 건물 면적이 길이와 폭이 각각 4,500미터쯤 되는 것 같다. 이런 건물이 2동이나 있는 것이다.

그때 옆에 서 있던 조병태가 말했다.

"저기 관리자가 옵니다."

공장이 커서 부르러 보냈는데 이제 오는 것이다.

군복 차림의 관리인이 다가왔는데 어깨에 소좌 계급장이 붙어 있다.

경비병과 함께 둘이 다가온 소좌가 김동호 일행을 둘러보며 물었다.

"공장을 구입하려고 하십니까?"

"둘러보고 나서 결정을 하려구요."

이철종이 대신 대답했다.

"그런데 누구하고 상담을 해야 됩니까?"

"저한테 말씀해 주시면 시청에 연락하지요."

소좌가 말을 이었다.

"내용물은 팔 수 있지만 건물은 안 됩니다."

당연한 일이다.

고개를 끄덕인 김동호가 물었다.

"이곳으로 구매하려고 온 사람들이 있습니까?"

"서너 명 있었지요. 철강업자, 기계 수입상, 고철업자까지 말입니다."

주위를 둘러본 소좌가 말을 이었다.

"고철만 해도 수만 톤이 될 테니까요."

김동호가 앞에 놓인 탱크를 눈으로 가리켰다.

"이 탱크도 팔리겠지요?"

"엔진만 없으면 탱크지만 지금은 고철이니까요."

소좌가 길게 숨을 뱉었다.

"이곳에서 3천 명이 일하고 있었지만 지금은 다 떠났지요."

모두 남한으로 갔을 것이다.

"사실 겁니까?"

공장을 나왔을 때 조병태가 물었다.

94

"고철만 사도 될 텐데요."

"글쎄요."

김동호가 웃음 띤 얼굴로 조병태를 보았다.

"내가 고철 사업은 안 해봐서요."

구경만 한 셈이지만 어마어마한 규모에 감동을 받은 건 사실이다.

강계는 기계 산업의 중심지인 것이다.

조병태의 안내로 이번에는 조순태가 공장장으로 일했던 기계공작소로 찾아갔다. 제7기계공작소다.

공장 앞에는 조순태가 기다리고 있었는데 이 공장도 컸다.

공장 안은 기계가 꽉 차 있는 데다 깨끗하게 청소가 되어 있어서 당장에라도 가동할 수 있을 것 같다.

공장을 안내하면서 조순태가 말했다.

"이 공장을 남한 정부에다 팔려고 했더니 안 산다고 했답니다."

조순태가 말을 이었다.

"조금 전에 시 당국으로부터 연락이 왔습니다. 할 수 없이 기계를 고철로라도 팔아야겠습니다."

여기도 고철이다.

이철종이 고개를 들어 김동호를 보았다.

"고철 사업을 검토해 보겠습니다."

"빈 공장이 많아서 고철이 몇만 톤은 나올 겁니다."

조순태가 한숨을 쉬었다.

"모두 무기나 전쟁 용품이어서 쓸모가 없어졌습니다."

그렇다. 기계 산업 중에서 전쟁 용품인 무기 산업이다.

이철종은 강계에 남겨놓고 고철과 기계 사업에 대해서 조사해 보라고 했다. 그러고는 그날 오후에 김동호는 정성희와 함께 다시 동쪽으로 출발했다.

김동호가 운전하는 옆자리에 정성희가 탔다.

둘이 되었기 때문인지 정성희가 앞만 보다가 한참이 지나서야 입을 열었다.

"사장님, 북한에서 무슨 사업을 하실 건가요?"

김동호가 고개를 돌려 정성희를 보았다.

정성희는 동호상사가 유통회사인 것만 안다. 동호상사는 식자재 유통으로 시작했지만 지금은 잡화, 의류, 가전제품까지 다 취급한다.

그렇지만 중심 사업은 없다. 만물상이라고 할까? 이번 북한 출장에서도 정성희가 근무했던 23통조림공장에서 통조림을 대량 계약했고, 의주의 매장 건물도 확보했지만 중심 사업이 아니다.

강계에서 고철과 기계를 둘러보고 이철종을 남겼지만 그것도 중심 사업이 아니다. 만물상 사업의 하나일 뿐이다.

"중심 사업은 없어."

김동호가 말을 이었다.

"잘 팔리는 상품을 사서 파는 사업일 뿐이야."

"북한에 그런 상품이 있을까요?"

"찾아봐야지. 그리고……."

김동호가 다시 정성희를 보았다.

"없으면 만들어야지."

지금 차는 산길을 달리고 있는데 비포장도로인 데다 눈발이 흩날렸다. 이곳의 기온은 11월 말인데도 영하 7, 8도. 오후 5시가 지났을 때 차는 겨우 양강도의 김정숙시에 도착했다. 국경 도시다. 민박집을 찾으러 다니다가 겨우

방이 있다는 주택을 찾았는데 방 1개를 빌렸다. 주인이 둘을 부부 취급을 해서 김동호가 두말 않고 빌린 것이다. 방 3개짜리 저택에 식구가 여섯인 집이어서 방 2개를 내라고 할 수도 없었다. 방값은 7만 원. 이곳에서도 저녁상을 차려 주었는데 방에다 2인분 식사를 넣어주었다.

"우리를 부부 취급해서 이불도 한 채를 주는군."

김동호가 수저를 들면서 윗목에 놓인 이불을 가리켰다.

"오늘은 둘이 껴안고 자야겠다."

"제가 요만 덮고 잘게요."

"그럴 필요 없어."

작은 상에는 흰 쌀밥과 김칫국, 된장에 버무린 김치, 나물 찬뿐이었지만 맛이 있다.

"정성희 씨는 남자 친구 있어?"

밥을 삼킨 김동호가 묻자 정성희가 고개를 흔들었다. 얼굴이 금방 붉어져 있다.

"없습니다."

"그 미모에 남자 친구가 없단 말야?"

밥을 씹으면서 물었더니 손바닥으로 볼을 쓸었다.

"있었지만 헤어졌습니다."

"그래?"

그때 정성희가 시선을 들고 김동호를 보았다. 시선이 금방 내려졌지만 그 순간 정성희의 내력이 주르르 김동호에게 입력되었다. 지금까지는 읽지 않았던 것이다.

"이리 와."

이춘복이 손을 내밀며 부르자 정성희가 다가갔다.

"또?"

눈을 흘긴 정성희의 얼굴에서 교태가 흘렀다.

"널 보면 내가 참을 수가 없어."

정성희가 다가서자 서둘러 팬티를 끌어 내리면서 이춘복이 말했다. 이곳은 23통조림공장의 공장장실. 벽시계가 오후 3시를 가리키고 있다. 정성희의 팬티를 벗긴 이춘복이 소파에 눕히고는 서둘러 바지를 벗는다. 정성희의 얼굴이 붉게 상기되었고 두 눈이 번들거리고 있다.

그것이 가장 최근에 정성희의 밀회다. 15일 전, 정성희가 전역하기 전날이다. 수저를 내려놓은 김동호의 얼굴에 웃음이 떠올랐다. 소파에 누워 기대에 찬 얼굴로 올려다보는 정성희의 모습이 지금도 눈앞에 떠 있기 때문이다. 정성희가 거짓말을 했다는 것에 실망하지는 않았다. 당연한 일이다. 직속상관인 공장장의 정부 노릇을 한 것도 어쩔 수가 없는 일이다. 정성희가 다시 시선을 들었을 때 김동호가 말했다.

"그래. 만나면 헤어지는 게 인생이지. 나도 그래."

어색해진 분위기를 바꾸려고 한 말이다. 정성희는 이춘복 대좌와 헤어지지 않았다. 그리고 처음 시작도 정성희가 먼저 유혹했다. 교태를 부리는데 넘어가지 않는 남자는 드문 법이다.

그날 밤 요를 깔면서 김동호가 정성희에게 말했다.

"이리 와서 자."

그러자 윗목에서 주춤거리던 정성희가 김동호를 보았다.

"저, 좀 씻고 올게요."

얼굴을 붉힌 정성희가 말을 이었다.

"이 집 목욕탕에 더운 물이 있다고 해서요."

"다녀와."

그때 정성희가 희미하게 웃음 띤 얼굴로 몸을 돌렸다. 교태다. 저 웃음으로 공장장 이춘복을 흔든 것이다.

정성희가 방으로 들어섰을 때는 30분쯤이 지난 후다. 문 앞에 선 정성희가 반질거리는 얼굴을 들고 김동호에게 물었다.

"불 끌까요?"

"마음대로."

요 위에 누워 있던 김동호가 웃음 띤 얼굴로 정성희를 보았다.

"정성희 씨가 좋을 대로 해."

"아이 참."

정성희가 허리를 비틀면서 눈을 흘겼다.

"사장님은 어떤 걸 좋아하세요?"

"어떤 것이라니? 체위 말인가?"

"아이 참."

"그럼 뭐야?"

"불 켜고 해요."

"뭘?"

"아이 참."

정성희의 얼굴이 빨개졌다. 다시 눈을 흘긴 정성희가 한 걸음 다가가 방 가운데에 섰다.

"다 보고 싶으세요?"

"몸매에 자신이 있나 보지?"

"아이 참, 사장님은 짓궂으셔."

"이리 와."

김동호가 말하자 정성희는 선 채로 옷을 벗기 시작했다. 옷이 한 꺼풀씩 벗겨지면서 상반신이, 젖가슴이, 미끈한 허벅지가 드러나더니 전신이 펼쳐졌다. 과연 자랑할 만한 몸매다. 정성희가 번들거리는 눈으로 김동호를 보았는데 두 팔을 늘어뜨리고 있어서 아무것도 가리려고 하지 않는다. 김동호가 이윽고 손을 내밀자 정성희가 다가왔다.

다음 날 아침, 눈을 뜬 김동호가 옆자리가 비어 있는 것을 보았다. 손목시계를 집어서 보았더니 오전 7시 반, 정성희는 부지런하게 나간 모양이다. 옷을 챙겨 입은 김동호가 자리에 앉았을 때 문이 열리면서 정성희가 들어섰다.

"일어나셨어요?"

환하게 웃는 얼굴이 눈부시게 느껴졌기 때문에 김동호의 심장 박동이 빨라졌다. 어젯밤의 격렬한 정사가 떠올랐다. 만족한 정사였다. 다가온 정성희가 이불을 개면서 말했다.

"아침 장마당에 가서 고기하고 생선을 사 왔습니다."

"잘했어."

"어젯밤 행복했어요."

불쑥 정성희가 말했기 때문에 김동호가 숨을 들이켰다. 이불을 구석에 놓은 정성희가 다시 방을 나가면서 말을 이었다.

"저, 어젯밤 같은 날, 처음이에요."

문이 닫혔을 때 김동호가 한숨을 쉬었다. 김동호도 같은 느낌이었기 때문이다. 그런데 뭔가 아쉽고 허전한 건 무엇 때문인가?

작은 도시여서 둘은 차를 놔두고 국경 쪽 거리로 다가갔다. 추운 날씨다. 오전 9시쯤 되었는데도 날씨가 풀리지 않고 영하 20도를 기록하고 있다. 국경 검문소가 1백 미터쯤 떨어진 위치에 휴게소가 만들어졌는데 사람들이 모여 있었다. 둘이 안으로 들어섰을 때 사내들이 말다툼을 하고 있었다.

"저놈들은 통과시켜주지 않을 거야. 돌아가자구."

"가봐야 알지. 출국정지 상태도 아니잖아?"

"그러다 물품 다 빼앗기면 어떻게 할래?"

"지금 열흘째야. 시간이 지나면 더 힘들어져."

사내들은 여섯 명, 조선족 같다. 북한에서 물품을 갖고 나가려는 모양인데 출국심사를 걱정하고 있는 것이다. 김동호가 정성희에게 말했다.

"뭘 갖고 나가는지 보고 와."

고개를 끄덕인 정성희가 그쪽으로 다가가더니 기웃거리면서 사내 하나하고 이야기를 나누다가 돌아왔다.

"자수정 원석을 샀다네요."

"자수정?"

"네, 갑산 근처에 자수정 광산이 있는데 그곳에서 원석을 사 가는 중이래요."

바짝 붙어 선 정성희한테서 향내가 났다.

"허가증, 구입증도 다 있는데 요즘 정세가 불안해서 빼앗길까 두려운 거죠."

"허가증이 있는데, 왜?"

"남북연방이 되기 전에는 중국 국적의 조선족한테 세관원들이 꼼짝 못했는데 지금은 달라진 거죠."

"그렇군."

"우리가 이제는 큰소리치게 된 거죠, 트집을 잡아서 빼앗아도 중국 정부가 압력을 행사할 수 없으니까요."

"갑산에 자수정 광산이 있다는 건 처음 알았군."

"저도 처음입니다."

정성희가 반짝이는 눈으로 김동호를 보았다.

"자수정을 흥정해 볼까요? 갖고 나가기 불안하다면 가격을 조금 올려줘서 사 볼까요?"

"해봐."

김동호가 웃음 띤 얼굴로 말했다.

"팔 사람이 있을지도 모른다."

1시간쯤 후에 김동호와 정성희는 자수정 원석이 든 자루 하나를 조선족 상인으로부터 구입했다. 상인 하나가 갖고 있던 물품 중 일부를 구입한 것이다. 10킬로쯤 무게의 자루에는 원석이 30개 들어 있었는데 밤알만 한 자수정이 박혀 있었다. 가격은 구입가인 1백만 원에 30퍼센트를 더 얹어줘서 130만 원, 현금으로 구입했다. 자루를 배낭에 넣은 정성희가 등에 지고 국경 앞 휴게소를 떠나면서 밝게 웃었다.

"이곳에서도 장사 한 건 했네요."

"가격을 알아보기로 하자."

"그래요, 속았을 수도 있으니까요."

정성희가 말을 이었다.

"인터넷을 뒤지면 다 나올 테니까요."

정성희하고 손발이 맞는다.

그래서 그날 오후에는 갑산(甲山)으로 내려갔다. 갑산은 양강도 중심에 위치한 소도시로 개마고원 끝자락이다. 고원지대여서 이곳도 추위가 기승을 떨치고 있다. 오후 6시에 도착했을 때 눈이 심하게 퍼붓고 있어서 정성희가 서둘러 민박집을 찾았다. 다행히 시내 주택가에서 방을 얻었는데 꽤 번듯한 저택이다. 마당에 차를 주차시켰을 때 50대쯤의 주인 여자가 김동호에게 물었다.

"신혼부부시라구요?"

김동호가 옆에 선 정성희를 보았다. 정성희의 얼굴에 웃음이 떠올라 있다.

"예, 그렇습니다."

정성희가 그렇게 소개한 것이다.

"저녁 차려 드릴 테니까 한 시간만 기다리세요."

여자가 말을 이었다.

"민박을 세 번째 받지만 신혼부부는 처음이네."

방은 컸고 깨끗했다. 사랑채 식으로 본채와 떨어져 있어서 아늑하기도 했다.

"사장님, 부부행세 하는 거 괜찮으세요?"

방에 들어온 정성희가 김동호의 옷을 벗기면서 물었다.

"지금 하고 있잖아?"

김동호가 웃음 띤 얼굴로 정성희를 보았다.

"아주 자연스럽게."

"방 얻을 때 길게 이야기하는 게 싫어서요."

"잘했어."

"사장님 모시고 다니는 여직원이라면 더 이상하게 볼 것 같아서요."

"맞아."

"여행 끝나면 바로 고칠게요."

"알았어."

그때 정성희가 바짝 몸을 붙이더니 두 팔로 김동호의 허리를 감싸 안았다. 두 몸이 빈틈없이 붙여졌고 정성희가 김동호를 올려다보았다. 눈이 반쯤 감겼고 조금 벌어진 입술에서 살구 냄새가 맡아졌다.

다음 날 오전, 김동호는 정성희와 함께 갑산에서 10킬로쯤 동쪽에 위치한 자수정 광산을 찾았다. 개마고원에 위치한 광산은 예상보다 작았는데 갱도 입구도 하나뿐이었다. 사무실 건물인 1층 벽돌집 안으로 들어섰더니 낡은 책상에 앉아 있던 사내 둘이 고개를 들었다.

"무슨 일로 오셨지요?"

"예, 광산 구경 좀 하려고."

정성희가 대답했다.

"자수정 팔 것 있으면 사기도 하려구요."

"여긴 정부가 관리하는 곳이라."

사내 하나가 웃음 띤 얼굴로 말을 이었다.

"모르고 오셨구만요. 판매는 전혀 안 됩니다. 그리고 생산량도 얼마 되지 않아서 경비도 없어요."

그러고 보니 경비초소도 비어 있어서 곧장 이곳까지 차를 타고 온 것이다. 그때 다른 사내가 말했다.

"조선족들이 옆쪽 개울에서 주운 버려진 자수정 원석을 중국에서 팔아먹는 모양인데 여기서 샀다고 한다더군요."

김동호와 정성희가 서로의 얼굴을 보았다. 사기를 당한 건가?

3장
악마의 딸

"사기를 당하셨군."

김동호의 이야기를 들은 사내가 쓴웃음을 짓고 말했다.

"지금도 개울에 가보시면 버린 자수정 원석을 찾는 중국인들이 많을 거요. 가보시지요."

"나아, 참."

기가 막힌 김동호의 얼굴이 일그러졌다. 웃음도 안 나왔기 때문이다.

"어떡해."

정성희가 발을 구르다가 김동호를 보았다.

"어떡해요?"

"내가 바보짓을 한 거지."

그때 사내 하나가 자리에서 일어서더니 지그시 김동호를 보았다. 사내의 시선을 받은 김동호의 머릿속으로 사내의 생각이 읽혔다.

'이놈도 남한에서 온 한탕주의자군. 어디, 자수정 광산을 또 팔아볼까?'

김동호가 길게 숨을 뱉었다. 어제 국경에서 조선족한테 사기를 당한 것은 정성희한테 거래를 맡겼기 때문이다. 조선족 머릿속을 읽을 생각도 못 했다.

확실하게 무엇인가를 해보겠다는 생각이 없었기 때문이다. 그때 사내가 말했다.

"자수정 광산이 현재 폐업 상태지만 자본가가 나선다면 시에서 검토할 수는 있습니다."

"어떻게 말입니까?"

김동호가 묻자 40대 사내는 빙그레 웃었다.

"시에서 운영권을 파는 거죠. 솔직히 매출도 현재 바닥인 상태에서 폐광 상태니까요."

"싸게 살 수 있겠군요."

"그렇죠."

고개를 끄덕인 사내가 말을 이었다.

"시청 고위관리와 연결시켜 드리겠습니다."

"실례지만 누구십니까?"

"광산 지배인이죠. 시청에서 파견된 직원입니다."

다시 시선을 마주친 순간 사내 머릿속이 주르르 읽혔다. 사내 이름은 주성규, 55세 예비역 상사, 밀 무역으로 살아오다가 폐광된 '갑산 제4자수정광산'에 친구 안수봉과 함께 책상을 갖다 놓고 사기 행각을 벌이는 중이다. 개울에서 자수정 원석 찌꺼기를 조선족이 가져간다는 말은 사실이다, 그것으로 사기를 친다는 것도 사실이고. 그러면 주성규는 그보다 스케일이 큰 사기꾼이라고 보면 되겠다. 고개를 끄덕인 김동호가 다시 물었다.

"그럼 시청 간부를 만나게 해 주시죠."

"좋습니다. 그런데 사전에 알아두셔야 할 일이 있는데요."

주성규가 주머니에서 명함을 꺼내 주면서 자리를 권했다. 김동호와 정성희가 낡은 소파에 앉았을 때 주성규의 동료 안수봉이 탁자 위에 마실 것을 내려놓고 돌아갔다. 다시 주성규가 말을 이었다.

"갑산 제4자수정광산이 폐광 상태지만 재가동을 하면 연간 미화로 1억 불 이상의 매출을 올릴 수도 있습니다. 매장량이 엄청나거든요."

"정부에서 왜 추진하지 않습니까?"

"그건 다른 사업에 밀렸기 때문인데 반년만 지나면 틀림없이 이곳 가치가 올라갈 겁니다."

"시에서 불하를 해요?"

"지금은 혼란기여서 가능합니다. 저기 아래쪽 온산 광산도 남한 사업가한 테 매각되었어요."

주성규가 묻는 즉시 바로바로 대답한다.

"이곳의 불하 가격은 얼마나 될까요?"

그때 주성규의 눈동자에 열기가 올랐다.

'옳지, 걸렸다.'

머릿속 생각이 들렸지만 시치미를 뚝 뗀 얼굴이다.

"실례지만 어느 회사이십니까?"

"아, 여기."

김동호가 주머니에서 명함을 꺼내 내밀었다. 사내도 명함을 꺼내 내민다.

"지배인 주성규입니다."

명함에는 '갑산 제4자수정광산 지배인' 주성규라고 박혀 있다. 명함을 본 주성규가 고개를 끄덕였다.

"사장님이시군요."

"난 투자회사도 운영하고 있습니다. 신용금고 같은 회사지요."

"아아."

그때 주성규의 머릿속 말이 들렸다.

'와, 대박.'

북한 사람들도 이제는 남한 말투를 쓴다. 금방 돼지 열병처럼 유행이 번지는 것이다. 그때 김동호가 물었다.

"불하 가격은 얼마나 될 것 같습니까?"

"에, 그건……."

그 순간 김동호는 주성규의 머릿속에서 불이 나는 것을 보았다. 그 불길 속에 온갖 숫자가 뒤범벅이 되어서 날뛰고 있다. 억 자가 튀었다가 천만이 곤두박질치고 10억이 솟았다가 50억이 뒤집는다. 불길은 욕심이고 숫자는 불하 가격일 것이다. 그러나 주성규의 겉모습은 차분하다. 눈동자도 흔들리지 않는다. 김동호는 눈동자를 응시한 채 조금 감동했다. 이것은 노련한 '꾼'의 자세다. 수십 년 경력의 낚시꾼은 이런 자세로 물고기가 낚시를 물기를 기다렸을 것이다. 그때 머릿속에서 뛰놀던 숫자가 딱 그치고 주성규의 입이 열렸다.

"불하 가격은 65억입니다."

그래 놓고 김동호를 응시하는 주성규의 눈동자는 흔들리지 않는다. 그때 고개를 끄덕인 김동호가 자리에서 일어섰다.

"알았습니다. 검토해 보지요."

따라 일어선 주성규가 말을 받는다.

"그러세요."

눈동자는 흔들리지 않았지만 머릿속은 분주했다. 수십 개 단어가 날뛰었지만 입을 꽉 다물고 더 이상 말을 뱉지 않은 것이다. 전문가다.

"불하 받으시려구요?"

사무실을 나와서 차에 올랐을 때 정성희가 물었다. 정성희는 긴장해서 사무실에서는 입을 열지 않았다. 김동호가 차를 발진시키면서 웃었다.

"사기당한 건 130만 원으로 충분해."

"저 사람들도 사기꾼인가요?"

"시간이 있다면 사기 수법을 더 보고 싶지만 그만두기로 하지."

"사기꾼들은 놔두구요?"

"북한으로 돈이 쏟아지도록 당분간 놔두지."

"저런 놈들한테 돈이 쏟아지도록 놔둔단 말씀이세요?"

"어쨌든 돈이 북한에 뿌려질 테니까."

"그럼 우리가 조선족한테 사기당한 돈은 어떻게 하죠?"

"그건 받아야겠다."

그러고는 김동호가 길가에 차를 세웠다. 강가다. 아래쪽 마른 강바닥 위로 10여 명의 사내가 흩어져 있었는데 제각기 자루를 들었고 강바닥의 돌을 뒤지고 있다. 바로 조선족의 자수정 원석 채집자들이다.

"저놈들도 사기 치려고 돌을 줍는 것일까요?"

정성희가 떨리는 목소리로 물었다.

"다 조선족일까요?"

고개를 돌린 정성희가 김동호를 보았다.

"제가 알아보고 올게요."

"알았어, 기다릴게."

정성희가 가는 것이 낫겠다는 생각이 든 참이다.

잠시 후에 차로 돌아온 정성희가 고개부터 저었다.

"조선족은 아녜요. 북한 주민들인데 버린 원석을 다듬어서 싸게 판다네요."

"그걸 사서 중국으로 가져가고 있었군."

"자루 하나에 5만 원만 달라니까 우린……."

"130만 원 줬으니까 26배를 주고 샀네."

"모두 제 잘못입니다."

"내 책임이야."

차에 시동을 건 김동호가 쓴웃음을 지었다.

"이런 상황에서는 속는 자도 잘못이 있어. 조금 더 조심했어야 돼."

갑산을 떠나 북상한 지 2시간, 목표는 양강도의 국경도시 혜산이다. 혜산은 압록강 상류의 도시로 백두산에서 가깝기 때문에 관광객이 많다. 혜산이 20킬로 남았을 때 길가에 서 있는 두 사내를 보았다. 차량 통행이 드문 산길, 비포장도로여서 시속 30킬로 정도로 기어가고 있던 중이다. 인적도 없는 산기슭이어서 오후 4시경의 한낮이었지만 분위기가 수상했다.

"앗, 저기 돌이."

옆자리에 앉은 정성희가 놀란 외침을 뱉었을 때는 사내들을 지나 모퉁이를 돌았을 때다. 바로 눈앞 길 복판에 어른 몸통만 한 바위 3개가 놓여 있었던 것이다. 바위 바로 앞에서 브레이크를 밟았을 때 사내들이 달려왔다. 놀랍게도 손에 AK-47 소총들을 쥐고 있다.

"아앗!"

놀란 정성희가 외쳤다.

"강도예요!"

"타탕!"

그 순간 총성이 울렸는데 김동호 옆으로 다가온 사내가 옆쪽에 대고 위협 사격을 한 것이다.

"문 열어!"

사내가 이제는 김동호에게 총구를 겨누면서 소리쳤다. 험악한 표정이다.

"쏴 죽일 거야!"

"빨리!"

정성희 옆쪽 사내가 소리치더니 그쪽에서도 위협사격을 했다.

"탕!"

그때 김동호는 앞쪽 산기슭에서 다가오는 사내들을 보았다. 넷, 모두 손에 총을 쥐었다. 그중 가운데 선 사내가 대장 같다. 모두 여섯, 김동호가 고개를 돌려 정성희를 보았다.

"내리자."

정성희의 눈동자는 초점이 흐려져 있다. 당연한 반응이다.

차에서 내렸을 때 강도 여섯은 일사불란하게 움직였다. 둘이 김동호와 정성희를 산기슭 위쪽으로 끌고 올라갔고 대장까지 포함한 넷은 차를 길가에 바짝 붙여 주차하고 나서 바위를 치웠다. 그러고는 차 안의 물품을 나르기 시작했다. 대장은 짧게 지시를 하는데 효율적이다. 숙달된 솜씨. 대장은 30대 후반쯤, 검은 얼굴, 날카로운 인상, 마른 몸매, 작업복을 입었지만 군인 같다. 나머지 부하도 파카를 입거나 점퍼 차림이었는데 같은 또래다. 이윽고 산중턱에 여섯이 모두 모였을 때는 20분쯤 후다. 김동호와 정성희는 그동안 맨땅에 앉아서 구경을 했다. 총을 쥔 보초 하나는 계속 옆에 서 있었고, 그때 하나가 다가와 김동호의 옷을 샅샅이 뒤져 지갑, 휴대폰까지 다 빼앗았다. 정성희도 마찬가지다. 대장을 비롯해서 부하들은 밝은 표정이 되어 있다. 김동호의 가방에서 5만 원권 뭉치 15개, 7,500만 원을 찾아낸 데다 지갑에서 명함, 신용카드를 보았기 때문이다.

"너, 회사 사장이구나."

대장이 먼저 입을 열었다.

"맞지?"

"그렇습니다."

고분고분 대답한 김동호가 대장을 보았다.

"어떻게 하실 겁니까?"

"뭐? 어떻게 하느냐고?"

되물은 대장이 어이가 없다는 표정으로 김동호를 보았다.

"그걸 나한테 물어?"

"내가 알아야 할 것 아닙니까?"

"뭐, 이런 놈이 다 있어?"

어깨를 부풀렸다가 내린 대장이 김동호의 지갑에서 빼낸 카드를 손에 쥐고 흔들었다.

"너, 카드에서 얼마 빼낼 수 있어?"

"모르겠는데요."

"이 자식 봐."

대장이 옆에 선 부하에게 명령했다.

"이놈을 반쯤 죽여."

"예."

부하가 쥐고 있던 AK-47의 개머리판을 치켜들었다. 그러고는 김동호를 노려본 채 더욱 높게 들어 올렸다. 다음 순간 총을 내린 부하가 총구를 대장에게 겨누더니 방아쇠를 당겼다.

"타타타타타탕."

대장이 사지를 비틀면서 쓰러졌고 옆에 둘러 서 있던 두 명도 총을 맞았다.

"타타타타타타탕!"

112

옆쪽의 둘을 향해 부하는 다시 총을 난사했다. 순식간에 다섯이 쓰러졌고 움직이지 않는다. 난사를 그친 부하가 총구를 내리더니 김동호를 보았다.

"다 처리했습니다, 주인님."

그때 김동호가 고개를 끄덕였다.

"우리 짐을 다시 차에 실어."

일어선 김동호가 시체가 되어 있는 대장의 손에서 지갑과 카드를 집으면서 정성희를 보았다. 정성희는 아직도 땅바닥에 주저앉은 채 움직이지 않는다. 입이 반쯤 벌어졌고 눈동자는 흐려져 있다. 그때 김동호가 말했다.

"자, 가자."

차를 발진시켜 10분쯤이 지날 때까지 정성희는 멍한 얼굴로 앞쪽만 보았다. 김동호도 입을 열지 않았다가 다시 산모퉁이 하나를 돌고 나서 입을 열었다.

"강도단을 처음 만났군."

정성희가 고개를 돌려 김동호를 보았다. 그러나 입만 달싹였지 말이 안 나온다. 머릿속도 비었다. 김동호가 말을 이었다.

"그놈들은 우리를 죽이려고 했어. 카드의 대금을 다 빼놓고 말야."

"……."

"지금까지 여러 번 강도질을 했고 10여 명을 죽였어. 그렇지, 14명이군."

"어, 어떻게 아세요?"

마침내 정성희가 그렇게 물었다.

"왜? 왜 그 남자가 동료들을 다 죽였지요?"

이번에는 김동호가 쓴웃음만 지었고 정성희가 말을 이었다.

"그 남자가 갑자기 미친 것 아닌가요? 아니면……."

"미친 것 같군."

"그런데 사장님한테 왜 그러죠, 시킨 대로 다 하잖아요?"

"미쳐서 그래."

그때 다시 정성희가 입을 다물었지만 눈동자의 초점은 잡혀 있다.

혜산에 닿을 때까지 다시 정성희는 입을 다물고 있었다. 도착했을 때는 오후 6시 반.

"민박집을 알아봐야지."

김동호가 말하자 그때부터 정성희는 서둘렀다. 길가에 차를 세워두고 이리저리 돌아다닌 끝에 정성희는 민박집을 잡았다. 대문 앞에 아예 '민박'이라고 써 붙인 집이 많았기 때문이다. 남북연방이 되고 나서 폭주한 '남한 방문자'들을 위한 배려다. 이번에 민박한 집은 시내 중심가에 위치한 2층 저택이다. 마당까지 있어서 차를 주차시킬 여유도 있다.

"백두산 관광을 가시는 길인가요?"

40대의 여주인이 차에서 내린 김동호에게 물었다.

"아뇨, 관광보다 사업 때문에 온 겁니다."

김동호가 지그시 여주인을 보았다. 이제는 방심하지 않는다.

'또 사기꾼 사업가 중 하나군.'

여주인의 머릿속 생각이 줄줄이 이어진다.

'여기서 사업한다면 밀수뿐인데, 마약 사업을 하겠다는 건가?'

그때 김동호가 물었다.

"사업할 품목이 있습니까?"

"많죠."

여자가 눈웃음을 쳤다. 미모다. 여자의 내력이 궁금했기 때문에 김동호가 지그시 시선을 주었다.

'이정숙, 43세, 제11군단 참모 오우식의 첩. 제11군단은 사령부가 혜산시에 위치한 국경 감시 업무가 주 임무다. 오우식은 현역 육군 대좌로 첩이 3명이나 있는 터라 이정숙에게 한 달에 한 번 정도나 찾아온다. 이정숙은 제11군단 군악대 소속 가수 출신으로 나이가 들어서 가수를 그만두자 오우식이 첩으로 들여앉힌 것이다. 이정숙은 방이 6개나 있는 이층 양옥집을 오우식에게 넘겨받은 터라 이 저택을 민박집으로 사용하고 있다.'

방으로 들어온 김동호가 정성희에게 말했다.

"주인 여자한테 사업거리가 있느냐고 물어봐. 돈이 될 것이 있느냐고 여자끼리 이야기해 봐."

그때 정성희가 김동호를 보았다.

"저, 주인 여자한테 우리가 부부라고 했거든요."

"그래, 그것이 더 말하기 낫겠지."

고개를 끄덕인 김동호가 말을 이었다.

"주인 여자한테 돈 되는 건 다 하겠다고 말해."

"네, 사장님."

고개를 끄덕인 정성희가 김동호를 보았다. 아직도 강도단이 몰살당했을 때의 충격에서 벗어나지 못하고 있다.

"거들어 드릴 일 있어요?"

이곳 주방은 밖에 재래식 부엌처럼 만들어져 있기 때문에 정성희가 안으로 들어서며 물었다.

주방에서 된장찌개를 끓이고 있던 여자가 얼굴을 펴고 웃었다.

"아니, 괜찮아요. 새색시가 성품이 곱네."

다가선 정성희가 냄새를 맡는 시늉을 했다.

"맛있는 냄새네요."

"그런데 결혼한 지 얼마나 되었어?"

여자가 웃음 띤 얼굴로 묻자 정성희가 싱긋 웃었다.

"열흘쯤밖에 안 돼요."

"아이구머니, 지금 신혼여행 온 건가?"

"겸사겸사죠. 출장 간다고 해서 신혼여행 겸 따라온 거죠."

"색시가 고집을 부렸구나."

"그런 셈이죠."

"고향은 어딘데?"

"둘 다 서울요."

찌개 냄비 뚜껑을 열고 맛을 본 여자가 정성희에게 맛을 보라고 넘겨주면서 물었다.

"무슨 사업을 하는데?"

"유통업요. 장사가 될 물건을 사다가 팔려는 거죠. 어떤 물건이든 상관없어요."

"회사가 커요?"

"중소기업이지만 자금력이 있어요."

"여기까지 오면서 장사거리 좀 만들었어요?"

"예, 몇 개."

"뭔데요?"

"개천에서 통조림 공장과 계약했어요. 석 달 후부터 월간 10만 개씩 가져가기로 했지요."

"아유, 큰 사업이네."

"의주에 매장 건물 하나를 샀어요. 그곳에다 유통 대리점을 세우려구요."

"어머나!"

"강계에서 고철 사업을 하려고 직원 하나를 주재시켰지요."

놀란 듯 여자가 고개를 돌려 정성희를 보면서 말했다.

"사업하려면 혜산이 가장 좋아요."

"어떤 게 좋죠?"

"거부가 된 사람이 많다구요."

정성희의 시선을 받은 여자가 말을 이었다.

"이곳에다 관광 사업을 벌이면 남한 관광객들만으로도 떼돈이 벌립니다. 벌써부터 여기로 남한 관광업체들이 밀려오고 있거든요."

"그렇겠죠."

"숙박업, 식당, 여행 상품, 관광 안내 사업이 최고죠."

"그렇겠네요."

"혜산이 백두산 근처 최고의 요지니까요."

"그러네요."

"집값이 오르기 전에 서둘러야 돼요. 지금 하루가 다르게 집값이 오르고 있거든요."

고개를 끄덕인 정성희가 찌개 냄비를 보았다. 어느덧 찌개가 다 끓었다.

방에서 저녁을 먹으면서 정성희가 주인 여자의 말을 그대로 옮기고 나서 말했다.

"사업거리가 많다고 해요."

"그럼 정성희 씨가 여기 남아서 조사해."

고개를 든 정성희에게 김동호가 말을 이었다.

"이 집에서 하숙하면서 일해도 되고, 방을 하나 빌려도 되겠다."

"이 집에 월세를 드는 게 낫겠어요. 그럼 싸게 먹힐 테니까."

"알아서 해."

"집주인한테 주선해 보라고 할까요?"

"너도 알아보고."

수저를 내려놓은 김동호가 정색했다.

"마약 사업 이야기를 할지도 몰라."

"여기에 마약 공장이 있다는 소문은 들었어요."

"끌려들면 위험하니까 그런 건 안 한다고 해."

"알겠습니다."

정성희의 얼굴에 웃음이 떠올랐다.

"맡겨주셔서 고맙습니다."

"천만에. 넌 능력이 있는 사람이야."

수저를 내려놓은 김동호가 옆에 놓인 가방을 당겨 안에서 5만 원권 뭉치 2개를 꺼내 정성희에게 내밀었다.

"이건 출장비야. 모자라면 더 보내줄 테니까 사용 내역서만 보내."

그러고는 5만 원권 뭉치 1개를 더 꺼내 내밀었다.

"이건 보너스니까 집에 생활비로 보내라."

숨을 들이켠 정성희가 돈뭉치를 받은 채 눈만 껌벅였다.

그날 밤.

김동호의 품에 안긴 정성희가 고개를 들고 말했다.

"오늘 밤까지 우리 신혼여행은 나흘이네요."

"그래?"

쓴웃음을 지은 김동호가 정성희의 어깨를 당겨 안았다.

깊은 밤, 12시 반이다. 사방은 조용하다.

"나흘간의 신혼여행이야?"

"행복했어요."

정성희가 김동호의 허리를 두 손으로 감아 안았다.

"그리고 고맙습니다."

"내가 고맙지."

김동호가 고개를 숙여 정성희와 입을 맞췄다. 정성희가 가쁜 숨을 뱉으면서 몸을 붙인다.

방 안에 더운 열기가 번졌고, 말은 그쳤다.

다음 날 오전 김동호는 정성희의 배웅을 받으며 민박집을 떠났다.

이제 동호상사의 직원 셋이 의주, 강계, 혜산에 남아 대리점 형식으로 사업을 시작하게 될 것이다.

혼자 차를 몰아 혜산을 떠난 김동호는 양강도를 횡단하여 함경북도의 청진으로 향했다. 백두산 줄기와 함경산맥을 넘어가는 험난한 길이다.

이곳까지는 남한의 기업 사냥꾼 발길이 아직 적었기 때문에 비포장도로는 차량 통행이 뜸하다.

산길은 수십 개 구비가 이어졌고 다 끝났다고 생각하면 또 다른 구비가 이어졌다. 거기에다 가파른 길에 포장도 되지 않아서 시속 10킬로 속도로 기어올랐다가 내려간다.

아래쪽은 천길 낭떠러지였기 때문에 조금도 방심할 수가 없는 도로다.

양강도를 벗어났을 때는 오전 11시 반이 되어 갈 무렵이다. 4시간 동안 100킬로를 달린 것이다.

산길 중턱에서 차를 세운 김동호가 길가의 바위 위에 앉아 숨을 돌리고 있을 때다. 위쪽에서 지프 한 대가 내려오더니 김동호 앞에서 멈춰 섰다.

지프에서 내린 사내는 셋, 모두 30대쯤으로 캐주얼 점퍼 차림이다.

차 번호판이 남한 번호판이었기 때문에 김동호가 먼저 물었다.

"한국에서 오신 분입니까?"

"예, 반갑습니다."

셋 중 하나가 웃음 띤 얼굴로 다가와 말했다.

"함경도 어디 가십니까?"

"청진 들렀다가 나진까지 올라가려구요."

"여기서 청진까지 가는 것보다 차라리 김책으로 가시죠. 그게 가깝습니다."

사내 둘은 옆에서 담배를 피우기 시작했다.

김동호가 물었다.

"여기서 직선거리는 청진이 가까운데, 무슨 일 있습니까?"

"길이 끊겼어요. 폭설에다 산비탈이 무너져서."

사내가 핸드폰을 켜더니 찍은 사진을 보여주었다. 3시간 전에 찍은 사진이다.

산사태로 무너져 내려서 길이 보이지 않는다.

"우리도 명천에서 청진으로 가려다가 차를 돌려서 양강도로 가는 중입니다."

명천은 함경북도 청진과 김책 사이의 소도시다.

"뒤쪽 길은 지장 없습니까?"

사내가 물었기 때문에 김동호가 길을 설명해 주고는 물었다.

"난 사업거리 찾아다니는데, 관광 오셨습니까?"

"여길 어떻게 관광 옵니까? 고생만 죽어라고 하는데요."

쓴웃음을 지은 사내가 명함을 꺼내 내밀었다.

'일신자원'이라는 회사다.

"우린 광산을 찾아다니고 있습니다. 금광, 은광, 주석, 석탄까지요."

사내가 떠들썩한 목소리로 말하더니 두 손을 벌려 보였다.

"남한보다 광물은 많은데, 다 개발을 해 놓았군요."

김정숙시에서 자수정 원석으로 사기당한 이야기를 해주려다가 웃음거리가 될 것 같아서 김동호는 입을 다물었다.

그때 담배를 피우던 사내 하나가 김동호에게 말했다.

"강도 조심하세요."

고개를 든 김동호를 향해 사내가 빙그레 웃었다.

"북한 강도단 말입니다. 여럿이 당했답니다."

"아, 나도 당했습니다."

"그런데 차가 새것인데 아깝네요."

다른 사내가 말했기 때문에 김동호가 웃기만 했다.

"우리가 쓸 수가 없어서요."

사내가 그렇게 말했을 때 먼저 김동호에게 말을 건 사내가 몸을 돌렸다.

"자, 끝내자."

어느새 사내의 손에는 권총이 쥐어져 있다. 인적이 없는 깊은 산속, 차량 통행도 없다.

그때 사내의 시선을 받은 김동호가 빙그레 웃었다.

그 순간.

"탕! 탕!"

요란한 총성이 두 발 울렸고, 김동호 옆에 서 있던 두 사내가 머리에 총탄을 맞고 벌떡 자빠졌다.

사내가 제 동료들을 쏜 것이다. 그러더니 총을 쥔 채 김동호를 보았다. 초점이 멀어진 눈동자가 번들거리고 있다.

그때 김동호가 고개를 끄덕이자 총구를 제 옆머리에 댄 사내가 방아쇠를 당겼다.

"탕!"

사내가 쓰러졌을 때 김동호는 몸을 돌렸다.

이번에는 남한 강도단이다.

청진까지의 길이 막힌 것은 사실이었기 때문에 그날 오후 6시경에 김동호는 김책시로 들어섰다.

이곳은 남한 방문자가 적은 때문인지 도로에 차량 통행이 뜸했고, 거리에도 인적이 드물다.

시내 중심가에 위치한 단층 저택이 마당도 넓었기 때문에 문을 두드렸더니 여자가 나왔다. 30대쯤으로 화장기가 없는 얼굴이었지만 미모다.

"누구세요?"

"남한 방문자인데 민박합니까?"

김동호가 묻자 여자가 길옆에 주차시킨 차를 보았다. 그러더니 망설이는 듯이 눈동자가 흔들렸다가 고정되었다.

"우리 집에는 저 혼자뿐인데요."

"그건 저도 마찬가지인데, 저도 무섭습니다."

김동호가 정색하고 말했더니 여자가 희미하게 웃었다.

"방만 빌려주시면 됩니다. 라면 가져왔으니까 끓여 먹으면 되니까요."

"하룻밤 주무시게요?"

"우선 하룻밤만 빌리죠. 혜산에서 하루 종일 차를 운전하고 왔습니다."

122

"난 민박 안 해봤는데, 방도 치우지 않았구요."

"방 빌려주면 되는 거지, 민박 경험이 필요합니까?"

"그럼 들어오세요."

여자가 대문을 열어주었기 때문에 김동호는 차를 끌고 들어와 마당 한쪽에 세웠다.

대문을 잠근 여자가 신기한 듯이 SUV를 둘러보더니 곧 앞장섰다.

"따라오세요."

"방값이 얼마지요?"

뒤를 따르며 묻자 여자가 고개를 돌려 김동호를 보았다.

"모르겠어요, 안 해봐서. 하룻밤에 얼마 내셨지요?"

"저녁, 아침 식사 포함해서 7만 원 냈습니다. 혜산, 강계, 의주, 개천을 거쳤는데 다 비슷하던데요."

"그럼 그렇게 할게요."

이제는 여자의 목소리가 가벼워졌다.

단층 기와집인데 마루도 깨끗했고 한옥 구조로 마루방이 넓고 좌우가 방으로 연결되어 있다.

김동호는 안쪽 방으로 안내되었다. 말끔하게 정돈된 방이다.

"제가 치워 드릴게요."

여자가 서둘러 방바닥에 놓은 옷가지를 주워들더니 김동호에게 말했다.

"찬은 없지만 1시간쯤만 기다려 주시면 저녁상을 봐올게요."

여자와 시선이 부딪쳤을 때 주르르 내력이 떴다.

'민희숙. 33세, 김책대학 국문과 교수, 김일성대 졸. 애인인 박성기가 남북연방 성립 전에 탈북하다가 사살됨. 박성기와 연루되어 직장에서 해직된 상태. 박성기는 김책시 당 경리부장으로 수산물 판매 대금 45만 불을 횡령한 혐의를 받고 있다가 탈북을 시도했다. 이 저택은 민희숙의 부모가 남겨준 것이다. 부모는 5년 전 교통사고로 사망.'

저녁상은 고등어구이에 절임, 채소무침, 김치, 미역국이다.

맛있게 밥그릇을 비우고 상을 방 밖으로 내놓았더니 민희숙이 물었다.

"밥 더 드릴까요?"

"배부르게 잘 먹었습니다."

김동호가 5만 원권 3장을 준비해 두었다가 내밀었다.

"이틀분 방값입니다. 먼저 받으시지요."

"한국 돈 처음 봐요."

두 손으로 돈을 받은 민희숙의 얼굴이 붉어졌다.

"거스름돈 1만 원 드려야 하는데 남한 돈이 없어요. 어떻게 하죠?"

"그건 됐습니다."

"아니, 그럴 수 없죠."

"그냥 받으시는 겁니다. 되돌려주는 건 실례입니다."

"그런가요?"

민희숙의 상기된 얼굴이 아름다웠기 때문에 김동호가 한숨을 쉬었다.

그때 민희숙이 몸을 돌리면서 말했다.

"생강차를 내올게요."

"사장님이시군요."

김동호의 명함을 받은 민희숙이 고개를 들고 말했다.

"전 민희숙이라고 합니다. 두 달 전만 해도 여기 김책대학 국어과 교수였는데 해직당하고 나서 집에 있는 중이구요."

다시 얼굴이 붉어진 민희숙이 김동호를 보았다.

"남북연방이 성립되지 않았다면 저는 교화소에 갈 뻔했어요. 제 남자 친구가 공금을 횡령하고 탈북하다가 사살되었기 때문이죠."

"저런!"

"지금은 격변기라 절 괴롭히는 사람들이 없어졌는데, 언제 이 집에서도 쫓겨날지 알 수 없습니다."

"그럴 리가 있습니까?"

"생활비도 다 떨어져 가는데 김 사장께서 나타나신 것이죠."

"그럼 이 집에 오래 하숙해야겠습니다."

"그러실 필요는 없구요."

민희숙의 얼굴이 더 빨개졌다.

"저도 남한으로 내려가서 아무 일이나 해야겠어요. 제가 국어 교수지만 러시아어, 중국어도 하거든요."

"여기서 나하고 같이 일하시든지요."

또 김동호가 끌어들였다. 저절로 입 밖으로 말이 튀어나온 것이다.

놀란 듯 눈을 크게 뜬 민희숙을 향해 김동호가 말을 이었다.

"이곳에서 사업할 수 있는 품목을 조사해 볼 텐데, 민희숙 씨가 도와주시면 대가를 드리지요."

"제가 김책시에서 6년을 살았지만 사업은……."

그렇게 사양했지만 민희숙의 두 눈이 반짝였다.

그때 김동호가 말했다.

"시장조사하는 데 도와주시면 됩니다."

다음 날 아침, 길 안내를 부탁한 민희숙을 옆에 태우고 김동호가 시내로 나갔다. 인구 30만이 안 되는 도시였지만 거대한 공장이 늘어서 있다.

김책시는 옛날 성진시를 이름을 바꾼 것이다.

6·25 때 서부전선사령관이었던 항일투사 김책이 전사하자 성진시를 김책시로 개명했다.

김책시는 철강산업과 금속가공산업이 발달했지만 기계가 낡았고 수출량이 극히 미미했다. 폐쇄된 공장도 많았기 때문에 공단은 인적도 드물다.

바닷가에 차를 세운 김동호와 민희숙이 나란히 섰다.

오전 11시쯤 되었다.

"앞쪽이 일본이군요."

수평선을 바라보면서 김동호가 말하자 민희숙이 바람에 어깨를 움츠리면서 말했다.

"이곳이 원산 이북으로는 유일한 양항이죠."

"그렇군. 함경남북도의 물량은 대부분 이곳을 통해 배에 실리겠네요."

"실을 물품이 있어야죠."

민희숙의 얼굴에 웃음이 떠올랐다.

"도로 사정이 아주 나쁜 데다 항만 시설도 좋지 않잖아요?"

"그렇군."

고개를 끄덕인 김동호가 민희숙을 보았다. 영하의 날씨다. 바닷바람까지 강했기 때문에 목도리를 두른 민희숙의 볼이 빨갛게 얼었다.

민희숙은 165쯤의 신장에 날씬한 몸매다. 아담한 체격이어서 어깨를 움츠리자 더 가냘파 보였다.

그때 민희숙이 물었다.

"때로는 전혀 엉뚱한 시도를 해봐도 되지 않을까요?"

"어떤 시도 말입니까?"

"이곳에 커다란 여관을 짓는 사업 같은 거 말이죠. 아니, 남한 사람들은 호텔이라고 하나?"

"……"

"그래서 바다 건너 일본 사람들을 관광객으로 받는 것이지요, 배를 타고 온 관광객."

"……"

"여기서 관광할 것이 뭐가 있느냐구요? 그냥 이대로를 보여주는 거죠, 북한 사람들이 사는 모습."

"……"

"일부러 꾸밀 필요도 없어요. 그럼 더 어색해요."

김동호가 한숨을 쉬었다. 과연 교수다.

저택으로 돌아왔을 때는 오후 6시 반이다.

"제가 저녁 차릴게요."

차에서 내린 민희숙이 서두르며 주방으로 다가갔을 때 김동호가 불렀다.

"여기 이것으로 저녁을 먹읍시다."

김동호가 차 뒷문을 열면서 말했다. 그러자 가득 쌓여 있는 라면 박스, 통조림, 포장된 식품이 드러났다. 수십 종이다. 놀란 민희숙이 입을 쩍 벌렸다.

"처음 봐요."

"이걸 다 여기에다 내립시다."

김동호가 라면 박스를 내리면서 말했다.

"아니, 왜요?"

"난 여기서 이제 서울로 돌아가려고."

"언제요?"

"글쎄, 내일은 떠나야겠는데. 그러니까 여기에 내리는 게 낫겠네요."

"너무 많은데요."

"집에서 민 선생이 요리해 먹으세요."

짐을 주방으로 나르면서 둘은 말을 주고받는다. 아늑한 저녁이다. 옆집에서 밥 짓는 연기가 흘러들어왔다. 나무 연료를 때는 것 같다.

그날 밤. 참치 통조림으로 찌개를 끓이고 햄 통조림으로 밑반찬을 만들어서 둘은 마주 앉아 저녁을 먹었다.

"그 호텔 사업, 연구해 봐요."

씹던 것을 삼킨 김동호가 말했더니 민희숙이 고개를 들었다.

"정말요?"

"다른 사람은 생각하지도 못했던 아이디어 아닙니까? 참신했어요."

김동호가 웃음 띤 얼굴로 민희숙을 보았다.

"바닷가 땅을 매입해서 호텔을 짓는 동안 주변 환경이 변할 수도 있지요. 그럼 우리가 미래를 내다본 선지자가 될 겁니다."

"만일 그때까지 주변 환경이 변하지 않으면요?"

"우리가 변하도록 유도할 수도 있고."

"지금은요?"

마침내 민희숙이 주저하며 물었을 때 김동호가 웃었다.

"자금도 없이 그런 일 하겠습니까?"

"엄청난 자금이 들 텐데요."

"그렇겠지요."

"전 여기서 타당성 조사부터 할게요. 토지 매입 절차도 모르고 당국에서 허가해 줄지도 모르니까요."

"그러니까 적극적으로 연구해보라는 겁니다."

수저를 내려놓은 김동호가 민희숙을 보았다.

"그러려면 민 선생의 직책이 있어야겠지요. 어때요? 동호상사의 김책시 지부장을 맡아 주실랍니까?"

"아휴, 저는……."

민희숙의 얼굴이 순식간에 빨개졌다.

"저는 자격 없어요."

"난 이미 개천, 의주, 강계에 지점을 세웠습니다. 김책이 네 번째 지점이 되는 셈이지요."

"저는 회사 생활 경험도 없는 데다……."

"호텔 사업뿐만 아니라 사업이 될 만한 업종이면 무엇이건, 그리고 김책시뿐만 아니라 위쪽 청진이나 나진 지역까지 맡깁니다."

이제는 눈만 크게 뜬 민희숙에게 김동호가 말을 이었다.

"우선 시의 관련자를 만나 토지 매입 가능성을 체크해 보세요. 그러고 나서 토지를 물색해봐야겠지요."

"알겠습니다."

마침내 민희숙이 어깨를 늘어뜨렸다.

식사를 마친 김동호와 민희숙은 마루방에 나와 창가의 의자에 앉았다. 밤 9시쯤 되었다. 추운 날씨여서 마루방 중앙에는 주먹탄 난로를 켜 놓았는데 화력이 좋아서 훈훈했다. 주먹탄이란 석탄을 주먹만 하게 뭉쳐놓은 것으로 땔감용이다.

민희숙이 김동호가 가져온 인스턴트커피를 타서 앞에 놓았다. 북한의 전력 사정이 좋지 않아서 9시가 넘었을 때 민희숙은 아예 전기를 끄고 마루방

구석에 양초를 2자루 켰다. 그것이 은은하게 비추는 바람에 방 안이 더 아늑해진 느낌이 든다.

커피 잔을 든 김동호가 앞에 앉은 민희숙을 보았다. 머릿속을 빨아들여서 민희숙의 내력은 김동호의 머릿속에 다 입력된 상태다. 김동호는 민희숙을 보면서 옛 애인의 기억을 맨 끝으로 밀어 넣었다. 컴퓨터 자료 중 앞에 나와 있는 것을 끝 쪽으로 밀어놓는 것이나 같다. 그리고 자신에 대한 감정을 맨 앞쪽으로 놓았다. 그렇지 않아도 인기 상승하는 품목처럼 치고 올라오던 김동호에 대한 감정이다.

이윽고 김동호가 시선을 떼었을 때 민희숙이 길게 숨을 뱉었다.

"갑자기 왜 이렇게 가슴이 가뿐해진 느낌이 드나 모르겠네요."

혼잣소리처럼 말한 민희숙이 김동호를 보았다. 두 눈이 반짝였고 어느덧 얼굴이 붉게 달아올라 있다.

다음 날 아침. 식사를 마친 김동호가 민희숙을 불러 비닐 가방을 내밀었다.

"시장조사 비용하고 2달분 월급이 들었어요."

놀란 민희숙이 주춤거렸을 때 김동호가 말을 이었다.

"두 달분 월급 1천만 원, 시장조사 비용 1천만 원이오."

얼굴이 빨개진 민희숙이 숨만 쉬었고 김동호가 민희숙의 손에 가방을 쥐어 주었다.

"난 지금 떠납니다. 여유를 갖고 일하시도록. 금방 성과를 낼 수는 없을 테니까요."

"열심히 하겠습니다."

마침내 민희숙이 인사를 했다.

"최선을 다하겠어요."

김책시에서 해안선을 따라 남하하기로 했다. 오전 9시에 출발해서 단천에 도착했을 때는 11시. 이곳에서 함경남도 신포, 함흥을 거쳐 계속 남하하면 강원도 문천, 원산에 닿는다. 김책에서 원산까지만 해도 평양에서 의주까지 보다도 먼 길이다.

"열심히 사업하는 건가?"

단천 길가에 차를 세우고 주위를 둘러보고 있는데 다가온 사내 하나가 말했다. 40대쯤의 허름한 점퍼 차림의 사내와 시선이 마주친 순간 김동호는 숨을 들이켰다. 낯익은 얼굴, 누구인가? 그때 사내가 얼굴을 펴고 웃었다.

"그때는 내가 머리를 박박 깎았지?"

"악!"

김동호의 입에서 저절로 비명이 터졌다. 북한산 입구에서 만난 그 사람, 바로 신(神), 언제부터인가 김동호의 머릿속에서 지워졌던 존재. 입을 딱 벌렸던 김동호의 입에서 저절로 말이 튀어 나왔다.

"여긴 웬일이십니까?"

뱉고 나서야 그것이 말도 안 되는 말이라는 것을 깨달은 김동호가 어깨를 늘어뜨렸을 때 신(神)이 턱으로 SUV를 가리켰다.

"네 차에 타고 이야기하자."

신(神)하고는 차에 못 타나? SUV의 앞좌석에 김동호와 신(神)이 나란히 앉았다. 차량 통행이 많지 않은 길이어서 길가에 주차시킨 SUV 앞으로 사람들이 왔다 갔다 한다. 한동안 앞쪽을 응시하던 김동호가 먼저 입을 열었다.

"잘 지내셨죠?"

그때 신이 고개를 돌려 김동호를 보았다.

"그게 인사냐?"

"그럼 어떻게 인사합니까?"

"복권 맞춰가는 것부터 시작해서 지금에 이르기까지 느낀 점을 말해봐라."

"신의 능력은 결국 무(無)로 돌아간다는 것을 느끼고 있습니다."

그 순간 신의 얼굴에서 표정이 사라졌다. 웃는 것도 우는 것도, 성난 것도, 지친 것도 아닌 가라앉은 표정, 깊은 물속 같은 표정이다. 한동안 김동호를 응시하던 신이 입을 열었다.

"네가 점점 능력을 찾지 않는 것이 그 증거가 될 것이다."

"그렇습니다."

"그것이 무엇을 의미하느냐?"

"인간은 다 신이라는 뜻입니다."

신은 입을 다물었고 김동호가 말을 이었다.

"인간은 신에서 내려왔다가 신으로 올라가는 존재입니다. 그것을 끊임없이 반복하는 것 같습니다."

"으음."

신음을 뱉은 신이 고개를 들고 김동호를 보았다.

"네가 그야말로 득도를 했구나."

"인간이 되려고 노력하는 중입니다."

"지난 일들이 꿈을 꾼 것 같지 않느냐?"

"그렇습니다."

고개까지 끄덕인 김동호가 번들거리는 눈으로 신을 보았다.

"지금도 그 꿈이 이어지는 것 같습니다."

"악마가 나타난 것은 우연이 아니다."

이제는 앞쪽을 응시한 채 신이 말을 이었다.

"세상을 돌다가 이 땅이 가장 경직되어 있었기 때문에 신과 악마가 소용돌이를 일으킨 것이야."

"이제 그 소용돌이는 그쳤습니까?"

"그것 때문에 내가 너한테 찾아왔다."

고개를 돌린 신의 얼굴에 웃음이 떠올랐다.

"이곳을 그대로 두면 다시 썩는다. 명심해라. 네가 다시 소용돌이를 일으키도록 해라."

신의 목소리가 귓속에 파고들었다. 그리고 다음 순간 김동호가 눈을 멀쩡하게 뜨고 있는데도 눈앞의 신이 사라졌다.

"갓댐."

우선 욕부터 뱉은 김동호가 숨을 골랐다.

"앗."

차에서 다시 내린 김동호의 눈앞으로 귀신이 다가오고 있다. 50대쯤의 사내 머리 위에 뜬 귀신이다. 김동호에게는 머리 위에 또 한 개의 머리가 붙어 있는 것으로 보였지만 인간들에게는 안 보이겠지.

"언제 데려 가냐?"

가깝게 왔을 때 김동호가 귀신에게 물었더니 바로 대답이 왔다. 물론 머릿속 말이다.

"10분쯤 후에."

"어떻게?"

"심장마비로. 애 심장이 약해."

스치고 지나면서 귀신이 눈을 둥그렇게 떴다.

"너 같은 애 첨 본다. 우린 머리 위에 떠 있는데 넌 아주 뒤집어썼구나."

이제 귀신이 보이기 시작한다. 이건 신의 말씀대로 소용돌이를 일으키라는 계시인가? 그런데 어떻게?

점심을 먹으려고 식당에 들어갔더니 손님이 가득 차 있다. 장국밥 식당인데 남한 손님은 김동호 하나뿐인 것 같다. 이곳 단천까지는 남한 사업가들의 발길이 아직 많지 않은 모양이다. 그러나 남한 돈은 통용되어서 불편은 없다.

"오늘 밤에 시작하라는 지시를 받았어."

갑자기 귀에 목소리가 박히듯이 들렸다. 이 소란한 식당 안에서 그 목소리가 바로 귀에다 대고 말한 것처럼 들린 것이다. 놀란 김동호가 주위를 둘러보았다.

옆 좌석에는 여자 셋이 앉았다. 위쪽에는 아이를 데리고 온 사내가 밥 흘리지 말라고 잔소리 중이다. 그 뒤쪽에는 노인 둘이 열심히 밥을 먹는다. 그럼 뒤는? 부부가 떠들고 있다. 그럼 어디냐? 다른 사내의 목소리가 이어졌다.

"거기 소총이 5백 정은 있어. 실탄은 수십만 발. 수류탄까지 있으니까 거기서 신고 나오면 돼."

"무기고 경비 병력은 몇 명이야?"

처음 사내가 묻자 대답이 이어진다.

"1개 분대 병력인데 12시쯤이 적당해."

"알았어. 북한에서 첫 폭동이 단천에서 시작하게 되었군."

"우린 지시받은 대로만 하면 돼."

그때 김동호는 반대쪽 벽에 마주 보고 앉은 두 사내를 보았다. 김동호의 좌석에서 반대편 맨 끝이다. 사이에 식탁이 6개나 있고 수십 명이 떠들고 있는데도 둘의 말만 들린 것이다.

이제 다시 신의 능력이 작동되었다. 이것이 바로 소용돌이의 시작인가? 신이 이끈 것인가?

강정필이 들어서자 둘러앉아 있던 사내들이 일어섰다. 오후 1시 반, 이곳은 덕천 시내의 이층 건물 안. 1층은 농기구 수리점이지만 문을 닫았고 이층 사무실이다. 비워놓은 위쪽 의자에 강정필이 앉았을 때 조태성이 보고했다.

"12명 전원 참석했습니다."

고개를 끄덕인 강정필이 입을 열었다.

"계획대로 무기고를 오늘 밤에 습격한다."

주위를 둘러본 강정필이 말을 이었다.

"오늘 밤부터 작전이 시작되는 거다."

길 건너편의 2층 건물을 올려다보던 김동호가 몸을 돌리고는 발을 떼었다. 건물 2층에서 말하는 강정필의 말을 다 들은 것이다. 이제는 이 정도의 거리에서 마음을 먹은 상대의 말을 들을 수가 있게 되었다. 신의 능력을 응용하기 시작한 것이다.

강정필은 북한군 특전대 중좌 출신으로 이번 남북연방의 결성으로 실업자가 된 군인 중 하나다. 정예부대였던 특전대가 축소되고 전역된 장교들은 새 직장을 기다리거나 직장을 찾아 남한으로 내려갔다.

"북조선을 팔아먹은 거요."

위중보가 직설적으로 말했다.

"강 중좌가 북조선을 회복하시오, 우리가 적극적으로 도울 테니까."

이곳은 평양 천리마거리의 개장국 식당 안. 남북연방 합의가 되고 나서 18일 후이자 특전대가 해체 수준으로 축소된 지 3일 후, 천리마거리는 남한 방문객으로 뒤덮여 있다.

그때 특전대에서 근무할 때 만난 위중보가 강정필을 찾아와 만난 것이다. 위중보는 중국해방군 소속 정치위원, 장군 급이다.

"평양이나 서쪽 도시는 배신자들이 장악하고 있으니까 상대적으로 감시가 허술한 동부 지역에서 반란을 일으켜요, 자금과 정보는 얼마든지 댈 테니까."

위중보가 번들거리는 눈으로 강정필을 보았다.

"동무의 능력으로는 동해안의 1개 지역에서 전역을 장악할 수도 있소. 그리고 만일……."

어깨를 부풀렸다가 내린 위중보가 말을 이었다.

"일이 잘 안 되면 바로 중국으로 넘어오시오. 동무가 마음 놓고 활동하도록 내가 동무 가족은 먼저 중국으로 보내드리고 의식주 걱정 없게 만들어 드리지요."

그리고 그다음 날, 강정필 가족은 압록강을 넘었고 지금은 단둥의 저택에서 산다. 생활비로 1백만 위안을 받았다는 연락도 받았다. 점심때 식당에서 강정필과 시선이 마주친 순간에 읽어낸 사연이다.

소용돌이의 시작이다.

"예, 단천경찰서입니다."

전화를 받은 사내가 그랬다. 이제 북한도 경찰서가 생겼다. 보위부가 이름만 바꾼 것이다. 그리고 남한 경찰관 계급에 맞춰서 내부 계급도 바꿨다.

"예, 반란 신고를 하려고요."

김동호가 말했더니 사내가 되물었다.

"반란 신고요?"

"예, 반란을 일으키려고 합니다."

"반란요?"

"예, 그러니까 서장이나 간부들을 바꿔주시죠."

"전화 거시는 분은 누구십니까?"

"강정필입니다."

김동호가 주위 소음이 컸기 때문에 송화구를 손바닥으로 감싸 안았다. 이곳은 시내 잡화 가게 안, 손님들이 많다. 남한 제품이 조금 전에 도착했기 때문이다. 정신없는 주인한테 1만 원을 줬더니 그 와중에도 반색을 하고 전화기를 내 주었다. 그때 단천경찰서 담당자가 소리쳐 물었다.

"누구요? 강정필?"

"예, 제4군단 제1특전대 2대대장 강정필 중좌요. 기록을 보면 알 거요."

"그럼 본인이란 말입니까?"

"그렇다니까? 빨랑 서장을 바꾸란 말야!"

"알았습니다."

다음 과정은 뻔하다. 김동호는 전화기를 귀에 붙인 채 기다리면서 쓴웃음을 지었다.

"여보세요."

5분 후에 수화구에서 다른 목소리가 나왔을 때 김동호가 먼저 물었다.

"확인한 거요?"

"예편하셨던데, 지금 단천에 계십니까?"

"동무는 누구야?"

"난 보안과장 유기준이오."

"보위부 상위였군."

"동무, 지금 장난하는 거요?"

"오늘 밤 12시에 제37부대 무기고를 습격해서 무기를 탈취할 작정이야."

"누가 말이야?"

이제는 상대방도 반말을 쓴다.

"쓸데없는 짓 하면 당신, 체포할 거야."

"오늘 밤 놔두면 네가 총살당할 거야."

"당신 정말 이럴 거야?"

"오늘 밤 12시에 제37부대 무기고가 탈취당할 거라고 내가 분명히 경고했어."

김동호가 목소리를 높였다.

"바로 내가 그 무기고를 탈취할 것이라고 자수를 했단 말야. 내가 압력을 받아서 습격 부대를 지휘하게 되었는데 미리 정보를 준 거라고."

"……"

"이 통화도 녹음되었을 테니까 나중에 일이 터지면 너는 반란 동조죄로 처형될 거야. 나도 녹음을 했고."

이 정도면 되었다고 생각한 김동호가 전화기를 내려놓았다. 일단은 이렇게 수습을 하자. 그러나 이 정도로 끝날 일은 아니다.

"아앗!"

김동호가 숨을 삼켰다. 김동호는 지금 강정필을 보는 중이다. 강정필이 뭘 하고 있는가 궁금한 순간, 갑자기 리모컨으로 보고 싶은 영화 버튼을 누른 것처럼 강정필이 눈앞에 나타난 것이다. 아니, 펼쳐졌다고 보는 게 낫다, 보기 좋게 찍은 사진처럼.

사무실 옆방으로 옮겨온 강정필이 핸드폰을 귀에 붙이고 있다. 핸드폰에서 울리는 목소리.

"당분간은 도청 위험이 없어요, 아직 북측 기관도 자리 잡지 못한 데다 이직자가 많아서 관리가 엉망이니까."

"알겠습니다. 오늘 밤에 무기를 탈취하면 바로 경찰서를 습격합니다."

강정필이 말을 이었다.

"그다음에 조선은행을 습격해서 금고를 탈취할 겁니다."

"알았습니다."

통화를 끝낸 강정필의 두 눈이 번들거렸다.

"이 나라를 미국 놈들의 식민지로 놔둘 수는 없어. 내가 목숨을 버리더라도 되찾고 말 테다."

SUV 안으로 돌아왔다. SUV 안에 앉은 채 리모컨을 켠 것이나 같다.

"뭐야?"

김동호가 눈을 치켜뜨고 혼잣소리를 했다.

"이게 뭔 소리여?"

미국 식민지라니, 지금도 식민지살이를 하는 나라가 있어?

일제 식민지라는 소리는 들었어도 남한, 그러니까 한국에서는 못 들었던 소리다. 북한에서 사용하는 단어인 것 같다.

한국을 두고 한 말 같은데 남북연방이 결국 미국 식민지가 되었던 말인가? 김정은은 놔두고 최용해, 그리고 지금은 사라진 김영철까지도 남북연방을 그렇게 안 봤는데?

김동호가 어깨를 늘어뜨렸다.

"중국이 그렇게 세뇌시켰군."

아니, 이것들이 어쩌려고 그러는 거야?

단천경찰서 안, 서장 천동준이 앞에 선 보안과장 유기준을 보았다.

"오늘 밤 37부대 무기고를 습격한다고?"

"예, 강정필이라고 신분을 밝혔습니다."

"강정필이 해직된 4군단 1특전대 2대대장이었다구?"

"확인했습니다."

"어쨌든."

어깨를 치켰다가 내린 천동준이 말을 이었다.

"37부대에 경고를 해주는 것이 낫겠다. 연락해."

"미쳤다고 하지 않을까요? 강정필이라고 연락한 놈이 본인인지도 알 수 없지 않습니까?"

"그래도 안 하는 것보다는 낫지 않냐?"

버럭 화를 낸 천동준이 주먹으로 책상을 쳤다.

"연락해서 미친놈 소리 들을래? 아니면 그 말이 사실이 되었을 때 반란 공모자가 되어서 총살당할래?"

유기준이 당장 대답했다.

"바로 연락하겠습니다."

제37부대는 해안 경비대로 1개 대대 병력이 단천 북부 지역 해안선과 앞쪽 바다 경비를 맡고 있는데 부대장은 김학순 중좌다. 그러나 대대 병력 460명 중 225명이 현재 탈영, 휴가, 출장 상태여서 절반 병력으로 해안 경비를 수행 중이다.

4시 5분, 당직사령 오만생 대위가 단천경찰서 보안과장 유기준의 전화를 받는다.

"뭐라구요?"

유기준의 말이 다 끝나기도 전에 오만생이 되물었다.

"우리 부대를 습격해서 무기고를 털어가요? 4군단 제1특전대 2대대장이었던 강정필 중좌, 그러니까 전역한 중좌가 말입니까?"

"예, 본인이라고 그렇게 자수했습니다."

"단천경찰서에서 체포했어요?"

"아니, 본인이 그럴 예정이라면서 자백했다니까?"

"자수했다면서요."

"말이 잘못 나와서, 내가 말입니다."

"동무, 미쳤소?"

"뭐라고? 야, 이 새꺄."

"아니, 이 새끼가 얻다 대고."

경찰서하고 군부대하고 쌈이 붙었다가 곧 서로 실속이 없음을 깨닫고 끝났다.

"어쨌든 난 통보했습니다. 녹음 기록도 남겼으니까."

유기준이 마무리 멘트를 했다.

"경찰서, 그 새끼들."

보고를 받은 37부대장 김학순 중좌가 쓴웃음을 지었다.

"미친놈 신고를 받고 책임은 지기 싫으니까 연락해 온 거다."

그러나 김학순이 곧 정색했다.

"오늘 밤 경비를 2배로 늘려라. 그리고 무기고 경비는 3배로 늘린다."

그러고는 덧붙였다.

"준비 단단히 해서 손해 볼 것 없다."

그로부터 10분 후에 강정필이 전화를 받는다. 이곳은 바닷가의 민가 안. 주위에는 부하들이 오가고 있다.

"조금 전에 연락이 왔어. 무기고를 동무가 탈취하려고 온다는 거야."

사내가 억양 없는 목소리로 말을 잇는다.

"연락한 사람이 단천경찰서 보안과장이야. 누가 경찰서에 신고를 했다는군."

"……."

"어쩔 수 없이 무기고 경비병을 3배로 늘렸어. 오늘 밤 경비병은 2배."

"정보가 어디에서 샌 것일까?"

"글쎄."

이 목소리는 강정필과 함께 개장국 식당에서 이야기하던 사내다. 어금니를 물었다가 푼 강정필이 입을 열었다.

"그대로 밀고 나갈 거야. 우리가 조금 피해를 입더라도 무기를 탈취할 거다."

김동호가 차를 멈추고는 밖으로 나왔다. 바닷가다. 오후 5시 10분, 석양이 수평선 위로 떨어지듯이 걸려 있다. 찬바람이 휘몰려 왔기 때문에 파카의 깃을 세운 김동호가 바다에서 시선을 돌려 옆쪽을 보았다.

여자 한 명이 걸어오고 있다. 모래사장 위를 걸어 이쪽으로 오고 있는 것이다. 바람에 머리에 쓴 스카프가 날렸고 패딩 코트 자락이 흔들렸다. 20대쯤으로 무표정한 얼굴이다.

이곳은 시내에서 북쪽으로 5킬로쯤 떨어진 외진 바닷가다. 길가에 세워진 차도 김동호의 SUV 한 대뿐이고 50미터쯤 오른쪽에 대여섯 채의 함석지붕을 잇댄 민가가 있을 뿐이다. 어촌이다. 그리고 왼쪽으로 3백 미터쯤 거리에

142

철조망으로 담장을 친 부대 건물이 보인다. 바로 37부대다.

그때 10미터쯤의 거리로 다가온 여자가 고개를 돌려 김동호를 보았다. 그 순간 김동호의 눈이 여자의 눈 속으로 빨려 들어가는 느낌을 받고는 어금니를 꽉 물었다. 저절로 숨을 들이켰기 때문에 어깨가 부풀려졌다.

그때 여자가 걸음을 멈췄다. 여자도 눈을 부릅뜨고 있다. 창백한 얼굴에는 화장기가 없지만 피부는 매끄럽다. 눈은 맑았는데 번들거리고 있는 것이 열기가 느껴졌다. 곧은 콧날, 입술은 메말라서 세로로 갈라져 있다. 선뜩한 느낌을 주는 미모.

여자도 김동호에게 시선을 준 채 걸음을 멈추고 있다. 거리는 5미터 정도로 어느덧 가까워진 상태다. 그때 김동호는 여자의 얼굴에 슬며시 떠오르는 웃음을 보았다. 눈이 조금 좁혀지면서 입 끝이 희미하게 올라간 것이다.

그러자 김동호가 길게 숨을 뱉었다. 악마다, 악마를 만났다.

"날 만나러 온 거냐?"

백사장으로 한 걸음 발을 디디면서 김동호가 물었다. 여자에게 한 걸음 다가간 셈이다. 그때 여자도 한 걸음 다가오면서 대답했다.

"아냐."

맑고 울림이 있는 허스키. 유튜브에 이 목소리를 내놓으면 섹시한 목소리라고 환장을 할 인간들도 있을 것 같다. 여자와의 거리가 3미터 정도로 가까워졌다. 고개를 끄덕인 김동호가 악마에게 말했다.

"난 현장을 보려고 온 거다."

"나도 그래."

악마가 바로 대답하더니 김동호를 똑바로 보았다.

"너하고 내가 이번에는 뜻이 맞는다는 건가?"

"뜻은 개뿔."

"이번 파티에는 네 방해가 없는 것 같던데."

"누가 그래?"

"내 아버님이."

"염병. 네가 악마의 딸이냐?"

"신의 아들이란 놈의 입은 시궁창이군."

"난 네 이야기는 못 들었는데."

"들으나 마나지만 커뮤니케이션이 잘 안 되는 것 같군."

"춥다. 내 차로 가자."

"데꼬 가서 날 어떻게 하려는 건 아니지?"

"지구에 여자가 없다면 모를까 원."

"저 SUV지?"

악마가 먼저 그쪽으로 발을 떼었다.

SUV 앞자리에 나란히 앉은 김동호와 악마의 딸이 앞쪽의 37부대를 보았다. SUV가 그쪽을 향해 세워져 있는 것이다.

"참, 딸, 이름이 뭐야?"

김동호가 앞쪽을 향한 채 묻자 악마의 딸이 대답했다.

"이선."

"꼭 이름하고 행실은 정반대라니까."

"그러게."

"이선이란 애한테 들어간 거야?"

"아니, 이선이란 애가 딸이 된 거지."

그러더니 이선이 고개를 돌려 김동호를 보았다.

"너처럼."

"날 어떻게 그렇게 아냐?"

"날 보면 너를 알게 되거든."

"언제부터 딸 노릇을 하게 된 건데?"

"반년쯤 됐어."

"내가 네 선배 둘을 돌려보냈는데."

"역시 유치한 놈이군."

그러자 김동호가 한숨을 쉬었다.

"다행이다."

"뭐가?"

"전에 마주쳤다면 좀비처럼 대가리를 부쉈을 텐데."

"무식한 놈. 차라리 나하고 업종을 바꾸자."

"어쨌든."

김동호가 눈썹을 모으고 앞쪽을 보았다. 악마의 딸에게 소용돌이 이야기를 할 필요는 없다. 악마가 딸을 이쪽으로 보낸 것은 막으려는 의도가 아니다. 악마가 이곳에 도래했다는 것은 우선 피바람에 동조했다는 의미다. 그래서 불을 일으키려는 것이다. 신(神)은 소용돌이를 일으켜 썩은 물을 정화시킨다면 악마는 일단 피바람을 일으키는 데 도우려는 것이겠지. 악마와의 동업이다. 그때 이선이 말했다.

"놔둬."

"무슨 말이야?"

"이 정도에서 놔두라구."

정색한 이선이 말을 이었다.

"네가 경찰서에 신고한 덕분에 무기고 경비를 늘렸지만 강정필은 강행할 거야."

"네가 강정필에게 알려줬군."

"내가 조종하는 놈이 하나 있지."

"옳지. 개장국 식당에서 강정필과 만난 놈이구나."

"그래, 네가 어설픈 사업 한답시고 여자 만나고 다닐 때 난 하수인을 만들었다."

"네 계획은 뭐야?"

김동호가 묻자 이선이 고른 이를 드러내며 웃었다.

"폭동."

"누가 습격한다는 거야?"

오장근이 묻자 백순호가 고개를 기울였다.

"두만강 제31경비소에서는 무기고의 총을 팔아먹었다던데 그놈들하고 관계가 있을지도 모르지."

"여기까지 내려와서?"

"이곳에도 동료가 있을지 모르잖아?"

"우리 부대 안에?"

"부대 밖에."

오장근이 입을 다물었다. 밤 11시 55분, 오장근과 백순호는 무기고 경비 책임자와 부책임자다. 무기고 주위에는 30명의 경계병이 배치되었는데 부대는 비상이 걸린 상황이다. 무기고 바로 옆쪽에 붙은 막사에서는 정문까지 보인다. 백순호가 벽시계를 보더니 자리에서 일어섰다.

"순찰하고 올게."

AK-47을 둘러멘 백순호가 투덜거렸다.

"어떤 놈이 돈도 안 되는 무기를 탈취한다는 거야? 차라리 남한에서 온

은행이나 털지."

"쾅!"

그 순간 엄청난 폭음과 함께 막사가 폭발했다. 유리창을 뚫고 들어온 로켓 포탄이 폭발한 것이다. 단 한 발에 막사는 산산조각이 나면서 폭파되었고 오장근과 백순호는 불기둥으로 휩싸였다.

"쾅!"

폭음과 함께 부대장실이 폭발했다.

"타타타타타타."

요란한 총성이 뒤를 이었고 막사에서 자고 있던 부대원들이 기겁을 하고 일어났을 때는 부대 전체가 폭음과 총성으로 뒤덮였다.

"쾅, 쾅, 쾅!"

계속해서 로켓포탄이 터지는 바람에 부대 전체가 폭발하고 있는 것이다. 부대 막사는 바닷가의 산기슭에 6개 동의 막사와 2개 동의 사무실, 창고 3개로 구성되어 있었는데 포탄은 가리지 않고 쏟아졌다. 전방위 공격이다. 처음에 발사된 포탄이 사령부 막사와 지휘관 숙소, 무기고 경비 막사에서 집중적으로 폭발했기 때문에 명령 체계가 붕괴되었다. 더구나 산중턱에서 내려다보면서 쏘아대는 데다가 강력한 폭발력의 로켓포. 한 발에 직경 10미터의 살상력을 가진 포탄이 벌써 수십 발씩 쏟아진 것이다. 첫 폭탄이 폭발한 지 5분이 되었을 때는 37부대 전체가 화염으로 뒤덮여 있었다. 부대원들이 이곳저곳에 은폐해서 산중턱을 향해 맹렬한 사격을 퍼붓고 있지만 이미 승부가 났다. 불구덩이 속에서 마지막 발악을 하는 것뿐이다.

"다 쏟아부어라!"

강정필이 소리쳤다.

"마지막 한 발까지 다!"

강정필 부하들은 7대의 중국산 로켓포에 5인치 포탄을 각각 10개씩 운반해 온 것이다. 아직 반도 못 쐈는데 37부대는 화염으로 뒤덮여 있다. 그때 강정필이 다시 소리쳤다.

"무기고를 쏴도 된다! 쏴라!"

"꾸꽈꽈꽝!"

엄청난 폭음과 함께 불덩이가 된 37부대에서 불기둥이 1백 미터 가깝게 치솟았다. 무기고가 폭발한 것이다. 무기고에 있던 포탄과 화약이 폭발하면서 부대 전체를 화염이 뒤덮었다.

"으윽."

놀란 김동호가 주춤 고개까지 젖혔을 때 이선의 얼굴에서 웃음이 배어 나왔다.

"무기고를 폭발시켰군."

지금 둘은 SUV 앞좌석에 나란히 앉아서 부대가 폭발하는 장면을 바라보고 있는 중이다. 차는 민가 쪽으로 조금 더 물러나 있어서 부대와는 400미터 가깝게 되었지만 이쪽까지 환하다. 놀란 주민들이 뛰쳐나와 뒤쪽에서 부대를 구경하다가 겁에 질려 사라졌다.

"이제 시작이야."

이선이 앞쪽을 응시한 채 말했다.

"무기를 탈취하려다 부대를 폭파시킨 것이지."

"네 다음 계획은 뭐야?"

"왜 나한테 물어보는 거야?"

되물은 이선이 고개를 돌려 김동호를 보았다.

"그럼 슬슬 돌아가면서 이야기를 할까? 이곳 일은 거의 끝난 것 같으니까 말야."

김동호가 차를 후진시키고 나서 머리를 반대 방향으로 돌렸다. 도로로 나온 김동호가 차에 속력을 내었을 때 이선이 앞쪽을 응시한 채 말했다.

"다음 계획을 물었지? 이제 전선을 북쪽으로 이동시키겠어."

"어디로?"

"어디가 좋을 것 같니?"

이선이 되물었기 때문에 김동호가 허를 찼다.

"네 작전 아니냐? 솔직히 말해."

"네 의도는 북쪽 지역의 정화지? 말하자면 공기청정기를 설치해 놓는 것 같은 작업."

이선이 웃음 띤 얼굴로 김동호를 보았다.

"난 강정필을 이용해서 일단 부대부터 쓸어버리고 민간인으로 옮겨갈 작정이야."

"……."

"해직에 분개한 특전대장이 남북연방에 원한을 품고 먼저 북한군 막사, 기지를 폭발시키는 것이지."

"……."

"그리고 그것을 막는 북한 정부와 대결한다. 전쟁이 터지는 거야."

그때 앞쪽을 응시하던 김동호가 고개를 돌려 이선을 보았다.

"좋아, 나도 협조하지."

김동호의 시선을 받은 이선이 고개를 조금 기울였다.

"머릿속에 무슨 궁리가 떠오른 것 같은데, 잘 보이지가 않네."

그것은 김동호도 마찬가지다.

4장
내란

"당분간 내버려 두자고."

이선이 불쑥 말했지만 김동호는 말뜻을 알았다. '흐르는 대로 놔두라'는 뜻이다. 이선이 고개를 돌려 김동호를 보았다. 검은 눈동자가 깊은 우물 같다.

"일단 불씨를 일으켰으니까 저절로 불만 세력이 뭉치게 될 거야. 거기에다 중국이 부채질을 할 것이고."

"북한에서 내란이 일어나게 되면 수십만이 죽게 되겠군. 넌 만족하겠다."

"너도 협조한다면서?"

말을 가로챈 이선의 두 눈이 번들거렸다.

"김동호, 잘 들어. 난 역사를 바꾸는 거다."

둘은 지금 SUV를 타고 바닷가를 달려가는 중이다. 뒤쪽 밤하늘이 붉게 물들어 있는 것은 차가 남쪽으로 달린다는 증거다. 단천을 떠나 남진하고 있는 것이다.

"어디로 가는 거야?"

이선이 물었기 때문에 김동호가 고개를 들었다.

"악마는 잠도 안 자냐?"

"자야지."

"1시가 넘었어. 차에서 잘래?"

"가다가 민박집 찾자."

이선이 주위를 둘러보며 말했다.

"괜찮은 민가 앞에 세워. 민박한다면 방 치워줄 거야."

"민박 많이 했어?"

"그래."

김동호의 시선을 받은 이선이 이를 드러내고 웃었다. 그 순간 김동호의 머리끝이 솟았고 온몸에 얼음을 뒤집어쓴 것 같은 냉기가 덮쳤다. 고혹적인 웃음이다. 그러나 악마다. 일반인이었다면 이 웃음에 혼이 빠졌을 것이다. 그 후는 어떻게 되겠는가? 그때 고개를 돌렸던 이선이 바닷가에서 반짝이는 불빛을 보더니 손으로 가리켰다.

"저기로 가자."

민박을 했다. 바닷가의 방 3개짜리 함석지붕을 올린 집에 60대 부부와 며느리, 손자 둘이 살고 있었는데 방 하나를 빌린 것이다. 안방을 치워주고 5만 원을 받았다. 이곳에서도 민박 시세를 아는지 7만 원이지만 방이 누추해서 3만 원만 받겠다는 것을 김동호가 5만 원을 준 것이다. 그것을 본 이선의 눈빛이 강해졌지만 입을 열지는 않았다. 군불을 땠는지 아랫목이 따뜻해서 먼저 아랫목에 앉은 이선이 김동호에게 말했다.

"넌 신의 아들이라 그런 일은 안 일어나겠지만 생각이 일어나면 노크를 해."

"무슨 말이냐?"

"욕정, 또는 성욕."

"그럴 일 없다."

"그것이 마음먹은 대로 안 되는 거다."

"글쎄, 신경 안 써도 된다. 너나 치근대지 마."

"그럼 나 벗고 자도 되겠구나."

"마음대로."

"윗목에서 잘 거야? 추울 텐데. 이불도 한 채뿐이잖아?"

"같이 자야지, 아랫목에서."

그래서 둘은 벗고 아랫목에 나란히 누웠다. 요가 좁아서 누웠더니 어깨가 붙었다. 이선은 내복 차림이어서 살 냄새까지 맡아졌다. 김동호는 바지 차림으로 누웠다가 갑갑해서 바지를 벗고 팬티만 입고 다시 누웠다. 불을 꺼놓아서 김동호가 부스럭거리며 바지를 벗었더니 이선이 물었다.

"왜? 생각나?"

"자, 그냥."

"잠이 안 온다."

다시 나란히 누웠을 때 이선이 천장을 향해 긴 숨을 뱉었다.

"별일이네, 별놈하고 다 이런 상황이 되었네."

"구시렁거리지 말고 자."

"진짜 도통한 놈이군."

"역시 반년짜리 초보라 자제가 안 되는 모양이네."

그러고는 김동호가 입을 다물었다. 잠을 자려는 것이다.

깜박 잠이 들었던 김동호가 눈을 떴다. 옆에 누운 이선이 꼼지락거렸기 때문이다. 고개를 돌린 김동호가 이선을 보았다.

"왜 그래?"

"몸이 뜨거워."

"그럼 윗목으로 가."

"안아줘."

"내가 미쳤냐?"

"본능대로 움직여, 이 자식아."

"네 본능이 그렇지, 난 안 그래."

김동호가 몸을 떼어 요 밖으로 나와 누웠다. 그러고는 고개를 돌려 이선을 보았다.

"넌 뭐하던 여자야?"

"대학 강사야, 세계사."

"세계사?"

"중세아시아 역사에 대한 연구로 박사학위를 받았어."

"박사군."

"넌 뭐야?"

"난 차량정비학 박사다."

"기술자군."

방바닥이 차가웠기 때문에 김동호가 다시 요 위로 올라왔다. 이선과 어깨가 닿았고 숨결이 가슴에 닿았다. 그때 이선이 팔을 뻗어 김동호의 어깨를 감싸 안았다.

"생각 있어?"

"노."

"이런 남자 처음이네."

"당연하지."

팔을 푼 이선이 길게 숨을 뱉었다.

"내가 달라지긴 했어."

"당연하지."

"꼬박꼬박 말대꾸 마."

"네 계획은 한국과 중국의 전쟁이냐?"

"계획은 무슨."

이선이 이제는 천장을 바라보고 똑바로 누웠다.

"내버려 두자고 했잖아? 이제 저절로 타오를 것이라고."

말머리를 돌렸더니 이선이 끌려들었다. 이선의 목소리에 열기가 띠어졌다.

"이 기회에 한 번도 한반도 밖으로 나가지 못한 한민족이 한을 풀어야지."

"'한' 자가 많이 들어가네."

"닥쳐, 이 무식한 놈아."

"넌 악마에다 색마고."

"위선자 같은 놈."

"한이 풀릴까?"

"가능성이 있어."

천장을 노려본 이선이 말을 이었다.

"이건 나도, 그리고 너도 막을 수 없는 거야. 역사의 흐름이라는 거 말야. 그리고 우리도 예측할 수가 없는 것이라고."

이선의 목소리에 다시 열기가 띠어졌다.

"역사는 선악이 함께 뭉쳐서 굴러가는 거야. 선한 자가 이기고 악한 자가 지는 것이 아냐. 너하고 내가 개입할 수 없는 거대한 물결이야."

"젠장, 악마가 역사학자라니."

"자동차 수리공이 신의 아들인 것보다는 낫지."

"내가 자동차 수리공이라고?"

"아니냐?"

순간 김동호가 내심을 파악당했나 궁금했지만 아닌 것 같았다, 자신도 못했으니까. 추측일 것이다.

"이게 무슨 일이야?"

최용해가 버럭 소리쳤지만 얼른 대답하는 사람은 없다. 오전 1시 반, 주석궁의 회의실에는 10여 명의 장군, 장관들이 모여 있었는데 아직 잠이 덜 깬 얼굴도 있다. 최용해는 집으로 퇴근했다가 30분 만에 주석궁으로 돌아온 것이다. 단천의 37부대가 공격을 받아 폭파되고 사상자가 1백여 명이나 발생했다. 공격한 범인은 자칭 4군단 1특전대 2대대장이었던 강정필 중좌라는 것이다. 본인이 오후에 경찰서에 신고를 하고 나서 공격했다는 말이 된다. 그때 국방장관 안현수가 말했다.

"강정필이 무기를 탈취하겠다고 했다는데 무기고까지 다 폭파시켰습니다. 동해안 전역에 계엄령을 선포하는 것이 낫겠습니다."

"강정필이 신원은 확실해?"

소리쳐 물었더니 4군단 참모장 유근태가 대답했다.

"예, 강정필이는 맞습니다. 그놈이 실제 인물인지 알 수 없지만 강정필 중좌는 지난달에 전역했습니다."

"어쨌든 수배해, 잡으라고!"

최용해가 소리쳤다.

"우선 잡고 보자고!"

그때 비서실장이 전화기를 들고 다가왔다.

"총리 동지, 연방 대통령이십니다."

한국 대통령이었던 임홍원이다. 주위가 조용해졌고 최용해가 전화기를 받아들었다.

"예, 대통령 각하."

상체를 세운 최용해가 대답하자 곧 임홍원의 목소리가 울렸다.

"총리님, 괜찮습니까?"

"예, 각하. 제가 수습하겠습니다."

최용해의 표정이 굳어졌다.

"동해안 지역에 계엄령을 선포하고 군을 동원하겠습니다."

"맡기겠지만 언제든지 연락하시면 돕겠습니다."

"알겠습니다, 각하."

"그래서 당분간 남한 주민들의 방북을 금지시키려고 하는데, 괜찮겠지요?"

"예, 그렇게 하는 것이 낫겠습니다, 각하."

"이미 북한에 들어간 남한 주민들은 어쩔 수 없지만 말입니다."

"북에서 남으로 내려가는 주민도 통제하는 것이 낫겠습니다, 각하."

"총리께서 알아서 하시지요."

"감사합니다, 각하."

전화기를 건네준 최용해가 주위를 둘러보며 말했다.

"지금부터 북한 주민의 남한 입국을 중지시켜. 반란군 놈들이 남한까지 내려가서 소동을 부리면 100년 만에 이룩한 남북통일도 무산된다. 실시해!"

최용해가 처음으로 남북통일이란 용어를 썼지만 아무도 이상하게 듣지 않는다.

"성공이다."

얼굴을 펴고 웃은 강정필이 조태성에게 말했다.

"무기 탈취는 나중에 해도 돼. 북남이 다시 옛 상태로 돌아갔다는 것이 중요해."

오전 9시, 강정필은 방송에서 북남 간의 모든 출입국 관리소가 통제된다는 보도를 들은 것이다. 북한 정부는 총리실의 특별 성명을 통해 당분간 북한 주민의 남한 입국을 통제할 것이며 남한 측도 협조할 것이라고 발표했다. 이것은 남북연방 전(前) 상태로 한 걸음 다가간 것을 의미한다. 이곳은 단천 동쪽으로 30킬로쯤 들어간 마을 안. 37부대를 폭파한 강정필 일당은 모두 이곳에서 쉬고 있다. 그때 핸드폰이 울렸기 때문에 강정필이 서둘러 집어 들었다. 위중보다. 강정필이 핸드폰을 귀에 붙였다.

"예, 접니다."

"잘했어요. 조금 전 발표 들었지요?"

"예, 방송에서 들었습니다."

"동무, 동쪽은 저절로 불이 붙을 거요."

위중보의 목소리에 활력이 느껴졌다.

"단천을 시작으로 바닷가를 따라 불이 옮겨 붙을 겁니다."

강정필이 숨을 들이켰다. 위중보가 만나는 인물이 한둘이 아니라는 것을 느낀 것이다. 당연하다. 북한에 내란을 일으키려면 일개 특전대 중좌 하나만으로는 역부족이겠지. 그때 위중보가 말을 이었다.

"동무, 서쪽으로 옮기시오."

"어디 말입니까?"

"평양 근처로."

숨을 죽인 강정필에게 위중보가 말을 이었다.

"이젠 중심을 타격할 때가 되었소."

"제가 말입니까?"

157

강정필이 전화기를 고쳐 쥐었다.

"제 병력이 아직 부족합니다."

"그래서 내가 지원군을 붙여줄 예정이오."

"지원군 말입니까?"

"평안남도 순천에서 김일수 동무를 만나시오."

위중보가 말을 이었다.

"김 동무가 지원군을 이끌고 기다리고 있을 거요."

통화가 끊겼을 때 강정필이 고개를 들고 조태성에게 말했다.

"이제는 해볼 만하다."

"서쪽으로 가자."

민박집에서 아침을 먹고 나왔을 때 이선이 대뜸 말했다. 오전 9시 반, 차의 시동을 걸던 김동호가 고개를 돌려 이선을 보았다.

"왜?"

"강정필이 서쪽으로 가고 있어."

"조선은행을 탈취하는 게 아니고?"

"그건 놔뒀어."

"어떻게 아는 거야?"

"들었어."

"누구한테서?"

"강정필과 위중보의 대화."

"어떻게 들은 거야?"

"악마의 능력."

시동을 건 차를 도로로 전진시킨 김동호가 서쪽으로 방향을 틀었다. 앞쪽

158

을 응시한 채 이선이 말을 이었다.

"난 강정필의 혼을 머릿속에 넣고 있어."

"……"

"강정필이 지난번 식당에서 만난 동조자 그놈의 혼도 내가 머릿속에 넣고 있다가 뺐어."

"……"

"지금 그놈은 자신이 강정필을 만난 것도 기억에 없어."

그때 김동호가 이선을 보았다.

"그때 네가 강정필 앞에 앉았던 놈의 몸에 들어가 있었던 거냐?"

"네가 식당에 있었지?"

김동호가 숨을 들이켰다. 이선의 능력이 자신보다 나으면 나았지 떨어지지 않는 것이다. 잠깐 정적이 흐르고 나서 김동호가 물었다.

"위중보가 누구냐?"

"중국 해방군 정치위원. 강정필의 배후다."

"……"

"위중보가 조선족으로 구성된 해방군 특전대 1개 중대 120명을 보냈다. 그놈들이 강정필의 무기가 되는 것이지."

"……"

"그때부터 본격적인 내란이 시작되는 것이지."

오후 1시가 되었을 때 김동호는 함흥까지 내려왔다.

"여기서 좀 쉬자."

김동호가 지친 듯이 어깨를 흔들면서 말했을 때 이선이 물었다. 차는 갓길에 정차된 상태다.

"운전, 내가 할까?"

"아, 그럼 좋지."

차 밖으로 나온 김동호가 조수석으로 옮겨 앉으면서 말했다.

"가다가 기름 파는 데 찾아, 연료 가득 채우고 가게."

북한은 주유소가 아주 드물었기 때문에 재빠른 남한 장사꾼이 기름을 실은 차를 끌고 북한으로 넘어와 2배 또는 3배가 넘는 가격으로 기름을 판다. 가장 장사가 잘되는 사업 중의 하나다. 이선의 운전 솜씨는 김동호보다 나았다. 그야말로 악마의 운전이다.

함흥에서 50킬로쯤 더 남쪽으로 내려갔을 때 길가에 세워진 유조 트럭이 보였다. 남은 기름이 20킬로밖에 달릴 수 없었기 때문에 천사와 악마가 함께 기뻐했다. 둘 다 기름 만드는 재주는 없었기 때문이다. 다가갔을 때 기름차 옆에 서 있던 사내들이 그들을 맞았다. 셋이다.

"어서 오십셔."

사내 하나가 웃음 띤 얼굴로 이선과 김동호를 번갈아 보았다.

"여행 다니십니까?"

"네, 신혼여행."

바로 대답한 이선이 물었다.

"휘발유 리터에 얼마죠?"

"5천 원 받습니다."

"이런, 젠장."

김동호가 시비를 걸려고 했더니 이선이 손으로 허벅지를 눌러 막았다. 그러더니 사내한테 말했다.

"가득 채워줘요."

160

"미안합니다."

주유구의 뚜껑을 열면서 사내가 웃었다. 40대쯤의 사내다. 나머지 두 사내는 멀뚱거리며 차를 훑어보고 있다.

"여기까지 오느라고 죽을 고생을 했거든요. 그래서 가격을 그렇게 받아야 계산이 맞습니다."

"알았어요. 이해해요."

이선이 말했을 때 김동호가 낮게 투덜거렸다.

"니가 천사 해라. 내가 악마 할게."

그때 사내가 이선에게 물었다.

"어디 가십니까?"

"원산요."

"원산의 해군부대가 폭동을 일으킨 것 아십니까? 조금 전에 방송했는데."

"폭동요?"

김동호가 놀라 물었을 때 옆쪽 사내가 대신 대답했다.

"예, 부대장 지휘하에 경찰서를 습격했다가 한 시간 만에 진압되었다네요. 단천에 이어서 원산까지 난리가 났는데 빨리 기름 팔고 돌아가야 할 것 같습니다."

"왜 천사가 된 거냐?"

기름을 채우고 차를 출발시켰을 때 김동호가 이선에게 물었다. 핸들을 쥔 이선이 앞쪽을 응시한 채 대답했다.

"뭐, 잠깐 행복하게 해주는 거지. 나라고 인정이 없겠냐?"

"행복하게 해줘?"

"그래, 지금은 행복할 거다. 하지만……."

이선이 힐끗 백미러를 보았다. 직선도로여서 주유차가 지금도 보인다.

"하지만 뭐냐?"

"셋 중 하나가 갑자기 주유구에 불을 붙인 헝겊을 집어넣는 거야. 그래서……."

"……."

"주유차가 폭발하면서 셋은 행복한 채 죽는 거지."

그때였다. 폭음이 울리면서 달리는 차까지 흔들렸다. 고개를 돌린 김동호가 입을 쩍 벌렸다. 주유차가 폭발해서 불길에 싸여 있다. 1킬로 가깝게 떨어져 있는데도 엄청난 불길이다. 화염이 수십 미터나 치솟아 오르고 있다. 인간들은 보이지도 않는다. 고개를 돌린 김동호가 이선을 보았다.

"네가……."

"그래, 그놈과 시선이 마주친 순간 그렇게 하라고 머릿속에 심어 놓았다."

"이 악마 같은 년."

"같은이 아니라 진짜야."

이선이 웃음 띤 얼굴로 말을 이었다.

"내가 그냥 넘어갈 줄 안 네가 바보지."

원산에 도착했을 때는 오후 5시가 되어갈 무렵이다. 오는 중에 방송을 들었더니 원산의 폭동은 진압되었지만 계엄령이 선포되어서 오후 7시 이후에는 통금이다.

"갓댐."

핸들을 쥔 이선이 욕을 하더니 길가에 차를 세우고는 김동호를 보았다.

"빨랑 민박 잡아야겠어."

거리에는 군인들이 득시글거렸기 때문에 살벌한 분위기다. 이곳은 원산

교외의 주택가다. 차에서 내린 둘은 세 번째 만에 민박을 잡았다. 쉽게 잡은 셈이다. 마당이 있는 단층 기와집이었는데 주인은 60대 부부다. 방이 4개나 있는 저택이었지만 둘은 부부 행세를 하고 방 하나를 빌렸다. 방값은 5만 원, 주인 남자가 먼저 5만 원을 받겠다고 한 것이다.

"쓸데없는 짓 마."

방에 들어왔을 때 김동호가 이선에게 경고를 했다.

"주유차 사람들처럼 만들지 말라구."

"내가 닥치는 대로 죽이는 미친년이 아냐."

코트를 벗으면서 이선이 눈을 흘겼다.

"그리고 같이 있다고 이래라저래라 하지 마, 골로 가는 수가 있으니까."

"주둥이가 더럽군."

"너보다는 내 격이 높아, 신의 아들."

그때 문밖에서 인기척이 났기 때문에 둘은 입을 다물었다. 주인 여자다. 김동호가 문을 열었더니 여자가 어색한 웃음을 짓고 말했다.

"쌀이 없어서 그러는데 미리 숙박요금을 주시면 쌀을 사 갖고 오려는데요."

"그러지요."

바로 대답한 김동호가 지갑에서 7만 원을 꺼내 내밀었다.

"2만 원으로 쌀값 하세요. 요즘 민박요금이 7만 원인데 다 받으셔야지요."

"아유, 이걸……."

어둑해지고 있는데도 여자의 얼굴이 붉어졌다.

돈을 주고 문을 닫았더니 이선이 비웃는 얼굴로 김동호를 보았다.

"동정은 인간을 나약하게 만든다."

"지랄."

어깨를 부풀렸다가 내린 김동호가 털썩 방바닥에 앉더니 투덜거렸다.

"그저 악마는 약육강식으로 끝나는 거지. 성욕이 일어나면 달려들었다가 떨어지고."

"더러운 놈."

"웃기고 자빠졌네."

방에 군불을 때었기 때문에 따끈한 방바닥이 몸에 닿자 금방 전신이 나른해지면서 잠이 쏟아졌다. 아침부터 차만 타고 온 것이다. 벽에 기댄 채 깜박 잠이 들었던 김동호는 핸드폰의 진동에 눈을 떴다. 바지에 넣은 핸드폰이 진동을 한 것이다. 꺼내 보았더니 민희숙이다. 이선은 앞쪽 벽에 붙어 누워서 잠이 들었다. 김동호가 핸드폰을 귀에 붙였다.

"민희숙 씨, 웬일이오?"

그때 이선이 눈을 뜨더니 상반신을 일으켰다.

"별일 없죠? 거기 어디예요?"

민희숙이 물었다.

"별일 없어요. 여긴 원산."

김동호가 말을 이었다.

"걱정했어요?"

"예, 계엄령까지 선포되어서요. 원산에서도 폭동이 일어났던데……"

"괜찮아요."

"오늘 낮에 시청에서 협조해준다고 약속받았어요."

"잘되었네요."

"진행 상황 수시로 보고드릴게요."

"그래요."

"전화 끊을게요."

164

민희숙과 통화가 끊겼을 때 이선이 곁눈으로 김동호를 보았다.

"잤어?"

"무슨 말야?"

"그 여자하고 잤냐고?"

"이런 순."

김동호가 눈을 치켜떴을 때 이선이 고개를 기울였다.

"너하고 그 여자가 엉켜 있는 장면이 떠 있었는데."

"미친년."

"아닌가?"

"악마의 망상이다."

눈썹을 모은 김동호가 이선을 똑바로 보았다.

"그 여자가 보였어?"

"보였어. 미인이야, 그만하면. 김책대 국어 교수였지, 김일성대를 나오고?"

숨을 들이켠 김동호를 향해 이선이 말을 이었다.

"너희들 둘이 그걸 안 했다면 아마 가능성이 컸는데도 안 한 것일 거야. 그러니까 내게 그게 보인 것이겠지."

"악마는 참."

"너하고 내가 헤어졌을 때도 그런 영상이 떠오를지도 모르지, 나는 준비를 하고 있었으니까."

어깨를 다시 부풀렸던 김동호는 이선의 심각한 표정을 보고는 외면했다. 이선이 자신의 머릿속을 읽지 못하는 것처럼 자신도 마찬가지인 것이다. 지금 둘 사이는 보통 인간하고 똑같다. 능력이 백중지세여서 서로를 읽지 못하고 제압하지 못한다. 그때 문밖에서 인기척이 났다. 주인아주머니다.

"밥상 들어갈게요."

밤, 오늘도 나란히 누워서 천장을 보고 있다. 그러나 오늘은 침구가 두 채여서 각각 요를 깔고 이불을 덮었다. 간격은 1미터 정도. 이선이 입을 열었다.

"네가 도와줘야 돼. 너하고 내가 손발을 맞춰서 이번 일을 성사시켜야 된다고."

김동호가 고개를 돌려 이선을 보았다. 밤 11시 반이 되어가고 있다. 이곳도 전기 사정이 안 좋아서 아예 저녁밥 먹을 때부터 촛불을 켜고 있다가 지금은 껐다. 그래서 이선의 얼굴 윤곽만 보인다. 이선이 말을 이었다.

"선, 악이 한국인이라는 것이 무슨 의미가 있는 것 같지 않니?"

"갓댐."

우선 욕부터 하고 난 김동호가 이선의 옆모습에 대고 말했다.

"자꾸 무슨 연관성을 찾지 마라, 네가 아무리 그래도 네 위로 올라가는 일은 없을 테니까."

"미친놈, 창조자는 우리 둘을 선택하셨어."

"거짓말 지어내는 것 좀 봐."

"한국인을 개조하려는 창조자의 의지인 것 같다."

"창조자?"

"그래, 신과 악마까지 창조하신 분. 내가 악마라고 하기가 좀 그렇지만 달리 표현할 말이 없네."

"악마는 악마지, 무슨 개뿔 같은……."

"무식한 놈아, 잘 들어."

말을 자른 이선이 고개를 돌려 김동호를 보았다.

"내가 그랬지? 한민족이 한 번도 한반도 밖으로 못 나간 한이 있다고."

"그, '한' 자가 많이 들어간 말, 기억난다."

"그 한을 풀어주시려는 것 같다."

"사람 죽이려고 별 거짓말을 다 지어내네."

"네가 남북연방 성립에 공을 세웠다는 거, 알아."

"누가 그러대, 창조자가?"

"내가 언뜻 봤어, 너를."

"나는 네가 안 보이는데 너는 보냐?"

"유행가 가사 같네."

그때 시선이 마주쳤고 김동호와 이선이 저절로 웃어버렸다. 그러고는 둘 다 얼른 웃음을 지우고 서로를 노려보았다. 이선이 다시 말을 이었다.

"네가 일으키려는 소용돌이와 내가 밀어붙이는 정화작업의 바닥은 일치해. 나는 그 기운을 중국 대륙으로 뿜으려는 거다."

"......"

"엄청난 살육이 일어나겠지만 정선되는 과정이지. 한바탕 이렇게 솎아내야 인류가 정화된다."

"그래서 남한에서 대량 살육을 일으키고 나서 이번에는 북한, 이어서 중국이냐?"

"자연스럽게, 그리고 공평하게."

이선의 두 눈이 어둠 속에서 이글거렸다. 이제는 눈의 흰자위에 붉은 기운이 떴고 그것이 불구덩이처럼 번쩍이는 것이다. 홀린 것처럼 이선의 눈을 바라보던 김동호가 입술을 일그러뜨렸다.

"악마가 내 동거인이 되다니."

"네 팔자야."

이선이 기다렸다는 듯이 말을 받는다.

"어차피 이렇게 되었으니까 긴장 풀고 물 흐르는 대로 놔둬."

다음 날 아침, 어디서 구했는지 돼지고기를 넣은 김치찌개를 만들어준 아침밥을 먹고 둘은 차에 올랐다. 이번에도 이선이 운전을 하겠다고 해서 옆자리에 오르다가 김동호가 배웅 나와 서 있는 주인 여자에게 5만 원권 2장을 내밀었다.

"쌀 사서 드시지요."

"아닙니다."

60대 여자의 얼굴이 금방 붉어졌고 옆에 서 있던 남자는 얼굴을 일그러뜨렸다. 손까지 내젓는 여자에게 억지로 돈을 쥐어 준 김동호가 차에 올랐다.

"또 시작이군."

말은 그렇게 했지만 이선이 허리를 굽혀 절을 하는 부부에게 손을 흔들었다. 얼굴에 웃음까지 띠고 있다. 차가 도로에 나왔을 때 이선이 말을 이었다.

"서쪽에 그야말로 전운이 감돌고 있어."

한산한 도로를 달리면서 이선이 김동호를 보았다.

"동쪽 바닷가 도시에 연달아서 폭동이 일어나겠지만 이쪽은 주의를 분산시키려는 거야."

"넌 어떻게 아는 거야?"

"남북연방은 네 작품이지만 그 이후의 상황은 내가 간여했어."

"그렇군."

"동해안 지역의 폭동은 내가 만든 거다. 강정필 같은 놈들을 여러 명 만들었지."

차는 이제 원산, 평양 간 고속도로에 진입했다. 이선이 말을 이었다.

"앞으로 대여섯 곳에서 폭동이 더 일어날 거야."

"지금 강정필은 어디에 있는 거냐?"

불쑥 김동호가 묻자 이선이 잠깐 침묵했다. 그러더니 한참 만에 입을 열었다.

"곧 만나게 될 거야."

순천시 중심부에 위치한 '김일성 사거리' 왼쪽의 개장국 식당, 오전 11시. 아직 점심 손님이 오지 않았기 때문에 식당 안은 한산하다. 식당 안쪽의 테이블에는 네 사내가 둘러앉았는데 앞에 개장국이 놓였지만 수저로 깔짝거리기만 할 뿐이다. 강정필이 입을 열었다.

"120명으로 게릴라전은 가능해, 김 소좌."

김 소좌는 김일수다. 조선족 출신으로 중국해방군 특전대 소속이다, 38세. 그 옆에 앉은 사내는 김일수의 부관 오동철 대위. 강정필은 부관 조태성과 둘이다. 그때 김일수가 고개를 끄덕였다.

"우리한테 협조해 줄 군부대들이 있습니다, 대장."

"그렇게 세력을 키워야 돼."

강정필이 고개를 끄덕였다.

"지금 계엄령이 선포된 상황이니까 일단 현장부터 확인해 보기로 하지."

넷은 모두 민간인 차림으로 얼른 눈에 띄지 않는다.

"지금 중국군 특전대원을 만나고 있어."

원산, 평양 간 고속도로를 달릴 때 이선이 말했다. 지금은 김동호가 운전을 했고 이선은 등받이에 등을 붙이고 반쯤 누워 있는 상태. 천장을 응시한 채 이선이 말을 이었다.

"이것들이 개장국을 좋아하나 봐, 개장국집 안이야."

"그래서?"

핸들을 쥔 김동호가 짜증을 냈다.

"지금 소설 쓰는 것도 아니고 주변 묘사는 빼라, 좀."

"중국군 특전대 김일수가 120명을 데려왔어, 모두 완전무장을 하고. 부관은 오동철 대위."

"그래서?"

"게릴라식 공격을 할 건데 김일수 이야기로는 포섭된 부대가 있다는군, 중국 측에 말야."

"그럼 그놈들도 반란을 일으키는 건가?"

"평양이 타깃이니까 주변에서 불을 지르고 결정적인 순간에 북한 지도층을 치는 거지."

"네 계획은?"

"북한에서 중국으로."

"북한을 멸망시키고?"

"넌 표현력이 뭐 그따위냐? 다른 단어 없어?"

"그럼 뭐냐, 박사야."

"혼란에 빠뜨린다고 해."

"지금도 혼란 아니냐?"

"극도의 혼란 상태로."

"그러고 나서 어떻게 중국으로 연결시키는데?"

"내가 강정필, 김일수를 만나야 돼."

"만나?"

"응, 직접."

"네 능력으로 원격조정은 안 되고?"

"안 돼. 그건 직접 만나야 돼."

"나도 같이 가자."

"그러든가."

"그런데 네 능력은 한 번 만나면 그놈의 실상이 눈앞에 떠오르는 거야?"

"넌 안 돼?"

"해봐야겠군. 너처럼 복잡한 스타일이 아니어서."

그때 이선이 눈을 감았다.

"나, 잘 테니까 피곤하면 깨워라. 교대해줄게."

"자면서 내가 위에 있는 꿈 꾸지 마라. 재수 없다."

"미친놈."

김동호가 잘 뚫린 고속도로를 응시하며 가속 페달을 밟았다. 이쪽 고속도로는 정비가 잘되어 있다. 마침 차량 통행도 뜸하다.

이제 알았다. 이선이 털어놓는 바람에 이선의 능력과 현 상태를 주워 맞추게 된 것이다. 이선의 능력은 일단 목표물의 몸에 들어가 생각을 조종할 수 있으며 빠져나오더라도 그대로 유지시킬 수가 있는 것이다. 그리고 그 목표물과 떨어져 있을 때도 마음만 먹으면 눈앞에 펼쳐진 장면을 본다. 마치 목표물이 된 것처럼 보고 듣는 것이다. 그러나 그 방법을 시행하려면 실제 목표물을 만나야만 한다. 한때 김정은이 되어서 남북연방을 이뤄낸 김동호였으니 이선의 능력이 새로운 것도 아니다.

평양 북쪽 대동강 변에 위치한 호위총국 소속 제44기갑연대는 북한 최정예 부대다. 제44기갑연대는 탱크 120대, 장갑전차 220대, 지대공, 지대지 미사일 150기씩을 보유한 미사일 대대, 그리고 특전대대를 보유하고 있다. 연대장은 최기복 소장. 대좌급이 연대장이지만 44기갑연대장은 소장이다. 최기복이 관사로 돌아왔을 때는 오후 7시 반, 오늘은 사흘 만에 관사로 온 셈이다. 현관으로 들어선 최기복에게 아내 김영미가 말했다.

"응접실에서 그분들이 기다리고 있어요."

"누구?"

"당신이 아까 전화해서 두 분이 와서 기다리게 하라고 했잖아?"

"이게 무슨 말야?"

이맛살을 찌푸린 최기복이 응접실로 들어섰을 때 소파에 앉아 있던 두 남녀가 고개만 들었다. 김동호와 이선이다. 아까 최기복 목소리로 김영미에게 전화를 한 것은 김동호다. 김동호와 시선이 마주쳤을 때 최기복이 김영미에게 말했다.

"알았어, 당신은 여기 들어오지 마."

최기복은 옷을 벗지도 않고 앞쪽 자리에 앉더니 김동호에게 말했다.

"잘 알겠습니다."

최기복은 시선이 마주친 순간에 김동호의 머릿속 생각이 주입된 것이다. 설명하고 자시고 할 것도 없다. 그때 옆에 앉은 이선이 힐끗 김동호를 보았다. 시선이 마주쳤다면, '어머, 놀랍네!' 하는 표정을 지어 보였겠지. 저도 그쯤의 능력을 갖췄으니까 놀라는 표정은 안 짓고. 김동호는 이선의 시선을 받지 않고 최기복에게 말했다.

"지금 동해안의 폭동이 서쪽으로 옮겨올 거야."

김동호가 최기복을 응시한 채 말을 이었다.

"강정필이 중국군 특전대의 지원을 받고 있어. 곧 평양 외곽의 군부대를 기습할 거야."

"아니, 그 새끼가."

눈을 치켜뜬 최기복이 어깨까지 부풀렸다.

172

"중국군 특전대의 지원을 받고 있단 말입니까? 반역자 새끼를 제가 당장……."

"동무는 44기갑연대를 이끌고 북상하도록."

"예, 선생님."

대답부터 한 최기복이 김동호를 보았다.

"제가 독자적으로 끌고 갈 수가 없습니다. 총리 동지의 직접 지시가 있어야……."

"지시가 올 거야."

"알겠습니다."

커다랗게 고개를 끄덕인 최기복이 다시 물었다.

"강정필의 동선은 알 수가 없을까요?"

"그건 알 수 없고."

힐끗 이선에게 시선을 준 김동호가 자리에서 일어섰다.

"다시 연락할 테니까 준비하고 있도록."

최기복의 관사에서 나왔을 때 이선이 김동호에게 말했다.

"최기복과 강정필이 부딪히면 안 되지, 양쪽 다 키워야 되니까."

이선의 얼굴에 쓴웃음이 떠올라 있다.

"서로 짜고 장기를 두는 것 같군."

그렇다. 그래서 김동호가 최기복을 맡는 것이다. 강정필과 최기복은 극과 극이다. 음과 양이며 악과 선인 것이다. 그러나 불을 지르는 역할은 같다. 그때 이선이 문득 걸음을 멈추고는 앞쪽을 보았다. 눈동자의 초점이 흐려져 있다.

오후 8시 반, 강정필은 지금 평양 북쪽의 평성에 있다. 순천에서 이곳으로 내려온 것이다. 이제 평양은 차로 1시간 거리다.

　"순안 비행장 아래쪽의 127부대는 대공화력만 세웠지 경비 병력은 1개 대대 정도야. 오늘 밤에 싹 쓸어버릴 수가 있어."

　강정필이 지도를 손끝으로 짚었다.

　"경비병을 처리하고 침투해서 쓸어버리고 동쪽으로 나오는 거야."

　강정필의 손끝을 바라보던 김일수가 고개를 끄덕였다.

　"부대가 비상이 걸린 상태지만 비행장 쪽에서 침투하면 되겠습니다."

　"3개 조로 나눠서."

　강정필이 손끝으로 침투 지역을 짚었다.

　"퇴로는 여기."

　둘러선 간부들은 긴장한 채 듣는다. 모두 민간인 복장이지만 해방군 특전대 소속의 조선족 병사들이다. 모두 121명. 여기에 강정필의 부하 11명이 포함되어 있다. 고개를 든 강정필의 두 눈이 번들거렸다.

　"자, 인민들을 미제의 압박에서 해방시키자구."

　하도 많이 들은 말이어서 써먹을 때도 자연스럽다.

　"언제야?"

　오늘은 천리마거리의 여관에 투숙했는데 손님 대부분이 남한 여행자들이다. 방 두 개를 잡을 이유도 없고 지금은 한 개가 더 익숙해서 방에 들어섰을 때 김동호가 불쑥 물었다. 옷을 벗던 이선이 고개를 돌려 김동호를 보았다.

　"오늘 밤 12시."

　재킷을 벗은 이선은 분홍색 스웨터 차림이 되었다. 몸에 밀착된 스웨터여서 젖가슴의 볼륨이 뚜렷하게 드러났다. 김동호의 시선을 받은 이선이 오히

174

려 김동호에게 정면으로 몸을 돌렸다. 김동호가 이선의 젖가슴에서 시선을 들었다.

"어디로?"

"순안 아래쪽 127공항경비대."

"병력은?"

"지대공 미사일 부대라 경비병은 1개 대대, 미사일은 30기 정도."

"강정필의 무장과 병력은?"

"130명 정도. 지대지미사일 15기 보유. 로켓포 5정, 로켓탄 30발, 모두 AK-47 북한제 신형 모델로 무장. 각각 권총, 수류탄 5발, 30발 탄창 5개씩 소지."

"기습하면 승산이 있군."

"확률 95퍼센트."

"악마는 확률까지 계산이 되나?"

"자꾸 내 젖가슴을 보는데, 생각 있어?"

"젖가슴을 자꾸 들이미는데 그럼 눈을 감고 말하란 말이냐?"

"오늘 밤 127부대가 전멸하면 최 총리는 평양에도 계엄령을 선포할 거야."

이선이 이제는 바지를 벗으면서 말했기 때문에 마침내 김동호가 몸을 돌렸다. 최용해는 평양만은 계엄령에서 제외시켰던 것이다. 남한뿐만 아니라 미국을 비롯한 해외 방문단이 폭주한 상태여서 그들을 놀라게 하는 것이 꺼렸기 때문이다. 이선이 말을 이었다.

"그럼 강정필의 1차 목표가 달성된 셈이지."

이선의 1차 목표라고 해야 옳다.

"젠장."

투덜거린 김동호가 몸을 돌리고는 옷을 벗었다. 그 뒤에 대고 이선이 묻는다.

"이봐, 옷 벗을 때 기분이 좀 이상하지 않아?"

"전혀."

"난 아닌데."

"악마는 당연하지."

"그렇구나."

"뭐가?"

"너희들은 위선자야. 우리는 위선 따위는 안 해. 아예 저지르고 말지."

"제 기준으로 판단하는 건 여전하군."

옷을 갈아입은 김동호가 몸을 돌린 순간 숨을 들이켰다. 보라. 눈앞에 머리칼 하나 가리지 않은 이선의 알몸이 서 있는 것이다. 단단하고 봉긋하게 선 젖가슴, 밋밋한 아랫배의 부드러운 선, 엉덩이의 완만한 곡선과 사슴 뒷다리처럼 힘차고 날씬한 허벅지. 그리고 검은 숲과 우물까지 보인다! 순식간이지만 김동호의 눈길이 모든 곳을 훑었고 그것을 이선이 눈도 깜박이지 않고 응시한다. 똑딱, 똑딱, 똑딱. 침묵의 시간이었지만 열기가 일어났다. 그리고 나서 김동호가 어깨를 늘어뜨리면서 말했다.

"죽겠네."

"저 봐, 미치겠지?"

김동호의 등에 대고 이선이 말했다.

"너, 위쪽에서 신혼여행 하고 왔잖아? 그땐 부담 없이 즐겼지? 나쁜 놈."

김동호는 잠자코 화장실로 들어섰다. 용변? 아니다. 도망갈 곳이 없어서 들어갔다.

그런데, 화장실에 들어간 후다. 김동호는 순식간에 열기가 식는 느낌을 받는다. 아, 통했다. 이선의 인생이 머릿속에 입력이 된 것이다. 조금 전 이선이 신혼여행 운운한 순간에 쌍방이 맞총질을 한 것 같다. 이선이 지난 김동호의

176

행적을 읽었고 김동호 또한 마찬가지다. 창조자는 공평하시다.

　　이선, 28세, 성운대 역사학과 졸, 대학원 석사, 미국 조지워싱턴대에서 '중세아시아 역사'로 박사학위, 성운대 전임강사.
　　남자 관계? 많음. 그러나 오래 못 감. 대개 3, 4개월, 길어야 1년. 그동안 스쳐 간 남자 얼굴이 김동호의 눈앞으로 주르르 지나갔다. 셀 수도 있었지만 귀찮아서 생략. 1남 1녀의 막내. 부친은 산부인과 병원장, 모친은 화가, 오빠도 공부를 잘해서 미국 로스쿨을 졸업하고 외국 변호사, 미국 시민권자다. 이른바 상류계급. 이런 신분이 악마가 되다니, 참.

　　오전 1시 반, 최용해가 벨 소리에 잠에서 깨어났다. 핸드폰을 보았더니 국방장관 안현수다. 핸드폰을 귀에 붙이면서 최용해가 침대에서 일어섰다.
　　"응, 웬일이야?"
　　"각하, 127부대가 기습을 받았습니다."
　　최용해가 숨을 삼켰고 안현수의 말이 이어졌다.
　　"기습은 15분 만에 끝났습니다."
　　"……."
　　"127부대의 피해가 큽니다."
　　"말해."
　　"생존자가 거의 없습니다. 미사일 수십 발을 맞았기 때문에……."
　　"누구야?"
　　"반란군입니다."
　　"글쎄, 누구냐?"
　　최용해가 버럭 소리쳤지만 안현수는 머뭇거렸다. 모른다는 뜻이다. 어금니를 문 최용해가 마침내 입을 열었다.

"평양 지역에도 계엄령을 실시해!"

"끝냈어."

이선이 누운 채 말했을 때는 오전 1시 40분, 김동호가 우연히 핸드폰 시계를 보았기 때문이다.

"뭐가?"

짐작은 하면서도 물었더니 이선이 대답했다.

"127부대 습격."

"……."

"지금 강정필은 평성으로 돌아가고 있어."

"……."

"산을 타고 일렬종대로 가는군. 이번 공격에 중국군 특전대원 4명이 죽고 6명이 부상. 시체는 현장에 버려 놓았지만 확인을 못 하도록 불에 태웠어."

"……."

"127부대는 처참하군. 미사일이 모두 폭발하고, 망가지고 부대원 400여 명 중에서 생존자가 수십 명뿐이야. 부대가 궤멸했어."

이선이 고개를 돌려 옆에 누워 있는 김동호를 보았다. 여관의 더블 침대 위에 나란히 누워 있었는데 좀 떨어져 누워서 간격이 50센티쯤 된다.

"곧 최용해가 평양 지역에도 계엄령을 선포하겠지?"

"당연히."

"강정필한테 부대 하나를 더 습격하도록 할 거야."

이선이 말했을 때 김동호가 상반신을 일으켜 앉았다.

"그다음 순서로 44기갑연대를 출동시키게 되겠군."

44기갑연대는 김동호의 몫이다.

"잠이 안 오는 거야?"

일어나 앉은 김동호를 올려다보면서 이선이 물었다. 이선은 여관에서 준 파자마로 갈아입었는데 젖혀진 가운 깃 사이로 젖가슴이 반쯤 드러났다. 대답 대신 입맛을 다신 김동호가 앞쪽의 TV를 보았다. TV는 꺼놓았다. 볼 것이 없었기 때문이다. 방의 불을 꺼 놓았지만 얼굴 윤곽도 선명하게 드러났다. 그때 이선이 말을 이었다.

"내 머릿속 들어갔지?"

가만있는 것은 긍정일 것이어서 입을 다물고 있었더니 이선이 말을 이었다.

"내가 네 머릿속에 들어간 것을 느낀 순간 나도 알았어. 너도 들어왔을 거라고."

"넌 좀 말이 많아."

"너 같은 남자는 처음이야."

"아, 쌍둥이도 다 다른데 처음이겠지."

"넌 참 밥맛없는 말만 골라서 해."

"너하고 말꼬리 잡는 거 귀찮다."

"말 안 할게, 이리 와."

"네가 거친 놈이 스물은 되지?"

"몰라."

"좀 채신을 지켜라."

"내가 이러는 건 너한테 처음이야."

"또 처음."

눈을 치켜뜬 김동호가 이선을 노려보았다.

"아예 처녀라고 해라, 그냥."

"내가 말을 말아야지."

눈을 치켜뜬 이선이 바락 소리를 지르더니 돌아누웠다.

"병신 같은 놈."

김동호가 말을 받으려다가 몸을 미끄러뜨려 누웠다. 물론 이선에게 등을 보이고 누웠다.

대대적인 수색작전이 벌어지면서 평양시 외곽에도 군부대로 메워졌다. 동해안에 이어서 평양 주변에서도 기습공격이 시작되었기 때문이다. 내란이다. 폭동이라고 표현한 언론사도 있었지만 남북연방에 반대하는 북한군 내부의 반란 사건이었다. 오전 10시 반, 평양시 동쪽에 위치한 호위총국 소속의 제31경비대 대장 서용만 중좌가 전화를 받는다. 상대는 직속상관인 사단장 윤정순 중장. 윤정순이 쩌렁거리는 목소리로 명령했다.

"동무, 제17번 도로의 제4구역 좌우에 부대원을 매복시키도록! 1시간 후에 호위총국군으로 위장한 반란군이 4대의 트럭에 분승해서 지나간다는 정보를 받았다!"

"예, 사단장 동지."

와락 긴장한 서용만이 확인했다.

"트럭 4대입니까?"

"호위총국 제12여단의 병력이라고 할 것이다! 매복하고 있다가 전멸시켜라!"

"예, 사단장 동지!"

"당장 출동해!"

전화기를 내려놓은 서용만이 소리쳤다.

"출동!"

남북연방이 성립된 후에 북한군의 절반 이상이 탈영, 전역 등의 이유로 결원이 생겼지만 호위총국 산하의 부대는 90퍼센트 이상의 병력 유지율을 보이고 있다. 대우가 좋았을 뿐만 아니라 그만큼 정신무장이 잘되어 있었기 때문이다. 제31대대는 호위총국 제2경비사단 소속의 도로경비대로 모두 보병이다. 31대대의 임무는 동쪽에서 평양으로 진입하는 3개 도로를 경비하는 역할인 것이다.

핸드폰을 귀에서 뗀 김동호가 이선을 보았다. 지금 둘은 SUV에 나란히 앉아 있었는데 차는 길가에 주차된 상태다. 운전석에는 이선이 앉았고 옆자리의 김동호는 방금 서용만에게 전화를 한 것이다. 사단장 윤정순의 목소리가 방금 김동호의 입에서 나왔다. 고개를 돌린 김동호가 이선을 보았다.

"자, 시작했다."

이선이 손목시계를 보았다. 오전 10시 40분, 이선도 핸드폰을 들었다.

핸드폰을 귀에서 뗀 강정필이 이진수를 보았다.

"17번 도로의 제4구역을 통과해서 5구역 경계선에서 내리면 돼. 방금 도로가 비었다는 연락을 받았다."

"알았습니다."

이진수가 탁자 위에 펼친 지도를 보았다. 평양 시내의 지도다. 17번 도로는 동에서 서로 관통하는 도로인데 제1구역에서 10구역으로 나누어졌다. 지금 이진수는 트럭에 부대원을 태우고 1구역에서 4구역까지 가려는 것이다. 강정필이 말을 이었다.

"4구역까지는 제31대대 담당이지만 이곳 도로에 경비병은 거의 배치하지 않아. 뒤쪽의 18번이 중요한 직통도로이기 때문이지."

"알겠습니다. 대장은 언제 오십니까?"

"난 너희들이 4구역의 경비소에 도착한 후에 무기를 싣고 간다."

손목시계를 본 강정필이 자리에서 일어섰다.

"자, 출동."

4구역의 경비소에 모인 후에 강정필은 이진수의 해방군 특전대와 함께 고개를 넘어 호위총국 보급창을 습격할 계획인 것이다. 이진수와 특전대는 모두 호위총국 12여단으로 위장해서 신분증도 받은 상태다.

운전석에 앉은 이선이 꾸벅꾸벅 졸기 시작하더니 곧 머리를 좌석에 붙이고는 잠이 들었다. 오후 12시 반, 김동호가 이제는 물끄러미 이선을 보았다. 이선의 숨소리가 고르다. 쌕, 쌕 하는 숨소리가 차 안에 울리고 있다. 지금쯤 이진수가 이끄는 중국 해방군 특전대가 4번 구역으로 진입하고 있을 것이다. 이것으로 중국군 특전대가 전멸하면 판이 커지게 된다. 중국군은 아예 1개 연대나 사단 병력을 투입하게 될 것이고 그때는 중국군의 정체를 알게 된 북한 측과 정면 대결을 하게 될 것이다. 그 시작이 최기복이 지휘하는 제44기갑연대다. 44기갑연대는 강정필을 쫓아 국경까지 북진했다가 압록강을 넘게 되는 것이다.

'한반도에서 한 번도 벗어나지 못한 한민족의 한을 이번에 푸는가?'

이것이 이선의 입버릇이었는데 지금은 김동호도 외우고 있다. 그때 반쯤 열린 이선의 입 끝에서 침이 흘러내렸다. 머리가 조금 기울어져서 입 안에 고였던 침이 흘러나온 것 같다. 김동호가 휴지를 꺼내 침을 슬쩍 닦아 주었더니 이선이 눈을 떴다. 그러더니 눈을 껌벅이고 나서 고개를 세웠다. 눈동자가 벌써 번들거리고 있다.

"왜? 생각나?"

말하다가 입가의 침을 느끼고는 손등으로 닦았다. 이선의 시선이 김동호가 아직도 쥐고 있는 휴지로 옮겨가더니 얼굴이 금세 붉어졌다. 그것이 악마 같지가 않다.

"통행증."

손을 내민 군관은 31대대 소속의 중위, 주위에 병사 셋이 서 있었지만 느슨한 표정. 둘은 딴 데를 보고 있다. 김일수가 웃음 띤 얼굴로 통행증을 내밀었다.

"동무, 수고가 많아."

김일수는 호위총국 소속 중좌 계급장을 붙인 군복 차림이다. 통행증을 받은 중위가 힐끗 보고 나서 김일수에게 건네주었다.

"12여단에서 작전 중이시군요."

"요즘 정신이 없네."

"저도 그렇습니다."

중위가 경례를 하더니 차단봉을 올리라는 신호를 했다.

"그럼 잘 가십시오, 중좌 동지."

"수고하게."

트럭에 오른 김일수가 웃음 띤 얼굴로 손을 흔들었다.

"또 보세."

트럭이 출발하자 김일수가 운전병에게 웃음 띤 얼굴로 말했다.

"병신 같은 놈."

그 순간이다. 김일수는 눈앞에서 번쩍이는 섬광을 보았다. 갑자기 불이 환하게 켜진 것 같다. 다음 순간.

"꽈꽝!"

폭음과 함께 온몸이 가벼워진 느낌이 들었기 때문에 김일수가 입을 쩍 벌렸다. 몸이 날아간다. 허공으로 솟아오르는 것이다. 지금 왜, 무엇 때문에 이렇게 되었는가는 생각할 겨를이 없다, 1초밖에 시간이 안 걸렸으니까. 다음 순간 김일수는 아무것도 보이지 않았고 들리지도 않았다. 물론 느낌도, 감각도 없다.

"꽝! 꽝! 꽝!"
연거푸 로켓포가 트럭에 적중했고 이어서 사격.
"타타타타타타."
이미 트럭 4대는 폭발해서 불길에 싸였는데 2대는 발딱 뒤집혔다.
"타타타타타타."
1백 미터도 안 되는 거리에서 길가 지붕 위, 창문 안, 처마 밑과 골목에 매복하고 있던 2개 중대 300명이 쏘아 제치는 포탄, 총탄이다. 더구나 좌우, 앞뒤를 빈틈없이 막고 내갈기는 것이어서 쥐새끼 한 마리도 빠져나갈 틈이 없다.
"꽝! 꽝!"
이제는 트럭의 연료탱크가 폭발하면서 뒤집혔던 트럭이 또 한 번 치솟았다.
"타타타타타타."
그래도 끈질긴 목숨들이 트럭에서 기어 나왔지만 수백 명의 사수가 기다리고 있는 터라 예외가 없다. 그때 김일수를 보내고 시멘트 방책 뒤로 물러났던 중위가 한마디 했다.
"그 새끼, 내가 잘 가라고 한 인사를 건성으로 들었구만."

30분 후, 북한 총리 최용해가 호위총국장 조영호의 보고를 받는다. 조영호는 20분 전에 반란군이 호위총국 12여단으로 위장하여 침투했다가 31경비대의 공격을 받아 전멸했다는 보고를 했다. 이번이 두 번째 직보다.

"총리 각하, 반란군이 중국군 특전대였습니다. 놈들이 신분증을 갖고 있지 않아서 얼굴을 찍어 컴퓨터로 조회했더니 중국 해방군 특전대 놈들이었습니다!"

조영호의 목소리는 흥분으로 떨렸다.

"놈들이 우리 조선군 해커부대의 실력을 모르고 있었던 것입니다!"

"중국 해방군 특전대라고?"

"예, 471부대, 526부대에서 차출된 조선족 특전대원입니다!"

최용해의 입에서 저절로 신음이 뱉어졌다. 이곳은 주석궁의 총리 집무실 안, 전(前)에 김정은이 사용하던 집무실을 최용해가 사용하고 있다. 그때 최용해가 말했다.

"동무, 이 일은 발설하지 말도록. 지금 즉시 지시해서 이 사실이 밖으로 새나가지 않도록 조처하라!"

"예, 총리 동지."

놀란 조영호가 대답했다.

"지금 즉시 조처하겠습니다!"

"동무가 책임을 지도록! 알았나?"

"예, 총리 동지."

"서둘러!"

소리친 최용해가 전화기를 내려놓고는 고개를 들었다. 두 눈이 어느새 충혈되어 있다.

다가선 위중보가 입을 열었다.

"특전대가 평양에서 기습을 받았습니다."

오후 1시 반, 베이징의 천안문 근처에 위치한 저택은 조용하다. 이곳이 도무지 도심 한복판이라는 것이 믿어지지 않는다. 사방이 나무로 둘러싸인 데다 아무리 둘러봐도 빌딩도 보이지 않는 것이다. 기와를 올린 이 저택은 면적이 2천 평이나 되는 데다 정문에서 현관까지 숲길을 300미터나 통과해야 되는 것이다. 바로 중앙당 상임위원회 공관이다. 중국을 통치하는 최고 지도자와 서열 7위까지의 8명이 모이는 장소인 것이다. 부동자세로 선 위중보가 흐려진 눈으로 앞쪽에 앉은 사내를 보았다. 시진핑이다. 시진핑 옆에는 총리 유자양이 앉아 있다. 위중보는 시진핑에게 직보하는 것이 이번이 처음이다. 지금까지 총리 유자양에게 보고를 해 왔기 때문이다.

"호위총국 부대원으로 위장하고 작전지로 이동하다가 기습을 받은 것입니다."

이마에 배어난 땀을 닦을 엄두도 내지 못한 채 위중보가 말을 이었다.

"현재 지원부대로 특전대 3개 대대 병력이 단둥에서 대기 중입니다만 이번에……"

말을 그친 위중보의 시선이 유자양에게로 옮겨졌다. 도움을 청하는 표정이다. 그러나 유자양은 숨만 쉬고 있다. 긴 얼굴에 마른 체격의 유자양은 책임도 안 지고, 책임 있는 일도 안 하는 선수로 유명하다. 그래서 2인자 자리를 유지하고 있다는 것이다. 그때 시진핑이 입을 열었다.

"1차로 보낸 특전대가 다 죽었다고?"

"예? 그것은 정확히……"

"정확히, 간결하게 말해, 동무."

시진핑의 목소리는 점점 가라앉는다.

"잡소리나 헛소리 말고."

"예, 주석 동지."

"거짓말을 했을 때는 최악의 상황이 될 테고."

"예, 주석 동지."

"말해, 시간이 엄청 지났다."

"예, 전멸했습니다, 주석 동지."

"좋아, 시체 신원이 밝혀질 가능성은?"

"큽니다. 북한군의 해커 수준이 높아서 얼굴 인식만으로 우리 해방군 전체를……."

"좋아, 이번에 전멸한 우리 해방군은 북조선 누구하고 연계되었던가?"

"호위총국 특전대 소속 중좌입니다, 강……."

"그놈도 죽었나?"

"그놈은 무기를 싣고 오느라고 뒤에 떨어진 바람에……."

"살았군."

"예, 주석 동지."

"그놈이 배신했을 가능성은?"

"거의……."

"있나? 없나?"

"없습니다, 주석 동지."

"단둥의 특전대를 보내라."

"예, 주석 동지."

"군 작전은 내가 모른다. 북조선군 어느 놈이건 잡아서 서둘러라."

"예, 주석 동지."

그때 시진핑이 고개를 돌려 유자양을 보았다.

"서둘러."

그러자 유자양이 일어나 위중보에게 눈짓을 했다.

"따라와."

유자양과 위중보가 전략을 짜야만 한다.

여기는 최기복의 제44기갑연대 연대장실, 전화가 왔다. 비상전화. 유선전화로 빨간색. 호위총국장에서부터 직속 사단장까지 직통으로 연결된 전화다. 부관과 함께 있던 최기복이 전화를 받는다.

"예, 연대장입니다."

"나, 총리인데."

"옛, 총리 동지."

최기복이 벌떡 상반신을 세웠다. 최용해와 직접 통화는 처음이다. 부관도 놀라 몸이 석상처럼 굳어졌다.

"지금 출동할 수 있나?"

최용해가 물었고 최기복은 바로 대답했다.

"예, 총리 동지."

"동무가 선봉이다. 지금 당장 북상해서 의주까지 간다, 알았나?"

"예, 총리 동지."

"동무 뒤를 425기계화군단이 따를 거다, 알겠나?"

"예, 총리 동지."

"중국이 해방군을 밀파해서 북조선에 폭동을 일으키고 있다. 막아야 한다."

숨을 들이켠 최기복을 향해 최용해가 말을 이었다.

"425기계화군단이 준비하려면 시간이 좀 걸린다. 그러니까 제44기갑연대가 전속력으로 북진하는 것이다. 알겠나!"

"예! 총리 동지!"

"오늘 밤까지 의주에 도착하도록!"

"예! 총리 동지."

통화가 끊겼을 때 이번에는 최기복이 소리쳤다.

"출동 준비!"

부관이 문을 박차고 뛰어나간다.

"최기복이 의주로 출동할 거야."

차에 시동을 걸면서 김동호가 이선에게 말했다.

"의주에 내 회사 지점을 차렸는데 거기서 중국군과 부딪치겠다."

김동호는 최기복과 최용해의 통화내용까지 다 들은 것이다. 고개를 끄덕인 이선이 김동호를 보았다.

"중국 측에서는 북한이 이렇게 발 빠르게 반응하리라고는 예상하지 못했겠지?"

"그렇겠지."

"아마 1차로 파견된 특전대가 전멸했다는 보고를 받고 당황한 상태겠지."

"글쎄."

김동호가 고개를 돌려 이선을 보았다.

"중국 측 반응을 알 수 있을 거 아냐?"

이선이 김동호의 시선을 받더니 고개를 끄덕였다.

"잠깐 기다려."

그러고는 의자에 등을 붙인 이선의 눈이 흐려졌다.

"나요, 강 중좌."

위중보의 목소리가 울렸다.

"지금 어디시오?"

"예, 지금 평양 근처입니다."

핸드폰을 귀에 붙인 강정필이 숨을 골랐다. 이곳은 평양시 동쪽의 강동이다. 김일수의 해방군 특전대가 몰사하자 강정필은 부하들과 함께 이쪽으로 온 것이다. 남은 부하는 10명, 1명은 김일수의 안내를 맡았다가 폭사했다. 그때 위중보가 말을 이었다.

"강 중좌, 우리가 내려갈 예정인데 도와줘야겠소. 무슨 말인지 알지요?"

"알겠습니다, 어떻게 할까요?"

"일단 만납시다."

"그럼 제가 북상하겠습니다."

강정필이 서두르듯 말을 잇는다. 오늘 낮의 패배를 만회하려는 것처럼 보인다.

"지금 바로 출발하지요."

눈을 뜬 이선이 쓴웃음을 짓고 김동호를 보았다.

"강정필이 지금 북쪽으로 올라간다는데."

"중국으로?"

김동호가 묻자 이선이 쓴웃음을 지었다.

"중국군이 더 내려오는 것 같아."

"점점 판이 커지는군."

"네가 악마처럼 말하는구나."

이선의 얼굴에 웃음이 떠올랐다.

"부부는 닮는다더니."

"아무것이나 갖다 붙이지 마."

김동호가 짜증을 냈다.

"박사라는 것이 통."

"넌 전문대 차량정비과 졸업 주제에 무슨……"

그것으로 잠시 대화가 끊겼기 때문에 차 안에 정적이 덮였다. 그러나 시간은 간다.

남북연방 대통령 임홍원이 북한 총리 최용해의 전화를 받았을 때는 오후 2시 반이다. 그때는 평양의 반란군 진압 소식도 다 듣고 있었기 때문에 최용해의 연락을 기다리고 있던 중이었다.

"대통령 각하, 번거롭게 해드려서 죄송합니다."

먼저 최용해가 그렇게 말했다. 요즘 북한에서 일어나는 군의 반란 또는 폭동으로 묘사되는 사건에 대한 사과다. 그래서 어제도 최용해가 전화로 임홍원과 상의하기도 했다.

"아니, 총리께서 고생이 많으세요."

임홍원이 위로했을 때 최용해가 한숨을 쉬고 나서 말했다.

"국경 쪽 부대의 이탈이 심해서 국경으로 병력을 파견했습니다."

"아, 그래요?"

북한 내부의 군 이동은 북한 총리의 전결 사항이다. 임홍원이 물었다.

"우리가 도와드릴 일이 있습니까?"

"예, 그것 때문에 연락을 드렸습니다, 각하."

숨을 돌린 최용해가 말을 이었다.

"남한의 해병대를 평양으로 보내주시지요. 호위총국 군단을 북방으로 이

동시킬 예정인데 그렇게 되면 평양 방어에 공백이 생깁니다."

"아하."

"남한 해병대 2개 사단을 보내주시면 든든하겠습니다만."

"그러지요."

임홍원이 바로 승낙했다.

"당장 조처하겠습니다. 옛날 휴전선에 남아 있는 육군도 보내드릴 수가 있는데요."

"보내주시면 더 좋지요."

"알겠습니다. 먼저 해병대를 보내고 상의하지요."

전화기를 내려놓은 임홍원이 옆에 선 비서실장 정인규를 보았다.

"이제야 진짜로 통일이 된 것 같다."

"이게 무슨 소리야?"

중국 총리 유자양이 고개를 들고 앞에 선 위중보를 보았다. 유자양은 방금 임홍원과 최용해의 통화녹음을 들은 것이다. 둘이 전화를 한 지 30분밖에 지나지 않았다. 녹음된 통화를 중국어로 번역까지 했는데도 그렇다. 이곳은 천안문 옆쪽의 총리 공관 안의 집무실이다. 그때 위중보가 대답했다.

"최 총리가 44기갑연대를 북상시켰습니다. 425기계화군단도 출동 준비를 시켰는데 그 빈자리를 한국군으로 채우려는 것 같습니다."

"글쎄, 왜?"

"최 총리가 우리가 개입하고 있다는 것을 아는 것 같습니다."

유자양은 눈썹만 모았고 위중보의 말이 이어졌다.

"그래서 선봉대로 44기갑연대를 북상시킨 것 같습니다."

"북상시켜서 어쩌라고?"

"더 이상 우리가 개입하지 못하게 막는다든가……."

"아니면 시위 효과를 내려고?"

"예, 북한 측이 이번 평양 작전 때 당한 해방군 특전대의 정체를 파악한 것이 분명합니다."

"그렇군."

유자양이 천천히 고개를 끄덕이더니 곧 똑바로 위중보를 보았다.

"이것을 화살이 시위를 떠났다고 표현하지."

"예, 총리 동지."

"이미 시작되었어."

어깨를 부풀린 유자양이 말을 이었다.

"집단군에게 출동 준비를 시켜야겠다."

단둥 북쪽에서 대기 중인 집단군을 말한다. 3개 군단의 20만 병력에 10개 전투기 대대가 포함된 북방군 공군이 대기 상태인 것이다.

"전면전이 일어날까?"

불쑥 이선이 물었을 때는 SUV가 순천을 지나 안주를 향하고 있을 때다. 오후 4시, 핸들을 쥐고 있던 김동호가 이선을 보았다.

"그건 아무도 모를 거다, 수많은 변수가 일어날 테니까."

"너하고 내가 다 모른다는 게 말이 되나?"

"우리가 다 안다면 이 세상이 이렇게 굴러가지 않을 거다."

"무슨 말야?"

"이미 한쪽이 이겨서 한쪽 세상이 되었을 테니까."

"또 역할 이야기군."

이선이 입맛을 다셨다. 그러나 지금 둘이 나란히 앉아서 북상하고 있는 현실이 바로 그 증거다. 둘이 제각기 역할을 맡고 있으니까. 남한 방문객 차량이 뜸해진 도로를 SUV가 속력을 내고 있다.

단둥에서 동쪽으로 20킬로쯤 떨어진 곳에 중국군 제62경비대가 있다. 국경 경비대로 1개 대대 병력이 8킬로 넓이의 국경을 경비했는데 경비대장은 표성정 소교다. 오후 5시 반, 표성정이 앞에 선 강준을 보았다.

"참모장 각하, 제3지점의 도하 준비가 끝났습니다."

표성정이 말을 이었다.

"수심이 20센티도 되지 않습니다. 바닥이 평평해서 차량 통행도 문제가 없습니다."

"내일 12시 정각에 제88전차사단이 먼저 통과한다."

손목시계를 본 강준이 벽에 붙은 지도를 보았다. 제3지점은 압록강의 도하 지점을 말한다. 강준은 중국 인민해방군 제4군단 참모장이다. 제4군단은 4개 사단으로 편성되었는데 88전차사단이 포함되어 있다. 강준이 지휘봉으로 지도의 한 곳을 짚었다. 의주다.

"단숨에 의주를 점령하고 남진한다."

둘러선 참모들이 제각기 상황실을 나갔다. 제62경비대 상황실이 전선의 지휘부가 된 것이다.

"안주가 15킬로 남았어."

핸들을 쥔 이선이 눈으로 앞쪽을 가리키며 말했다.

"안주에서 오늘 밤 쉴까?"

"그래야겠다."

6시가 되어가고 있다. 산길을 돌아가는 SUV는 속력을 내었다. 이미 어두워져서 헤드라이트에 비친 산길은 적막하다. 오가는 차량 통행이 뚝 끊긴 것이다. 북한 이곳저곳에서 테러가 일어났기 때문에 남한 방문객이 뚝 끊긴 것이다.

"44기갑연대는 어디 있어?"

갑자기 이선이 묻자 김동호가 눈을 가늘게 떴다.

"순천을 방금 지났어."

뒤쪽이다. 이선이 다시 물었다.

"425기계화군단은 안주에서 가깝지?"

"정주에 사령부가 있으니까 20킬로도 안 돼."

고개를 돌린 김동호가 이선을 보았다.

"425군단이 제대로 가동이 될지 모르겠다. 남북연방이 된 후에 이탈이 심해서."

아직 425군단의 내력은 알 수 없다. 이선이 차에 속력을 내었다. 내리막길이다.

중국군 제4군단의 이동은 남한군은 물론 북한군 지휘부에도 포착되어 있다. 4군단 소속 88전차사단이 단둥 동쪽의 평야지대에 이틀 전부터 전개하고 있었기 때문이다. 국경과 4킬로밖에 안 되는 거리였지만 그쪽 평야지대는 전차의 기동연습에 자주 사용되었기 때문에 북한군은 주시만 하고 있던 상황이다. 오후 6시 10분, 북한 총리 최용해가 이동 중인 44기갑연대장 최기복에게 전화를 한다.

"예, 총리 각하."

이동 중인 장갑차 안에서 최기복이 고함치듯 대답했다.

"지금 어디인가?"

"예, 순천을 지났습니다, 각하."

"오늘 밤까지는 의주에 도착할 수 있겠나?"

"예! 도착하겠습니다!"

"단동 동쪽에 중국군 전차사단이 집결해 있어! 그 뒤쪽으로 3개 사단이 있고, 넘어올 가능성이 있다! 좌표를 찍어 보내겠다!"

"예, 각하."

"막아라!"

그러고는 통신이 끊겼기 때문에 최기복이 숨을 들이켰다. 전쟁인가?

여기는 평안북도 정주에 위치한 425기계화군단의 사령관실 안, 사령관 유태진 대장은 72세, 비상소집 연락을 받고 대기 중이었지만 의기소침해진 상태, 425기계화군단은 5개 여단으로 편성된 예비군단으로 반상륙작전 및 대공수방어용 군단이다. 그러나 장갑차, 탱크가 노후화되어서 절반 이상이 작전 불능이었고 연료까지 부족해서 운용할 수 있는 실제 전력은 1개 여단 규모쯤 되었다. 그런데 남북연방이 되면서 탈영, 이탈자가 절반 이상이나 되는 바람에 가동할 수 있는 기갑부대는 구형 탱크 1개 대대 전력인 31대, 장갑차 35대, 그리고 장갑보병 1개 연대뿐이었다. 참으로 비참한 전력이다. 고개를 든 유태진이 둘러선 참모들에게 말했다.

"결국 중국 놈들이 밀고 내려오는군. 북남연방이 되고 나서 이런 날이 올 줄은 예상하고 있었어."

"각하, 44기갑연대가 지금 순천까지 북상했다고 합니다."

참모장이 지친 얼굴로 말했다.

"기갑연대가 우리 옆을 지날 겁니다."

"우리 전력은 기갑연대의 절반도 안 된다."

유태진이 외면한 채 말했다.

"그래서 대기 상태로 남겨두는 거야."

그것은 같은 정주에 사령부를 둔 8군단도 마찬가지다. 후방 정규 군단인 8군단은 공장교도대로 불리던 군단이었지만 전력이 절반 이하로 축소되었고 이탈자가 많아서 현재 비상소집 중이다. 이제 전방 군단은 적이 없어진 상황이 되고 후방 군단은 남북연방이 되는 바람에 약체인 상황에서 갑자기 허물어져 버렸다. 이 상황에서 중국군이 밀고 내려오려는 것이다. 그때 유태진이 탄식했다.

"큰일 났다. 통일된 지 석 달도 안 되어서 대한민국이 망하게 생겼다."

유태진의 입에서 대한민국이라는 말이 나왔다. 남북연방을 대한민국으로 국호를 곧 통일시키게 될 것이었다, 대한민국의 남한, 북한으로 나뉘면 될 테니까.

"정지!"

앞에서 손을 들고 가로막는 일단의 군인들이 일제히 소리를 지른다. 오후 7시 45분, 안주가 3킬로 앞으로 다가온 지점이다. 이선이 차의 속력을 줄이면서 김동호를 보았다.

"저건 뭐야?"

차단막도 없고 검문소도 보이지 않는다. 길을 가로막고 선 군인들은 7, 8명, 모두 손에 총을 들고 있다.

"탈영병이야."

김동호가 말했을 때 이선이 차를 멈췄다. 그때 운전석 옆으로 다가온 장교 하나가 소리쳤다.

"밖으로 나와!"

험악한 기세다. 김동호 옆으로 다가온 병사가 총구로 유리창을 두드렸다. 무슨 일이냐고 물을 여유도 없다.

"내려!"

다시 장교가 소리쳤을 때 이선의 눈빛이 강해졌다. 이선이 장교의 뇌를 빨아들인 것이다. 다음 순간 장교가 한 걸음 뒤로 물러서더니 어깨를 늘어뜨렸다.

"내려! 이 새꺄!"

김동호 옆쪽 창을 두드리던 병사가 다시 소리쳤을 때다. 물러섰던 장교가 권총을 치켜들더니 금방 소리친 병사를 겨누었다.

"탕!"

요란한 총성이 어둠에 덮인 산기슭에 울렸다. 병사가 뒤로 벌떡 넘어졌을 때 장교가 권총을 휘두르며 소리쳤다.

"통과! 통과!"

이선이 가속기를 밟아 차를 발진시키면서 김동호에게 말했다.

"저놈들은 8군단에서 탈영한 놈들이야."

"망했군."

김동호가 힐끗 뒤쪽을 돌아보며 말했다. 산비탈에 가려 군인들은 이제 보이지 않는다.

"8군단은 무력화된 것 같다."

"중국 측이 8군단을 내부에서 분열시킨 거야."

이선이 말을 이었다.

"이건 8군단뿐만이 아냐. 425군단, 그리고 국경의 10군단도 내부에 침투하거나 지휘관들을 회유해서 무력화시켰어."

김동호가 어깨를 늘어뜨렸다. 이대로 나가면 북한군만으로는 망한다.

"니 능력은 어떻게 돼?"

민박집 방에 들어서서 옷을 벗고 자리에 앉았을 때 김동호가 불쑥 물었다. 밤 8시 반, 거리는 한산했고 그 많던 남한 차도 보이지 않았다. 그래서 민박집은 금방 찾았다. 첫 번째 들른 집에서 민박이 된 것이다. 눈치 빠른 남한 방문객들이 동해안에서 폭동이 일어나면서 썰물 나가듯이 돌아갔기 때문이다. 재킷을 벗어 벽에 걸어 놓은 이선이 앞쪽에 앉았다.

"왜 물어보는데?"

"서로 알고 일을 나눠서 하면 편리할 것 같아서."

방은 온돌방이어서 장판지가 따스했다. 주인이 쓰고 있던 안방을 내준 것이다. 김동호의 시선을 받은 이선이 피식 웃었다.

"넌 다 말해줄 것 아니지?"

"왜 그렇게 묻는데?"

"알면서, 나중에 나 죽일 때 응용할 것 아냐? 하지만 지금은 급해. 힘을 합하고 일을 나눠야 돼."

"말은 그럴듯하군."

"이왕 한 번 죽을 것, 다 털어놓아라."

"내가 할 말이다."

그때 이선이 눈썹을 모으더니 말했다.

"아까도 보았지만 시선만 마주치면 상대의 머릿속을 조종할 수 있어."

산길에서 만난 탈영 장교다. 권총으로 부하를 쏴 죽이고 차를 통과시켰다. 김동호가 고개만 끄덕이자 이선의 말이 이어졌다.

"그 장교를 떠올리면, 다시 명령을 주입시켜서 내 의지대로 움직이게 할 수 있어."

"그렇군."

김동호가 고개를 끄덕이며 물었다.

"떠올리면 지금 뭘 하고 있는지도 볼 수 있나?"

"당연히. 하지만 머릿속에서 지우면 내 의지도 사라지는 거야."

"그렇군."

"넌 어때?"

"난 아직 안 해 봤는데."

사실, 그런 능력이 있는지도 지금 알았다. 일단 고개를 끄덕인 김동호가 다시 물었다.

"또 다른 건 없나?"

"너도 했지만 변신, 너한테는 못 들어가지만 내가 시진핑을 만나면 시진핑이 될 수도 있지."

"그렇지."

"뭐가 그렇지야?"

"우리가 이 전쟁에서 이기려면 중국 놈들을 만나야만 해."

"시진핑이 되어서 중국을 남북연방의 속국으로 편입시키겠다고 선언할라고?"

"그러다간 총 맞아 죽고."

"그럼 어떻게?"

"합리적인 방법, 다 이해할 수 있는 방법으로 마무리를 해야지."

그때 이선이 고개를 기울였다.

"꼭 시진핑이 아니더라도 되지 않을까?"

"그렇긴 해."

"그럼, 김동호, 니 능력을 보자."

"너하고 비슷해."

200

"니가 최용해를 만난 적이 있지? 김정은 행세를 했을 때."

"그, 그렇지."

그때 이선이 빤히 김동호를 보았다.

"그렇다면 최용해를 조종할 수 있겠구나. 나하고 비슷하다면 말야."

"그렇게는 안 해봤는데."

마침내 김동호가 이실직고했다.

"이차 명령 말야."

"해 봐."

정색한 이선이 김동호를 보았다.

"우리, 확실하게 하자. 나는 대량살상을 위해서, 넌 한민족의 한풀이를 위해서."

"젠장."

"해."

그러더니 이선이 벽에 등을 붙이고 김동호를 응시했다.

최용해를 떠올린 순간 주석궁에 앉아 있는 최용해의 모습이 나타났다. 회의실 안, 장방형 테이블에는 20명 가까운 장군, 고위층이 둘러앉았다.

"이게 무슨 꼴이야!"

최용해가 어깨를 부풀리며 가쁜 숨을 뱉는다. 둘러앉은 고위층은 모두 시선을 내리고 있다. 최용해가 이 사이로 말했다.

"북남연방이 되었다고 순식간에 군대가 해체되다니, 이건 나라도 아냐."

"……."

"지금 둘러앉은 동무들 중에서도 중국 놈들의 이중간첩이 섞여 있는지도 몰라."

지도층 몇 명이 억울하다는 듯이 고개를 들었다가 얼른 내렸다.

"모두 날 똑바로 보라우!"

최용해가 버럭 고함을 쳤는데 이것은 김동호의 의지가 반영된 것이다. 이제 김동호가 최용해의 눈으로 이쪽을 똑바로 바라보고 있는 지도자들을 하나씩 훑어나간다. 그러다가 시선을 멈추고는 뒤에 선 호위장교를 손짓으로 불렀다. 김정은은 장군들을 호위장군으로 측근에 배치시켰지만 최용해는 겸손(?)하게 대좌급 장교들의 호위를 받는다. 호위장교 하나가 붙어 서자 최용해가 시선을 주고 있던 10군단장 최필승 대장을 손으로 가리켰다.

"반역자다. 체포해라."

시선을 받을 때부터 얼굴을 굳히고 있던 최필승 대장은 66세, 자강도 강계시에 군단 사령부를 둔 후방 지원 군단장이다. 그러나 현재 북남연방이 되고 나서 군단 병력의 70퍼센트가 탈영했다. 후방 군단은 대개 교도사단(예비사단) 병력으로 충원되었지만 최소한 4개 사단 병력은 보유하고 있어야 한다. 그런데 지금은 1개 연대 병력도 안 된다. 그때 최용해가 뱉듯이 말했다.

"이놈은 중국군 정치위원 위중보를 만나 충성을 맹세하고 10군단을 해체, 무력화(無力化)시키기로 약속했다. 그래서 북남연방이 되자마자 병사들에게 휴가를 보내고 사회봉사 명목으로 장기 출장을 지시한 것이다."

"동지, 그것은……."

"체포하라!"

최필승의 말을 막은 최용해가 호위장교들이 끌고 가는 것을 본 후에 다음 고위층으로 시선을 옮겼다.

"18명 중에서 6명이 중국 측의 회유를 받고 배신한 놈들이었어."

김동호가 눈동자의 초점을 잡고 말했을 때는 30분쯤이 지난 후다. 최용해가 주석궁에서 30분간 지도층을 조사, 조처를 했다는 말이다. 그러고 나서 지금 돌아왔다. 그동안 이선은 씻고 왔는지 말끔한 얼굴이었고 옷도 갈아입었다.

5장
대한연방

"그럴 줄 알았어."

고개를 끄덕인 이선이 앞쪽 벽에 등을 붙이고 앉았다. 그러더니 김동호에게 말했다.

"난 강정필을 통해 위중보까지, 차례로 찾아볼 테니까 자기도 그동안 씻고 와."

"뭐? 자기?"

김동호의 얼굴에 웃음이 떠올랐다. 자리에서 일어난 김동호가 이선을 내려다보았다.

"우리가 방에 앉아서 역사를 만들어내는구나."

이선이 바로 대답했다.

"다 그래, 역사의 시작은 간단해."

그리고 보니 이선이 역사가다.

강정필이 지금 의주 서쪽 신의주의 민가 마루방에 앉아 있다. 오후 9시 반, 앞에는 방금 중국에서 넘어온 위중보와 민간인 차림의 사내 둘이 좌우에 앉아 있다. 중국군 장교다.

"내일 12시에 88전차사단이 남진할 거야. 그러니까 동무도 준비하고 있어."

위중보가 이제는 익숙하게 하대를 했다.

"특전대는 1개 대대 병력으로 450명을 데려왔는데 동무는 우리 정규군과는 별도로 움직이는 거야."

"알고 있습니다."

"내 지시만 받고."

"압니다."

"이번 특전대도 모두 조선족 출신으로 선발했어."

위중보가 좌우에 앉은 두 사내를 번갈아 보았다.

"여기 조권 상위, 박기동 상위가 동무의 보좌관으로 대대 병력을 직접 지휘하게 될 것이네."

"알겠습니다."

강정필이 고개를 끄덕였다. 이제 강정필은 휘하에 10명의 부하뿐이다. 조권과 박기동은 강정필의 안내를 받을 뿐 실제로 조선족 특전대를 지휘하게 되는 것이다. 아마 직접 위중보의 지시를 받게 될 것이다. 그때 위중보가 자리에서 일어섰다.

"난 돌아가야 돼. 약속이 있어."

길게 숨을 뱉은 이선이 눈동자의 초점을 잡고 앞을 보았다. 김동호가 수건으로 얼굴을 닦다가 이선의 시선을 받고는 묻는다.

"끝났냐?"

"강정필이 조선족으로 편성된 1개 대대 병력의 특전대를 받았어."

보좌관 둘의 이야기까지 해준 다음에 이선이 물었다.

"저녁밥 안 준대?"

"곧 가져온다고 했어."

"강정필은 신의주에 있어."

"곧 내려오겠군. 네가 어디 있는가만 알려주면 내가 알아서 처리를 하지. 이번에는 다르게 처리할 거야."

"그것보다도."

다시 눈을 가늘게 떴던 이선이 눈동자의 초점을 잡고 말했다.

"더 크게 일해야 돼. 강정필 같은 조무래기는 놔두고."

"옳지."

김동호가 고개를 끄덕이며 웃었다.

"네가 그린 그림이 나보다는 크겠지, 역사가니까."

이선이 눈을 흘겼을 때 문밖에서 기척이 났다. 저녁상을 가져온 것이다.

밤 11시 반, 헬기로 베이징에 도착한 위중보가 안가에서 유자양과 마주 앉는다. 유자양이 기다리고 있었던 것이다.

"이상 없습니다."

먼저 위중보가 그렇게 보고했다.

"내일 낮 12시 정각에 시작됩니다, 총리 동지."

"미국이나 일본, 남조선까지 이미 우리 의도를 다 짐작하고 있겠지만."

말을 그친 유자양의 얼굴에 웃음이 떠올랐다.

"그들도 어쩔 수 없어. 다 변수가 작용하고 있거든."

더 이상 길게 말할 필요는 없다. 길게 말하면 말할수록 숨기려는 의도가 있다고 보면 된다. 진리와 진실은 간단하고 명료하며 금방 이해가 되는 것이다. 즉 미국은 아직 남한과 동맹국 관계지만 남북연방이 되면서 동맹 관계가 약해졌다. 그것은 핵 때문이다. 일본은 남북연방이 되면서 핵까지 보유한 대한민국이 붕괴되기를 원한다. 그래서 중국이 대신 그들의 등을 긁어주려는 것이다.

그때 이선이 고개를 들고 김동호를 보았다. 밤, 둘은 저녁을 먹고 이부자리를 편 채 양쪽 벽에 기대앉은 상태다.

"됐어. 이제 유자양까지 닿았어."

이제 이선의 영역이 위준보를 통해 유자양한테까지 닿았다는 말이다. 그것은 곧 이선이 마음만 먹으면 유자양한테 영향력을 행사할 수 있다는 뜻.

밤 12시 반, 이부자리에 나란히 누워 있던 이선이 고개를 돌려 김동호를 보았다. 요와 이불이 한 채뿐이어서 누워 있는 둘의 어깨가 닿아 있다. 이선은 잠옷이 없었기 때문에 내복 차림이다. 옷에 딱 붙는 내복이어서 윤곽이 다 드러났지만 이제는 자연스럽다. 김동호도 반팔 셔츠에 팬티를 입었다.

"우리가 자식을 낳으면 어떻게 될까?"

"응?"

놀란 김동호가 숨을 들이켰다가 재채기를 했다. 재채기를 세 번이나 하고 난 김동호가 숨을 골랐을 때 이선이 혀를 찼다.

"그게 놀랄 일이냐?"

"농담 좀 작작해라."

화가 난 김동호가 눈을 흘겼다.

"너는 옆에 누가 눕기만 해도 애 낳냐?"

"봐야지."

"뭘 봐? 백번 봐도 애 못 낳을 거다."

"네가 언제 덤빌지 그건 너도 모르는 일이야."

"그럴 일 없을 거다."

"억지로 참지 마."

"오해하지 마."

"근데 네 몸이 왜 이렇게 뜨거워지고 있지?"

그 순간 이선이 손을 뻗어 김동호의 그것을 잡았다가 금방 놓았다.

"윽!"

놀란 김동호가 몸을 비틀었지만 이미 이선의 손이 지나간 후다.

"이런."

김동호가 벌떡 상반신을 일으켰을 때 이선이 이를 드러내고 웃었다.

"자연스러운 반응이야."

"색마 같은 년."

"맞아, 색마도 악마지."

이선이 여전히 웃는 얼굴로 말을 이었다.

"너, 그렇게 계속 위선자 노릇을 하다가는 너도 악마가 된다."

김동호가 숨을 골랐다. 과연 몸이 뜨거워졌기 때문이다.

오전 9시, 단둥 북동쪽에 주둔하고 있던 중국 해방군 제4군단장 염해지는 총리 유자양의 전화를 받는다. 유자양이 이번 북한수복작전의 총수다.

"예, 총리 각하."

염해지가 기운차게 대답했다.

"준비 완료 상태입니다."

"군단장, 출전 보류하고 기다리시오."

불쑥 유자양이 말했기 때문에 염해지는 숨을 들이켰다.

"무슨 일 있습니까?"

염해지는 62세, 부친이 94세의 염동찬이다. 모택동이 '고난의 행군'을 할 때 모택동의 마부였던 염동찬은 그 후로 해방군 총사령을 지냈다가 은퇴했다. 그래서 이른바 '태자왕'이다. 호락호락한 군번이 아닌 것이다. 서열은 한참 아래지만 유자양이 무시할 존재가 아니다. 그때 유자양이 말했다.

"핵이오."

"예?"

"핵이라니끼?"

'핵' 소리에 염해지의 기세는 80퍼센트 깎였다. 불길한 소리인 것이다. 그때 유자양이 말했다.

"북한 놈들이 우리가 국경을 넘으면 핵을 쏜다는 정보가 입수되었소."

"힉."

염해지의 숨을 들이켜는 소리다. 그야말로 마른하늘에서 벼락이 떨어진 것 같은 상황이 되었다.

"아니, 핵은 다 남쪽으로 가져갔지 않습니까?"

"남아 있는 핵이 수십 발이라는 거요."

"……."

"우리가 국경을 넘었다면서 핵을 쏘면 명분이 있는 거지."

"……."

"한 방이라도 맞으면 우린 끝나게 돼요. 알고 있지요?"

"그, 그러면 우리도……."

"군단장, 지금 정신이 있소, 없소?"

"예, 있습니다."

"핵을 맞기를 각오하고 북한으로 가야 되겠다는 말이오?"

"그, 그럴 리가 있습니까?"

"88전차사단에 지시하시오, 중지하라고. 아니, 뒤로 10킬로쯤 물러서라고 하시오."

"예, 총리 각하."

"서두르시오!"

고함치듯 말한 유자양이 통화를 끊었다.

이선이 고개를 들고 김동호를 보았다.

"88전차사단까지 뒤로 10킬로 철수시켰어."

민박집의 방 안, 오늘도 둘이 마주 보고 앉아 있다. 어젯밤의 소동(?)을 잊은 듯 둘은 멀쩡한 표정.

그때 고개를 끄덕인 김동호가 말했다.

"이번에는 내 차례군."

정주를 지나 신의주 남쪽 용천까지 진출해 있던 제44기갑연대의 상황실.

산기슭에 임시 텐트를 친 상황실에서 연대장 최기복이 지시했다.

"특전대 1개 대대와 지대지미사일 부대 1개 중대를 차출하도록. 지금 즉시!"

"예, 연대장님!"

참모가 벌떡 일어나더니 물었다.

"출동입니까?"

"그렇다."

참모가 텐트를 나갔을 때 최기복이 둘러선 간부들에게 말했다.

"우리가 처리해야 할 일이 있다."

그로부터 10분 후, 최용해가 앞에 선 백종기에게 지시했다.

"발사 준비를 해."

"예, 총리 각하."

부동자세로 선 백종기가 최용해를 보았다.

"목표는 베이징입니까?"

"그래, 천안문 광장에 정통으로 떨어뜨리도록."

"예, 총리 각하."

"2발을 쏴."

"예, 총리 각하."

고개를 끄덕인 최용해의 얼굴에 웃음이 떠올랐다.

의주 아래쪽의 백마는 좌우에 산줄기가 뻗어 나간 중앙의 낮은 분지에 위치해 있다.

오전 11시, 18대의 트럭이 백마를 통과하여 남진하고 있다. 북한군 트럭이다.

앞장선 지프에는 소장 계급장을 붙인 장군이 탔고, 뒤쪽은 북한군 병사들이 탑승하고 있다.

검문소를 통과할 때도 미리 연락을 받은 터라 차량 대열은 속도를 줄이지 않는다.

앞장선 지프가 백마 남쪽의 산비탈을 돌아갈 때다. 앞쪽 지프에 탔던 강정필이 고개를 돌려 부관을 보았다.

"여기서 멈추라고 해."

부관이 자리에서 일어나 뒤를 향해 손을 저었고, 곧 차량 대열이 자욱한 먼지를 일으키며 멈춰 섰다.

이곳은 인적도 없고 차량 통행도 끊겨 길은 한적했다.

먼지가 가라앉았을 때 뒤쪽 트럭에서 중국군 보좌관 조권과 박기동이 다가왔다.

"무슨 일입니까?"

조권이 묻자 강정필이 똑바로 시선을 주었다. 그러고는 이어서 박기동을 보았다.

두 눈이 번들거리고 있다.

이곳은 길림성의 옌지, 옌지는 조선족 자치구의 수도 역할이다.

옌지시 중심부에 위치한 '평양 개장국집' 안, 고윤성이 식탁 건너편에 앉은 진영수를 보았다.

"중국군이 곧 북조선으로 밀고 내려간다는 거야. 오늘 중에 내려간다는데."

"나도 소문 들었습니다."

진영수가 개장국 그릇을 옆으로 밀어 놓고 말을 이었다.

"4군단이 내려가고 그 뒤를 5군단, 6군단, 8군단이 내려간답니다."

"북조선은 이미 군대가 해산된 것이나 마찬가지가 되었는데 그것으로 끝나겠군."

"동북군의 전 병력이 북조선의 점령군으로 내려갈 것입니다."

고윤성이 고개를 끄덕였다.

동북군의 전 병력은 6개 군단이다. 5십만 가까운 병력이 대기하고 있는 것이다.

"이봐, 결국은 북조선이 조선성이 되겠군."

고윤성이 말을 이었다.

"중국이 북조선을 포기할 리가 없지. 내가 이렇게 될 줄 알았어."

고윤성은 길림성의 부성장이다. 옌지로 출장을 나왔다가 옌지 공안부장인 진영수를 불러 밥을 먹고 있는 중이다.

그때 진영수가 고개를 들고 고윤성을 보았다.

"부성장 동지, 조선족 민심이 흔들리고 있습니다."

"무슨 말이야?"

"이번 북남연방이 되고 나서 우리 중국의 조선족들이 신바람을 내었는데, 중국군이 내려간다니까 불만이 많습니다."

"그래?"

눈을 가늘게 뜬 고윤성이 진영수를 보았다.

"우리 조선족들이 그랬단 말이지?"

"예, 부성장 동지. 조선족 인심이 그렇습니다. 중국에서는 우리가 소수민족 아닙니까?"

"그렇지."

"소수민족이지만 뿌리인 남북연방이 커진 것이 속으로 자랑스러웠던 것입니다."

"……."

"그런 상황에서 중국군으로 고향을 침략한다니 속이 상했던 것이지요."

고윤성이 어깨를 늘어뜨렸다.

이것이 민심인 것이다.

그때 진영수가 말을 이었다.

"부성장 동지, 북조선을 중국이 점령하면 솔직히 우리 조선족 가치도 떨어집니다. 그렇지 않습니까?"

맞는 말이었기 때문에 고윤성은 외면했다.

그렇다. 남북연방이 기반을 굳히면서 동북아의 강국이 되면, 중국 조선족의 가치는 더 높아진다. 그것이 상대적인 것이다.

조권과 박기동이 제각기 고개를 돌렸을 때다. 길가에서 북한군이 나타났다. 미사일을 겨눈 북한군. 길 양쪽에서 나타났기 때문에 트럭에 탄 조권, 박기동의 부하들은 얼어붙었다. 그때다. 조권, 박기동이 소리쳤다.

"모두 내려라!"

"저항하지 마라! 아군이다!"

"아군이야!"

아군이라는 말이 바로 먹혔기 때문에 병사들은 트럭에서 내렸다.

"트럭 옆으로 정렬!"

이번에는 강정필이 소리쳤다. 그때 앞에총 자세의 북한군이 양쪽에 도열해 섰다. 거리는 양쪽이 1백50미터 정도, 총구의 금속이 햇살을 받아 반짝였다. 강정필이 다시 병사들을 향해 소리쳤다.

"들어라! 우리는 조선인이다! 너희들은 중국 국적을 갖고 있지만 뿌리가 조선인인 것이다!"

그때 조권이 이어서 소리쳤다.

"우리는 지금 중국 정부의 꼭두각시가 되어 있는 것이다! 우리가 지금 동포를 향해 총부리를 겨누고 있지 않느냐?"

이어서 박기동이 주먹을 내두르며 외쳤다.

"우리는 지금부터 조선인이다! 조선군인 것이야!"

그때 강정필이 소리쳤다.

"너희들 가족에게 불이익은 가지 않는다! 너희들은 북한군의 포로가 된 것으로 하고 북한군이 되는 것이야!"

그때 양쪽에서 다가온 북한군의 장교 하나가 소리쳤다.

"환영한다!"

"저놈들의 상황은 어때?"

시진핑이 묻자 유자양이 한숨부터 쉬었다.

"예, 주석 동지. 발사 준비 단계에 있습니다."

"아니, 핵은 모두 남조선으로 옮겼다고 했지 않아?"

"20기 정도가 남아 있었다고 합니다."

정보국에서 방금 입수된 정보인 것이다. 최용해가 숨겨두고 있었다고 봐야 한다. 시진핑이 어금니를 물었다.

"그놈들의 거짓말은 끝이 없군. 입만 열면 거짓말이야."

상황실 안에서는 숨소리도 나지 않는다. 베이징의 인민대회당 지하에 위치한 전시(戰時) 상황실 안, 상황실에는 최고회의 상임위원과 국방위 부주석, 육해공군 총사령까지 20여 명의 지도자가 모여 있다. 고개를 든 시진핑이 유자양을 보았다.

"미국도 북한 핵이 모두 남한으로 옮겨진 것으로 알고 있었단 말야, 이런……."

그러나 북한 점령을 지시한 장본인은 시진핑이다. 유자양은 시진핑의 명령을 이행했을 뿐이다. 시진핑이 고개를 들고 유자양을 보았다. 이번 사고는 최고 지도자로서의 결정에 치명적인 오점이 되었다. 막 남침을 하려다가 물러선 인민 해방군은 곧 엄청난 사기저하, 혼란에 휩싸일 것이다. 그때 유자양의 눈빛이 강해졌다.

"주석 동지, 북한군이 핵 발사대를 열어놓은 상태로 대기하고 있습니다. 위험합니다."

"……."

"조처를 취해야 됩니다. 저 상태로 방치시킨다면 단추만 누르면 중국 대도시 몇 개가 초토화됩니다."

"동무! 닥치라고!"

시진핑이 버럭 소리치자 상황실 안은 마치 물벼락을 맞은 것처럼 조용해졌다. 얼굴이 붉어진 시진핑이 다시 소리쳤다.

"정보를 정확히 수집해서 나한테 보고해 주는 것이 동무의 임무라는 것을 망각하고 있었단 말인가?"

"주석 동지."

그때 어깨를 부풀린 유자양이 날카로운 목소리로 불렀다. 시진핑은 똑바로 주시하고 있었는데 얼굴이 굳어져 있다. 유자양이 한마디씩 분명하게 말했다.

"지금 저한테 책임을 전가하고 계시는 겁니까?"

"뭐라고?"

이제는 시진핑의 얼굴도 누렇게 굳어졌다. 이런 경우는 처음이다. 수십 년 동안 제1인자인 당주석, 국방위원회 주석, 당상임위원회 위원장에게 이렇게 대든 인간은 존재하지 않았다. 중국 건국 이후 처음 있는 일이다. 그때 유자양의 목소리가 높아졌다.

"주석 동지께서는 모든 정보를 장악하고 계셨습니다. 그래서 인민해방군의 남침을 우리 상임위원들하고 상의, 협의도 하지 않고 결정하셨습니다. 여기 있는 상임위원들이 그 증인입니다."

"이, 이, 배신자!"

마침내 시진핑이 주먹으로 탁자를 내려치며 소리쳤을 때 유자양이 따라서 소리쳤다.

"주석 동지는 이 사건에 대한 책임을 지셔야 합니다. 지금 북한은 핵탄두를 11개나 열고 우리를 겨누고 있습니다. 이 상황을 초래한 주석 동지가 책임을 져야 한다는 것을 7명의 상임위원이 동의했습니다!"

백종기가 명령했다.
"대기하고 기다려."
"예, 사령관 동지."
수화구에서 발사 장교 윤국천의 힘찬 목소리가 올렸다.
"기다리겠습니다!"
윤국천은 청진 북쪽 3킬로 지점에 위치한 제15미사일부대의 부대장이다. 전화기를 내려놓은 백종기가 옆에 선 최용해를 보았다.
"지금 3개 미사일 기지가 대기 중입니다, 총리 각하."
최용해가 고개를 끄덕였다. 북남연방이 되고 나서 바로 핵을 남한으로 공수하여 한반도에서 핵이 제거되는 것을 막았던 것이다. 그동안 북한 핵을 제거시키려고 미국을 중심으로 얼마나 세계 각국이 갖은 술수를 부렸던가? 그래서 북남연방이 되자마자 북한 핵을 서둘러 남한으로 옮긴 것이다. 남한이 북한 핵을 보관한다는 모양이 되었는데 실로 신의 한 수나 같았다. 세계의 그 누구도 남한에 북한이 보관시킨 핵을 내놓으라고 할 수 없었기 때문이다. 남한에서 핵을 빼앗아 가는 놈은 강도나 같지 않겠는가? 그런데 북한은 핵을 다 넘기지 않고 보관하고 있었던 것이다. 최용해가 상황실을 둘러보며 말했다.
"이제 대 중국전(戰)에서 우리가 주도권을 잡았다."
상황실에 둘러앉은 북한군 지휘부, 당 간부들이 숨을 죽였다.
"중국이 먼저 특전대를 파견하고 북한군 간부들을 포섭해서 북한 전역에 폭동을 일으켰고 이어서 중국군을 대거 남침시키려고 한 것이다."

어깨를 부풀린 최용해의 얼굴에 일그러진 웃음이 떠올랐다.

"그런데 이제 우리가 곰의 등에 올라탄 거야. 곰의 목에 목줄을 채운 거야."

최용해의 두 눈이 번들거렸고 상황실 안은 숨소리도 들리지 않는다.

"이제 시진핑이 대가를 지불해야 할 거야. 5천 년 속국이었던 한반도가 어떻게 나가는지 두 눈 똑바로 뜨고 보라고 해."

최용해의 목소리가 상황실에 울리면서 메아리까지 일어났다.

"감동적이었어."

눈동자의 초점을 잡은 김동호가 앞에 앉은 이선을 보았다. 오후 1시 반, 지금 3시간도 안 되는 사이에 백마 아래쪽 골짜기에서부터 베이징의 시진핑, 평양의 최용해 주변에서 엄청난 사건이 일어나고 있다. 지금 김동호는 최용해의 몸이 되어 한바탕 연설을 하고 돌아왔다. 김동호의 시선을 받은 이선의 얼굴에 웃음이 떠올랐다. 이선도 마찬가지다. 강정필, 조권, 박기동의 몸에 들어가서 방향을 잡아주고 나왔다. 또한 유자양에게로 날아가서 시진핑에게 대들도록 만들었으니 이제부터 중국은 큰일 났다. 김동호가 말을 이었다.

"지금 북한의 3개 미사일 부대가 핵탄두를 가진 11기의 탄도탄을 중국에 겨누고 있어. 이제 큰일 난 거야."

"갓댐."

트럼프가 손바닥으로 팔걸이를 내려치면서 흥분했다.

"북한이 이제야 제대로 미사일을 쓰는 것 같은데."

지금 트럼프는 합참의장 벤자민 프로스트로부터 북한과 중국과의 대치 상태를 보고받은 것이다. 백악관 오벌룸에는 국무장관 제임스 이스트먼, 비

218

서실장 제이크 모간, 안보보좌관 커크 매디슨까지 둘러앉아 있다.

"중국은 북한이 핵이 없는 줄 알고 마음 놓고 쳐들어가려다가 최용해가 핵을 겨누니까 식겁을 한 상태야, 그렇지?"

트럼프가 해설하듯이 묻자 커크가 바로 대답했다.

"예, 그렇습니다, 각하. 아주 식겁을 했지요."

"88전차사단이 국경을 넘으려다가 놀라서 뒤로 10킬로나 물러났고 말야. 그렇지?"

"바로 그렇습니다, 각하."

"핵미사일 몇 기가 중국을 겨누고 있다고 했지?"

"3개 미사일 부대에서 11기가 겨누고 있습니다, 각하."

"모두 베이징까지 닿는 미사일이지?"

"아래쪽 상해까지 닿습니다, 각하."

둘이 주고받는 동안 나머지는 둘을 향해 시선이 왔다 갔다 했다. 제이크는 무표정한 얼굴이었지만 제임스와 벤자민의 얼굴은 점점 찌푸려졌다. 그때 트럼프가 다시 물었다.

"베이징의 반응은? 그쪽도 핵이 있잖아? 서로 맞쏘면 좋은데."

"그렇죠. 바람직한 일입니다, 각하."

그때 참다못한 벤자민이 커크를 보았다.

"이보쇼, 보좌관."

고개를 든 커크에게 벤자민이 어깨를 추켜올리면서 말했다. 마치 개가 물려고 으르렁거리는 것 같다.

"심각한 상황인데 생각 좀 하고 말대답을 하쇼."

"예?"

벤자민의 이런 반응은 처음이었기 때문에 커크는 당황했다. 그때 제임스가 나섰다.

"당신은 입 다물고 있어요, 보좌관."

"제임스."

트럼프가 의자에 등을 붙이며 제임스와 벤자민을 번갈아 보았다.

"이 상황은 우리한테 가장 바람직한 것 아니오?"

"각하."

한숨을 쉰 벤자민이 트럼프를 보았다.

"핵전쟁이 일어나면 비극입니다. 우리가 나서서 막아야 됩니다."

이번에는 제임스가 나섰다.

"우선 양국에 전문을 보내든지 전화를 하셔야 됩니다."

"그거야."

트럼프가 고개를 끄덕였다.

"얼마든지."

이곳은 한국 대통령 임홍원의 집무실, 같은 시간이다. 임홍원이 남한 총리 장진영에게 말했다.

"내가 최 총리에게 연락을 했지만 어쩔 수가 없어. 최 총리의 행동은 당연한 거야. 남북한 국민 대부분은 적극적으로 지지하고 있다고."

"그렇습니다. 전폭적인 지지를 하고 있습니다."

장진영이 말을 이었다.

"조금 전에 평양에 해병대 1사단, 2사단이 도착했고 3시간 후에는 원산에 공수여단이 도착할 것입니다."

임홍원이 고개를 끄덕였다. 그리고 휴전선을 넘어간 남한군은 10개 사단이 넘는다. 그때 임홍원이 혼잣소리처럼 말했다.

"이번 사건이 우리한테 전화위복이 될 것 같군."

올라왔다. 이곳은 의주, 남한 방문객은 싹 내려간 의주시는 어수선하다. 더구나 중국군이 남침하려다가 보류했다는 소식이 언론에서까지 보도되면서 북한 주민들 중에서 피난 가는 사람들도 생겼기 때문에 빈집까지 생겼다. 의주에 박문수가 지사장으로 주재하고 있었지만 김동호는 전화만 하고 만나지 않았다. 지금 지사 업무를 할 때가 아니었기 때문이다. 오후 4시 반, 일찍 민박집을 찾아서 들어간 둘이 씻고 온돌방에서 벽에 등을 붙이고 앉는다. 서로 마주 보고 앉는 것이다. 악마 역인 이선이지만 결코 김동호를 향해 발바닥을 보이며 발을 뻗지 않는다. 교양은 배워서 몸에 익히는 것이 아니다. 발바닥은 땅을 딛는 인체의 가장 밑 부분이다. 그래서 온갖 오물을 가장 먼저 묻히는 위치인 것이다. 그것을 상대방 면전에 펼쳐 보이는 것이 실례인 것 같다는 의식이 몸에 배는 것. 이것이 바로 타고난 예의다. 그래서 이선과 김동호는 책상다리를 하고 앉아서 서로를 본다.

"지금 상황은?"

김동호가 묻자 이선이 눈을 가늘게 떴다가 곧 초점을 잡았다.

"강정필이 북한 제44기갑연대장 최기복과 합류했어."

"그렇군."

"지금 의주 서쪽의 국경선에서 주둔하고 있어. 강정필이 데려온 조권과 박기동 휘하의 조선군 특전대는 이제 북한군 특전대로 전향되었지."

"대단한 능력이구나."

"강정필, 조권, 박기동만 전향시키면 부하들은 다 따르게 돼."

"중국 쪽은?"

다시 김동호가 묻자 이선의 눈동자에서 초점이 흐려졌다가 곧 돌아왔다.

"지금 유자양이 주최한 공산당 중앙위 상임위원 회의가 비밀로 열리고 있어."

"몇 명이야?"

"상임위원이 시진핑 포함해서 8명인데 시진핑, 조문기만 빼고 6명이 모였어."

"조문기가 누구야?"

"시진핑의 심복. 서열 5위의 당기율위원장이지. 공안을 지휘하는 인물."

이선이 한숨을 쉬었다.

"곧 중국 역사가 바뀔지 모르겠네."

그러더니 이선이 물었다.

"넌 어때? 네가 관리하는 쪽은?"

이번에는 김동호가 고개를 들고 먼 쪽을 바라보는 시늉을 했다. 그러고는 최용해를 떠올렸다. 그때 최용해가 앞에 선 장군들에게 말했다.

"위기가 기회야. 이것이 우리 북조선, 아니 대한민국에 5천 년 만에 찾아온 기회다."

이것은 김동호의 의지가 들어가 있다.

옌지 공안부장 진영수에게 정보원 이갑용이 말했다.

"조선족이 모이기만 하면 불평을 합니다. 우리가 좀 잘살 기회가 온 것 같은데 정부가 깨뜨린다는 겁니다."

진영수는 고개만 끄덕였고 이갑용이 말을 이었다.

"북남연방이 일본처럼 경제 대국이 되면 중국 조선족도 기가 살아날 것 아닙니까? 고국으로 자식 유학도 보내고 취직도 할 테니까 말입니다. 만일 중국이 북한을 점령해버리면 다시 옛날로 돌아가 버리는 것이지요. 소수민족으

222

로 기가 죽고 북한은 오히려 중국 조선성이 되어서 남한과 함께 있을 때보다 훨씬 못할 테니까요."

"불만이 많아?"

"점점 더 커집니다."

처음에는 눈치를 보았던 이갑용의 목소리도 점점 커졌다.

"우리도 위구르나 티베트처럼 독립운동을 하자는 소리도 들립니다."

"그럴 만하지."

"입 밖으로 말은 안 내놔도 조선족 열 명 중 아홉 명은 같은 생각일 겁니다."

"이해한다니까."

옌지시의 한식당 방 안이다. 진영수가 지그시 이갑용을 보았다. 오늘은 정기적으로 이갑용한테서 정보를 보고받는 날이다. 이갑용이 진영수가 거느리는 정보부대 두목인 것이다.

"너만 알고 있어라. 이건 우리 둘만의 비밀이다."

"예. 말씀하십시오, 부장님."

"너, 스탈린이 일제 강점기에 흑룡강성에 살던 고려인을 저 멀리 우크라이나, 카자흐스탄으로 보낸 것 알지?"

"알지요. 모르는 사람이 있습니까?"

크게 고개를 끄덕인 이갑용이 말을 이었다.

"러시아 놈들이 고려인들이 일본 놈들을 위해 간첩짓을 한다고 모조리 열차에 태워 쫓아내지 않았습니까?"

"그렇지."

"우리 고모할머니도 카자흐스탄으로 쫓겨 가기 전에 중국으로 도망쳐 왔지요."

223

"지금도 그래."

"뭐가 말입니까?"

"북한하고 전쟁 분위기가 되니까 시 주석이 이쪽 만주에 사는 조선족들을 모두 위구르 쪽으로 보낼 계획을 세운다는 거다."

"아니, 뭐라구요?"

눈을 부릅뜬 이갑용이 어깨를 올렸다가 내렸다. 이를 악물었는데 턱이 덜덜 떨렸다. 그러다가 겨우 입을 떼었다.

"이놈들이 여기가 우리 땅인데……."

"쉿. 너만 알고 있어."

"내가 몇십 년간 공들여서 만든 식당하고 목재소는 어쩌라고……."

"소문내지 마."

진영수가 손가락을 입술 위에 세로로 붙였다가 떼었다.

"어쩔 수 없지. 우리가 북조선과 손잡으면 길림성은 물론이고 흑룡강성까지 내주게 될 테니까."

"그런다고 우리를 쫓아내요?"

눈을 치켜뜬 이갑용의 눈동자가 위로 치켜 올라갔다. 진영수는 소리죽여 숨을 뱉었다. 이 소문은 오늘 안에 전(全) 만주 지역 조선족에게 퍼질 것이다. 요즘이 어떤 세상인데.

"자냐?"

이선이 물었을 때 김동호가 고개를 돌렸다. 시선이 마주치자 이선이 정색했다.

"핵을 한 발만 터뜨릴까?"

"핵을?"

224

놀란 김동호가 눈썹을 추켜올렸다.

"누가?"

"북한에서."

"어디에다?"

"어디긴 어디야? 베이징이지."

"갓댐."

"시진핑 등 당 지도부를 한 발에 없애고 나면 반격이고 뭐고 없어. 당장 끝나."

"……"

"항복할 것도 없어. 중국이 청나라 시대로 돌아가 버릴 테니까."

"……"

"위구르, 티베트는 독립하고 동북3성은 우리가 먹고."

"……"

"대한민국은 광개토대왕 시절보다 2배나 넓은 영토를 확보한 대국이 되고."

"……"

"곧 일본을 합병, 중국 본토 합병."

"그만."

마침내 김동호가 상반신을 일으켰다. 밤 12시 반. 주위는 조용하다. 그러나 시간이 가면서 모든 음모가 무르익어 간다. 시간과 함께 잊히는 것도 있지만 악마와 신(神)의 활동은 점점 확산되고 있다. 방 안의 불은 꺼 놓았어도 둘의 시선이 어둠 속에서 불꽃을 일으키며 마주쳤다.

"놔둬."

김동호의 목소리는 갈라져 있다.

"그대로 흘러가게 놔둬."

"흘러가다니?"

누운 채로 이선이 코웃음을 쳤다.

"그렇게까지 만든 건 누군데? 너와 나 아냐? 우리가 나서지 않았다면 이것들은 지금도 남북으로 갈라져서 코피 터지게 싸우고 있을 거 아냐?"

"그 정도로 해."

"핵 한 방으로 5백만쯤 갈 거야. 이참에 내 실적 한 번 올리자. 그리고 네 뜻대로 남북통일, 동북3성을 먹고……."

그때 김동호가 몸을 굽혀 이선의 몸 위로 엎드렸다.

"이거 왜 이래?"

놀란 이선이 김동호의 가슴을 두 손으로 밀었다. 그러나 김동호는 이제 이선의 허리를 감아 안는다. 이선이 꼼짝 못 하고 김동호의 품에 안기더니 헐떡이며 소리쳤다.

"너, 미쳤어?"

"미쳤는지 내 아래쪽을 검사해봐라, 지난번처럼."

그랬더니 이선이 거친 숨만 몰아쉬었다.

"어때?"

김동호가 몸을 더 붙이며 묻자 이선이 더운 숨을 뱉으면서 말했다.

"놔, 핵 안 쏠게."

역사는 밤에 이루어진다. 이선과 김동호가 이불 속에서 실랑이를 하고 있는 이 순간에 한국 대통령 임홍원이 추가로 파견한 2개 공수여단이 함흥과 청진에 낙하했다. 원산에 이어서 3개 지역에 거점을 둔 것이다. 한국군 해병대 2개 사단은 평양의 호위총국 군단과 함께 평양 북방으로 진출했고 아래

226

쪽에는 한국군 20개 사단이 북한 영내로 진출했다. 밤사이에 엄청난 변화가 일어나고 있는 것이다. 북한군의 귀대율도 높아졌다. 한국군이 진출하는 것을 본 북한군이 부대로 쏟아지듯이 돌아오고 있는 것이다.

이곳은 옌지, 갑자기 총성이 울리면서 함성이 밤하늘에 퍼졌다. 그러더니 옌지 시청사에 불길이 솟아올랐다.

"시진핑은 물러가라!"

구호를 외치는 소리가 들리더니 곧 수천 명이 따라서 외쳤다. 시청사에 이어서 중국문화원에 불길이 솟았다. 함성은 더 높아졌다.

그 시간에 최용해가 트럼프의 전화를 받는다. 최용해는 트럼프와 여러 번 만난 적이 있다. 김정은과 함께 만났지만 서로 이야기를 나누기도 했다.

"총리 각하."

트럼프가 정중하게 말했다.

"늦은 시간에 미안합니다."

오전 2시, 워싱턴은 낮 12시가 되어간다. 트럼프가 말을 이었다.

"각하, 미국 대통령으로서 우방인 북한국 총리께 조언을 드려도 되겠습니까?"

"말씀하십시오, 대통령 각하."

"각하, 핵 사용은 신중하게 결정하시기 바랍니다. 제가 우방인 북한의 국방은 책임지고 보호해 드릴 수 있다는 것을 말씀드리려고 전화한 것입니다."

"감사합니다, 각하."

"이제 중국은 남침해 오지 않을 것입니다. 곧 7함대가 서해로 진입하게 되면 북한의 안전은 보장될 것입니다."

"감사합니다, 각하."

"저한테 부탁하실 말씀이라도 있습니까?"

"검토해 보고 다시 연락드리지요."

"예, 기다리겠습니다. 그리고……."

"무엇입니까?"

"핵 사용은 금지해 주셔야 합니다."

"예, 알겠습니다."

"그럼 연락 기다리겠습니다."

통화가 끝났을 때 최용해가 옆에 선 외교부장 최선희를 보았다.

"트럼프가 나한테 부탁할 것이 있느냐고 묻는데."

"예, 각하."

긴장한 최선희에게 최용해가 물었다.

"뭐, 쌀이나 옥수수라도 달라고 할 줄 아나 보지?"

"예, 각하."

이맛살을 찌푸렸던 최용해가 곧 주름을 펴고 최선희를 보았다.

"7함대를 곧 서해로 집어넣는다는데."

"……."

"거기 항공모함이나 한 척 달라고 할까? 배에 실린 비행기까지 합쳐서 말야."

다른 나라 장관이라면 웃었겠지만 최선희가 심각한 표정을 짓고 생각을 하기 시작했다.

오전 7시 반 베이징, 인민대회당 건물 2층의 중앙위 상임위원 회의실, 회의실 안에는 중국 최고 지도자 8명이 모두 모여 있다. 이른 아침인데도 공산당

중앙상임위원 전원이 소집된 것이다. 비상소집이다. 상임위원회는 두 가지 방법으로만 소집될 수 있다. 첫 번째는 상임위원장 겸 당 주석이 소집하는 경우, 두 번째는 비상시에 상임위원 과반수 이상이 소집 요구를 할 때다. 오늘은 비상시의 경우로 상임위원 6명이 소집 요구를 했기 때문에 소집되었다. 8명 중 시진핑과 조문기를 제외한 6명이 요구한 것이다.

　모두 둘러앉았을 때 먼저 의사 진행 발언을 한 것이 서열 2위의 유자양이다. 1위인 시진핑을 처음부터 무시했다. 이제는 유자양이 언론이나 방송에서 나왔을 때와는 전혀 다른 모습으로 발언했다. 목소리도 쨍쨍하다. 마른 몸에 머리를 뒤로 약간 젖히고 있는 것이 독사가 머리를 뻗으려고 하는 것 같다.

　"본론만 말하겠습니다. 인민으로부터 권리를 인정받은 당중앙상임위원 8명 중 6명이 당주석, 국방위원장의 사직을 결의하겠습니다."

　독사가 입으로 독을 뿜는 것 같다. 시진핑은 노려만 보았고 유자양의 목소리가 회의장을 울렸다.

　"당감찰관, 당헌법관이 증인으로 참석한 자리에서 다시 한 번 결의합니다. 당주석, 당국방위원장 시진핑의 해임에 동의하시는 상임위원은 거수해 주시오."

　그때 5명이 일제히 손을 들었다. 시진핑과 조문기만 굳어져 있을 뿐이다. 그때 유자양이 손을 들면서 말했다.

　"임시 사회를 본 저까지 6명이 해임을 결의했습니다. 따라서 당 법규에 의하여 시진핑은 지금부터 평당원이 되었습니다."

　그때 시진핑이 소리쳤다.

　"인민전당대회를 열어서 결정해야 됩니다! 이것은 월권이오!"

　"상임위원 5명의 동의를 얻어 임시 의장이 된 내 직권으로 승인할 수 없소."

유자양이 소리쳐 말을 받더니 의사봉을 내리쳤다.

"임시 회의는 끝났습니다."

시진핑은 당주석에서 해임되었다.

"시급한 일은 동북방의 폭동입니다."

서열 4위의 국방위 부수석 겸 인민해방군 총사령 황기성이 말했다.

"길림성의 조선족이 일으킨 폭동이 요녕성, 흑룡강성으로 번져나가는 중입니다."

모두의 시선이 유자양에게 옮겨졌다. 시진핑을 축출한 지 한 시간 후, 긴급하게 소집된 중앙위원회 회의에서 가장 먼저 나온 시급한 안건이다. 그때 서열 3위의 공산당협의회장 장천이 입을 열었다.

"총리 동지, 우리는 시진핑이 추구한 확장 정책을 폐기해야만 합니다. 영토를 확장해서 세계를 제패한다는 허무맹랑한 봉건적인 욕심으로 한민족이 희생당하고 있는 것입니다."

장천은 실리주의자다. 그래서 사사건건 시진핑과 맞섰지만 감히 내치지는 못했다. 그것은 장천의 '한민족 우대론'이 중국인의 대다수를 차지하는 한족의 절대적인 지지를 받고 있었기 때문이다. 장천이 말을 이었다.

"우리는 시진핑의 황제가 되려는 욕심 때문에 희생당하고 있었던 것입니다. 위구르, 티베트, 조선족이 사는 동북3성까지 독립시키고 우리 한족만 따로 살아야 합니다. 그래야 더 잘삽니다."

그때 시진핑의 심복이면서 아직 제명당하지 않은 조문기가 기를 쓰고 입을 열었다. 눈까지 부릅뜨고 있다. 조문기는 서열 5위, 당기율위원장 겸 공안을 장악한 공안위원장이다.

"말씀드리지요."

조문기의 두 눈이 번들거렸다.

"장천 동지의 말씀이 백번 지당합니다. 동북3성의 조선족 반란이 더 번지기 전에 동북3성을 조선성으로 구분, 독립시키는 것을 제의합니다."

모두 숨을 들이켰고 장천도 입까지 쫙 벌렸다. 그때 조문기가 번들거리는 눈으로 유자양을 보았다.

"북한 총리 최용해에게 동북3성을 양도하겠다는 통보를 하는 것입니다. 그러면 이 문제를 순식간에 해결할 수 있는 것입니다."

"세상에."

이선한테서 유자양이 주최한 임시 상임위원회 내용을 들은 김동호가 아연한 얼굴로 말했다.

"나는 네 스케일을 따라가지 못하겠다."

"나는 큰물에서 놀기 때문이야."

이선의 얼굴에 쓴웃음이 떠올랐다.

"핵을 쓰고 싶었지만 그건 다음 기회로 미루겠다."

"잘난 척은."

코웃음을 쳤던 김동호가 곧 심호흡을 했다.

"이제 남북통일에 이어서 만주 땅을 되찾는 건가?"

"한민족의 한이 풀리는 거지."

"악마가 한을 풀어준 거야?"

"악마와 신(神)의 기준이 뭐냐? 내가 이제 신(神)이다."

이선이 똑바로 김동호를 보았다. 민박집 안, 방 안의 열기가 뜨거워졌다.

"중국에서 혁명이 일어났습니다!"

맨 먼저 임홍원에게 보고한 사람은 비서실장 정인규다.

당연하지, 대통령의 최측근에 있는 존재니까. 모든 보고는 비서실장을 통해서 전달되고 결정되니까.

오전 8시 반. 임홍원은 청와대로 출근하기 전, 응접실에서 전화를 받는다.

"시진핑이 해임되었습니다! 총리 유자양이 시진핑의 권한 대행이 되었다고 합니다!"

거기까지만 보고한 정인규가 숨을 골랐다.

"국정원장 보고를 받으시지요."

정인규의 전화가 국정원장 이기철로 이어졌다.

"길림성, 흑룡강성, 요녕성의 조선족들이 폭동을 일으킨 것이 시진핑의 실각 원인이 된 것 같습니다. 이번 중국군이 북한을 침공하려다가 핵 때문에 철수한 것도 시진핑의 권위에 치명상을 입힌 데다……."

이기철이 말을 이었다.

"1인 독재체제에 상임위원 6명이 반발한 것입니다. 시진핑은 모든 직책에서 해임되었고 유자양이 정권을 쥐었습니다."

"앞으로 어떻게 될 것 같소?"

"아직 알 수 없습니다만 북한 침공은 좌절된 것이 확실합니다."

"그건 당연하지."

임홍원이 어깨를 폈다.

"시진핑이 그것 때문에 목이 잘렸는데 감히……."

같은 시간, 옌지시 공안부장실 안. 공안부장 진영수가 앞에 선 부부장 왕현에게 말한다.

"시위대를 자극하지 말도록 해, 폭동은 가라앉고 있으니까 말야!"

"알겠습니다, 부장님."

왕현이 고개를 끄덕이더니 진영수에게 물었다.

"부장님, 우리 옌지, 아니 길림성은 어떻게 될까요?"

"본래 여기가 옛날에는 조선 땅이었어. 그래서 시 주석, 아니 시진핑이가 여기 있는 모든 조선족들을 위구르 쪽으로 이주시키려고 했던 거야."

진영수가 쓴웃음을 지었다.

"그러다 큰코다친 거지, 망한 거야."

그러고는 고개를 돌려 왕현을 보았다.

"우리한테는 전혀 피해가 없을 테니까 가만 놔둬."

"어? 시진핑이?"

놀란 트럼프가 걸음을 멈추더니 되물었다. 이곳은 백악관의 본관 복도다. 트럼프는 멕시코 대통령 페르난도와의 만찬을 위해 식당으로 가는 중이다. 방금 트럼프에게 달려와 보고한 사람은 비서실장 제이크 모간. 멈춰 선 트럼프에게 제이크가 말을 이었다.

"중앙위 상임위원 6명이 시진핑을 해임시켰습니다. 총리 유자양이 시진핑의 권한을 대행하고 있습니다."

"갓댐."

트럼프가 주위를 둘러보면서 소리치듯 말했다.

"비상회의를 소집해! 페르난도는 부통령이 맡으라고 하고! 내가 지금 밥 먹게 생겼어?"

제일 느긋한 지도자는 북한 총리 최용해일 것이다. 주석궁의 지하 벙커로 내려온 것은 쇼다. 분위기를 잡으려고 내려온 것뿐이다. 지하 상황실의 자리에 앉은 최용해가 고개를 들고 지도자들을 둘러보았다. 단 한 명도 빠지지 않고 당과 군의 지도자들이 다 모였다.

벽시계가 오전 10시 반을 가리키고 있다. 베이징의 중앙상임위가 개최된 지 1시간이 지났다.

"길림성에서 중국군이 우리 조선족을 학살할 것이라는 소문이 났었거든."

최용해의 말에 모두 숨을 죽였다.

"조선족을 우리와 결탁해서 반란을 일으킨다는 이유로 학살한다는 거요."

"용납할 수 없습니다!"

호위총국장 오근택이 소리쳤다.

"지금 즉시 군대를 파병해서 구출해야 됩니다!"

"동무의 말이 맞소."

최용해가 고개를 끄덕였다.

"우리는 아직도 핵 발사대를 열어 놓고 있소. 이번에는 우리가 맛을 보여줘야겠어."

앞쪽에 앉은 최선희는 맛이라는 말을 듣는 순간 신선한 느낌을 받았다. 지금까지 6자회담, 핵 협상 때부터 수백 번 국제회의에 참석했지만 누가 맛을 보여준다는 표현은 한 번도 안 했기 때문이다. 멋진 표현이다, 맛을 보여준다니.

"출동이다!"

강정필이 눈동자의 초점을 잡고 조권과 박기동에게 말했다.

"강을 건너 중국 땅으로, 아니 우리 땅으로 진격한다. 물론 위장하고. 폭동군에 합류한다!"

긴장한 둘의 시선을 받은 강정필의 말이 이어졌다.

"중국군이 조선족을 학살할 것이라는 소문이 퍼지고 있어. 우리가 북진해서 조선족을 도와야 한다."

같은 시간에 44기갑연대장 최기복 소장이 최용해의 전화를 받는다. 최기복은 지금 의주 왼쪽의 황무지에 주둔하고 있다. 바로 강 건너가 중국인 것이다. 44기갑연대가 주둔하고 있는 이곳으로 중국군 88전차사단이 남침하려고 했던 것이다.

"예, 지도자 동지."

최기복이 기운차게 대답했을 때 최용해가 말했다.

"동무, 출동 준비를 해라."

"예, 지도자 동지."

"88전차사단이 어디에 있나?"

"강 건너 전방 10킬로 지점으로 물러나 있습니다, 지도자 동지."

"그럼 동무는 강가에 부대를 배치시켜."

"예, 지도자 동지."

"국경을 넘지는 말고."

"예, 지도자 동지."

"지금 즉시 시행해라."

최용해와의 통신은 그렇게 끝났다.

"어쩌려는 거야?"

이선이 묻자 김동호가 쓴웃음을 지었다.

"쇼야."

"쇼라니?"

"위협하는 것이라고. 과시한다고 할까?"

"유자양이 44부대 하나로 겁먹을 것 같아?"

"동기를 만들어 준 거야."

방금 김동호는 최용해의 지시를 이선에게 말해준 것이다. 최용해는 김동호의 로봇이니까. 그때 김동호가 이선에게 말했다.

"이젠 네 차례야."

유자양이 중앙상임위원 6명을 둘러보았다. 시진핑을 제외한 7명이 모두 모여 있다. 이곳은 베이징 천안문 근처의 중앙상임위원회 별관, 오전 10시. 유자양이 입을 열었다.

"투표를 하겠소."

모두 고개를 들었고 유자양이 말을 이었다.

"조선인이 거주하는 길림성, 요녕성, 흑룡강성을 남북연방에 떼어주는 것이오. 3개 성에 거주하는 한족이나 타민족은 거취를 마음대로 결정하도록 하는 조건으로 말이오."

"지당하신 말씀입니다."

조문기가 바로 대답했다.

"투표를 하십시다."

고개를 끄덕인 유자양이 위원들을 둘러보았다.

"동북3성을 남북연방에 떼어주는 것에 동의하는 분은 손을 드시오."

그때 6명이 일제히 손을 들었다. 고개를 끄덕인 유자양도 따라서 손을 들면서 말했다.

"만장일치로 안건이 통과되었소."

30분 후. 북한 총리 최용해가 유자양의 전화를 받는다. 최용해는 지금 주석궁의 주석실에서 당 간부들과 함께 있다. 유자양이 중국어로 말했지만 통역은 필요 없다. 최용해의 중국어 실력은 원어민 수준이다.

"최 총리 각하, 유자양입니다."

"총리 각하, 먼저 축하드립니다."

최용해가 말을 이었다.

"앞으로 중국과 우방으로 지내기를 기대합니다."

"고맙습니다. 앞으로는 달라질 것입니다."

"예, 지난번 중국 지도자는 독재자였지요. 세계 각국이 새로운 지도자를 열망하고 있었습니다."

"그렇습니까?"

유자양의 목소리에 웃음이 섞여 있다.

"제가 드릴 말씀이 있습니다."

"말씀하시지요, 총리 각하."

"중국의 동북3성을 남북연방에 양도하겠습니다. 상임위원회 회의에서 만장일치로 통과되었으니 곧 절차를 밟아 양도하지요."

"아, 감사합니다, 총리 각하."

최용해의 들뜬 목소리가 높아졌다.

"당연한 결과지만 총리 각하와 중국 정부의 위대한 결단에 감사드립니다."

옆에서 통화 내용을 들은 간부들의 얼굴에 웃음이 떠올랐다. 손바닥으로 얼굴을 가리고 우는 간부들도 있다.

동북3성이 남북연방에 편입되는 것이다. 실로 한민족사 5000년 최대의 업적이다. 그때 유자양의 말이 이어졌다.

"확실하게 하기 위해서 내가 남북연방 대통령께도 우리 중국 정부의 결정을 말씀드리지요."

이선이 눈동자의 초점을 잡은 후에 김동호에게 통화 내용을 말해주었다.

이곳은 의주의 민박집 안. 둘은 아직도 방 안에서 마주 보고 앉아 있다. 이선의 이야기를 듣고 난 김동호가 길게 숨을 뱉었다. 이선을 응시하는 김동호의 눈에 존경심이 가득 차 있는 것처럼 보인다.

"네가 영웅이다."

"악마야. 착각하지 마."

코웃음을 친 이선이 말을 이었다.

"악마이기 전에 역사가였고."

"옳지. 그래서 새 역사를 만들었구나."

"한(恨)이 맺혔기 때문이지."

"한 번도 한반도 밖으로 나가지 못한 한민족의 한 말이냐?"

"그렇다."

이선이 김동호에게 눈을 흘겼다.

"그래서 너 같은 놈하고 동맹을 맺은 것이지."

"난 동거가 듣기 좋은데."

"닥쳐."

"오늘 밤을 기다려. 우리 둘도 합칠 작정이니까."

"헤어지자."

"아니, 자지도 않고 이혼하는 부부가 어디 있어?"

그때 이선이 자리에서 일어섰다.

"동북3성을 돌아봐야겠다."

김동호의 숨이 저절로 들이켜졌다.

그 시간에 남북연방의 대통령 임홍원이 중국 최고 지도자인 주석 대리 겸 총리인 유자양의 전화를 받는다.

"총리 각하, 축하드립니다."

우선 임홍원이 이렇게 말했을 때 통역의 말을 들은 유자양이 대답했다.

"감사합니다, 대통령 각하. 조금 전에 북한 총리께 말씀드렸지만 이제는 연방 대통령께도 전해 드려야 할 것 같습니다."

"예, 총리 각하."

긴장한 임홍원의 얼굴이 굳어졌다. 곧 유자양이 말했고 통역의 목소리가 집무실을 울렸다.

"각하, 오늘 당 중앙상임위원회에서는 중국의 동북3성을 남북연방에 이양하기로 결정했습니다."

임홍원이 입을 딱 벌렸고 둘러선 비서실장, 총리, 외교장관 등은 숨까지 죽였다. 이게 무슨 날벼락 같은 소리인가? 모두 정신이 하나도 없다. 중국이 동북3성을 그냥 넘겨주다니…….

오전 11시 정각, 중국 관영방송 CCTV를 포함한 모든 TV 방송이 중지되더니 총리 유자양이 화면에 나타났다.

이곳은 옌지시 북서쪽의 주택가 골목 안의 식당이다. 식당에 둘러앉은 사내들은 방금 시위대 군중에서 빠져나와 밥을 먹으려고 들른 참이어서 분위기가 살벌했다. 벽에 쇠스랑과 낫, 도끼를 세워두었고 몇 명은 AK-47소총을 의자 옆에 걸쳐 놓았다.

그때 벽에 걸린 TV에 유자양이 나타난 것이다. 예고도 없이 방송이 중지되고 유자양이 나타났으니 모두가 놀랐다. 식당 안이 순식간에 조용해졌고 유자양이 식당 손님들을 내려다보면서 말했다.

"중국 정부는 동북3성인 요녕성, 길림성, 흑룡강성을 남북연방에 이양하기로 결정했습니다. 따라서 3성에 주둔한 중국인민해방군은 순차적으로 철수할 것이며 이양 절차는 남북연방 정부와 상의할 것입니다."

"앗!"

손님 누군가 외마디 외침을 뱉었지만 더 이상 말을 잇지는 않는다. 유자양의 목소리가 이어졌다.

"동북3성 주민 여러분은 소속 국가가 어디든 행복한 삶을 영위할 권리가 있습니다. 중국 정부는 더 이상의 혼란과 피해를 방지하기 위하여 3성의 이양을 결정한 것입니다. 그러나 동북3성 주민 여러분은 자유롭게 이주할 자유가 있으며 소유 재산을 처분할 권리가 있음을 약속드리는 바입니다."

"우왓!"

이번에는 서너 명의 함성이 울렸다. 그러나 아직 어안이 벙벙한 상태는 유지되고 있다. 유자양이 말을 맺는다.

"이제 시위대 여러분은 가정으로 돌아가시지요. 여러분의 요구는 관철되었습니다."

"1시간 사이에 땅값, 집값이 3배로 뛰었습니다!"

소리치듯 말한 왕현이 눈을 치켜뜨고 진영수를 보았다.

"남조선 투기꾼들이 벌써부터 전화로 건물 흥정을 한다는 겁니다."

"그러겠지."

예상하고 있었던지 진영수가 시큰둥한 표정이다.

"이래서 동북3성의 한족들은 오히려 남북연방과의 합방을 좋아한 거다."

"갖고 있는 부동산 가격이 폭등하기 때문일까요?"

"부동산뿐만이 아니지. 자본주의 체제가 될 테니까 당장에 자본이 쏟아

지겠지. 물론 게으른 놈들은 굶어 죽겠지만 돈맛을 본 한족들은 모두 부자가
될 거다.”

“폭동이 뚝 그쳤습니다, 부장님.”

“안 그치는 것이 이상하지.”

“모두 만세를 부릅니다, 부장님.”

“부자 되겠다고 만세 부르는 거야.”

“부장님, 우리 공안은 그대로 있게 될까요?”

“이미 남한 식 경찰서로 바뀔 거야.”

공안부장답게 진영수가 눈을 가늘게 뜨고 추측했다.

“북한은 우리 동북3성을 직접 지원할 여력이 없으니까 일단 이곳도 3번째
연방이 되어서 연방 대통령이 관리하게 될 거다.”

맞다. 정치란 모름지기 모든 사람이 알기 쉽게, 추측하기 쉽게 해야 명정치
가 된다. 설명하기 쉬워야 정답이고 설명이 길면 길수록 오답이나 거짓말일
가능성이 많아진다.

진영수가 간단하게 추측한 대로 연방 대통령 임홍원이 연방 국무위원 회
의에서 결정했다. 그날 오후다. 임홍원이 국무위원들을 둘러보며 말했다.

“방금 북한 최 총리하고 합의를 했습니다. 동북3성은 남북연방으로 포함
시키고 제3연방인 동북연방이라고 부르기로 했습니다.”

임홍원이 말을 이었다.

“따라서 지금까지의 국가 명칭이었던 남북연방을 ‘대한연방’으로 자연스
럽게 바꾸게 되었습니다. 대한연방에는 3개의 연방이 소속됩니다. 남한, 북
한, 그리고 동북3성이지요.”

"조용하네."

자리에 누워 있던 이선이 문득 말했다. 의주의 민박집, 밤 11시 반쯤 되었다.

이선과 김동호는 아직 헤어지지 않았다. 마무리할 일이 많았기 때문이다. 이선은 유자양 등 중국 지도부를 '컨트롤'해야만 했고 강정필 등 조선족 특전대들이 중국 영토에서 폭동에 가담했던 것을 진정시켜야 했기 때문이다.

김동호는 김동호대로 최용해, 임홍원 등 남북한 지도자들을 '리드'하는 데 시간이 걸렸다. 그러고 나서 이부자리를 깔고 누웠을 때 이선이 한마디 한 것이다.

김동호가 고개를 돌려 이선을 보았다. 불을 껐지만 옆에 누운 이선의 옆얼굴 윤곽이 선명하다. 비스듬히 솟았다가 날카롭게 떨어지는 콧날의 곡선이 아름답다. 얇은 이불을 덮어서 가슴 윤곽도 드러났다. 그때 이선이 천장을 향한 채 말했다.

"뭘 봐? 그렇게 보기만 하다가 말거냐?"

김동호는 신음했다. 감동이 일어났기 때문에 저절로 터진 신음이다. 김동호가 상반신을 일으켰을 때 이선이 덮고 있던 이불을 젖혔다. 그 순간 김동호의 입 안에 고여 있던 침이 목구멍으로 넘어가면서 꿀꺽 소리가 났다.

"진정해."

이선이 두 손을 벌려 다가오는 김동호를 맞으면서 타일렀다.

"침이 기도로 넘어가면 엎어져서 재채기를 하게 돼."

"갓댐."

이선 위로 엎어졌지만 다행이 침은 잘 넘어갔다. 이렇게 밤이 지나간다.

눈을 뜬 김동호는 옆에 누워 있는 이선을 보았다. 눈을 감은 이선의 얼굴은 아름답다. 고른 숨소리와 함께 더운 숨결이 김동호의 가슴을 훑고 지나 갔다.

화장기 없는 피부는 윤기가 난다. 곧 이선의 살 냄새가 맡아졌다. 젖혀진 이불 밖으로 이선의 벗은 상반신이 드러났다. 한동안 이선을 바라보던 김동 호가 슬그머니 몸을 일으켰다.

오전 7시 반이다. 이미 창밖은 환하다.

그때 이선이 눈을 떴다. 맑은 눈에 초점이 잡혀 있다.

"왜?"

이선이 물었다.

"깼어?"

동시에 김동호가 물었다. 일어나면서 이불이 젖혀지는 바람에 이선의 젖가슴이 통째로 드러났다. 이선이 손바닥으로 젖가슴을 가리면서 다시 묻는다.

"왜 벌써 일어나?"

"7시 반이야."

"더 자."

이선이 팔을 뻗어 김동호의 허리를 감았다.

"오늘 하루는 이불 속에서 지내자."

"이 악마 좀 봐."

"내일부터 악마 할 거야."

기가 막힌 김동호가 웃다가 마침내 다시 이불 속으로 들어갔다. 악마한테 끌려갔다.

오전 10시 반, 민박집에서 차려준 늦은 아침을 먹고 나온 둘은 곧장 남쪽으로 향했다. 서울로 돌아가려는 것이다. 이제는 다시 북상하는 남한 쪽 차량 대열이 늘어났기 때문에 도로는 붐비고 있다. 그러나 하행선은 비었다.

"넌 어떻게 할 거야?"

핸들을 쥔 채 앞쪽만 보던 김동호가 불쑥 물었다. 차는 벌써 안주를 지나고 있다. 이선이 고개를 돌려 김동호를 보았다.

"넌 어떻게 생각해?"

"뭘?"

김동호가 고개를 돌려 이선의 시선을 받았다.

"내가 먼저 물었잖아?"

"서울에서 헤어져."

외면한 이선이 말을 이었다.

"그러고 나서 제 갈 길을 가자고."

김동호가 고개를 끄덕였다. 악마와의 연합은 끝인가?

서울로 돌아왔을 때는 오후 6시가 되어갈 무렵이다. 홍대 근처에서 차를 세운 이선이 김동호를 보았다. 눈에 생기를 띠어서 반짝인다.

"열심히 살아라."

"응, 그래."

고개를 끄덕인 김동호가 지그시 이선을 보았다.

"넌 성운대에 강의 나가지?"

"그래, 다음 주부터."

이선이 이를 드러내고 웃었다.

"안녕, 신의 아들."

그러더니 차 문을 열고 내리더니 뒤도 안 보고 걸어갔다.

귀신이 보인다. 이선을 내려주고 가면서 김동호가 눈을 크게 떴다. 내려준 지 10분도 안 되었는데 길가를 걷는 행인들의 모습이 두 겹으로 겹쳐 보이기 시작했다. 귀신이 붙은 사람들, 곧 저세상으로 갈 사람들이다.

"이런."

혀를 찬 김동호가 시선을 떼었다. 지금까지는 악마하고 함께 있었기 때문에 보이지 않았던 것인가?

그러나 이제는 하나하나 귀신을 떼어줄 생각이 없다. 그것이 운명일 것이다. 지난번처럼 악마의 집단학살이라면 적극적으로 나서겠지만 지금은 운명으로 찾아온 죽음이다. 귀신들은 그 운명의 사자일 뿐이다. 그래서 저승사자다.

집에 돌아와 오랜만에 어머니, 외삼촌, 동생과 함께 저녁을 먹으면서 김동호가 마음을 굳힌 것이 있다. 그것은 지금부터 디테일에 신경을 써야겠다는 것.

지금까지는 큰 윤곽을 그렸지만 이제부터는 색을 칠하고 선을 분명하게 그어야 하고 밝고 어두운 구별을 해야 한다. 그것이 오히려 더 중요하다. 하나씩 하나씩 맞춰가지 않으면 어렵게 형성된 큰 윤곽도 허물어질 수가 있다.

"오빠, 나 취직했어."

저녁을 먹고 소파에 앉았을 때 김윤희가 말했다.

"여행사 가이드야."

"가이드?"

"응, 북한과 동북3성까지."

"벌써 동북3성 관광을 가?"

"응."

"취직 잘했다."

고개를 끄덕인 김동호가 말을 이었다.

"중국 관광 실컷 하겠구나."

이제 한반도는 활기에 뒤덮여 있다. 이 활기가 국력이 되는 것이다. 이 활기가 경제 성장의 원동력이 된다.

다음 날 오전, 회사에 출근한 김동호에게 부사장 강동철이 보고했다.

"의주, 강계, 혜산 지사에 지사원을 한 명씩 더 파견했습니다. 김책시는 당분간 그대로 두겠습니다."

김동호가 고개만 끄덕였고 강동철이 말을 이었다.

"이번에 채용한 사원들을 만나보시지요."

동호상사는 사세가 확장되면서 현재 사원 수가 1백 명 가깝게 된다. 그동안 사장 비서였던 하성란은 퇴사했다. 말도 없이 회사를 그만둔 것이다.

잠시 후 사장실에는 입사한 사원들이 둘러앉아 있다. 한 명씩 인사를 받고 난 김동호가 입을 열었다.

"뜬구름 잡는 소리가 아냐. 잘 들어."

김동호가 다섯 명을 하나씩 둘러보았다. 여자 둘, 남자 셋, 모두 경력 사원이다. 대리급 셋, 과장급 둘이다. 김동호가 북한에 가 있는 동안 강동철에게 지시해서 채용한 것이다. 모두 긴장한 채 김동호의 시선을 받는다.

"세상 돌아가는 건 활기야. 지금 대한민국에 5천 년 만에 활기가 차 있어."

김동호의 목소리가 굵어졌다.

"이 활기를 타면 돌이 금이 되고 수돗물이 사이다가 돼."

"……."

"한 번도 한반도 밖으로 뻗어나가지 못한 한민족의 한을 이번에 풀었어."

문득 이선의 얼굴이 떠올랐다.

'헤어진 지 하루도 안 되었는데 벌써 그립구나, 악마야.'

"여러분은 그 활기를 타는 행운을 얻었어."

'그 활기를 나와 이선이 만들었다, 이것들아.'

"이 기회에 우리는 성장해야 돼, 나도 적극 만들어줄 테니까."

더 이상은 잔소리가 될 것 같아서 생략했다. 그런데 눈치를 보니까 다섯은 별로 감동을 받은 것 같지가 않다. 특히 왼쪽 끝에 앉은 과장급 경력사원 여자가 그렇다. 말을 마치고 시선을 맞췄더니 머릿속 말이 명료하게 들린다.

'놀고 있네.'

회의를 마치고 다 사장실을 나가더니 곧 강동철이 여직원 하나를 데리고 돌아왔다. 조금 전에 '놀고 있네.'라고 머릿속 말을 한 여직원이다.

"사장님, 비서실에 채용한 안지은 과장입니다."

김동호의 시선을 받은 안지은이 고개를 숙였다.

"안지은입니다."

고개를 끄덕인 김동호가 눈으로 앞쪽 자리를 가리켰다.

"거기 앉아요."

안지은이 강동철과 나란히 앞쪽에 앉는다. 김동호가 안지은의 인사기록 카드를 보았다. 세일여대 졸, 대기업인 국제통상 회장 비서실에 3년 근무 후 대리로 퇴직, 동호상사 입사. 27세. 고개를 든 김동호가 안지은을 보았다.

"동호상사에 입사한 이유는?"

"대기업은 능력을 발휘할 기회가 없는 것 같았습니다."

김동호의 시선을 받은 안지은이 말을 이었다.

"아까 말씀하신 대로 활력이 느껴지지 않습니다. 그리고 늦습니다. 그래서 직접 피부로 느끼면서 일하고 싶었습니다.”

멋진 말이다. 김동호의 말과 맥락이 같다. 김동호의 얼굴에 웃음이 떠올랐다. 겉과 속이 다른 인간이지만 이만한 표현력을 가진 인간도 드문 것 같다. 고개를 끄덕인 김동호가 입을 열었다.

“좋아. 느껴보도록.”

“감사합니다.”

안지은이 방을 나가고 강동철과 둘이 남았을 때 김동호가 말했다.

“이번 기회에 동호상사가 도약할 거야.”

“예, 각오하고 있습니다.”

강동철이 말을 이었다.

“회사에도 활력이 넘치고 있습니다.”

김책시에 있는 민희숙의 전화가 왔을 때는 오후 3시가 되어 갈 무렵이다.

“바닷가 대지를 김책시로부터 분양받을 수 있게 되었습니다.”

민희숙의 목소리는 열기에 떠서 높았다.

“지금 사진을 보내겠습니다.”

“수고했어요.”

김동호의 얼굴도 밝아졌다. 김책시에 대규모 유통, 단지가 세워질 가능성이 보인다. 전화기를 내려놓은 김동호가 벨을 눌러 안지은을 불렀다. 안지은을 처음 호출한 셈이다. 방으로 들어선 안지은에게 김동호가 민희숙의 전화 내용을 알려주고 말했다.

“안 과장이 김책시에 가서 바닷가 대지를 직접 보고 담당자까지 만나본 후에 시장조사까지 하고 와, 민희숙 씨가 도와줄 테니까.”

갓 입사한 사원에게 엄청난 업무를 맡긴 셈이다. 눈만 껌벅이는 안지은의 머릿속에서 말이 들렸다.

'뭐야, 장난해?'

그렇지만 밖으로는 말이 다르게 나왔다.

"알겠습니다. 저 혼자 갑니까?"

"비서실 직원 하나를 데려가도 돼."

비서실에는 안지은까지 포함해서 넷이 근무하고 있다.

"알겠습니다. 손하나 씨를 데려가겠습니다."

"비행기가 함흥까지 간다니까 함흥에서 차를 타고 북상하면 빠를 거야."

"네, 사장님."

안지은이 방을 나갔을 때 김동호의 얼굴에 웃음이 떠올랐다. 출장 명령에 주저하거나 핑계를 대고 안 갈 줄 알았더니 속과는 다르게 간다는 것이다. 아직도 북한은 관광도 불편하고 위험하다는 소문이 나 있다. 조수를 하나 데려가기는 하지만 적극적인 자세가 쓸 만하다.

잠시 후에 예상했던 대로 부사장 강동철이 방으로 들어섰다.

"안 과장한테 김책시 출장 지시하셨습니까?"

"거기 지사장한테서 바닷가 부지를 시 당국으로부터 분양 허가를 받았다는 연락이 와서……"

"괜찮을까요, 거긴 아직도 위험한데?"

김동호가 고개를 끄덕였다.

"놔둡시다."

안지은의 일거수일투족은 바로 볼 수 있기 때문이다.

"김책시로 가려면 함흥까지 비행기를 타고 거기서 차를 타는 거야."

안지은이 말하자 손하나가 한숨을 쉬었다.

"거기 아직도 강도들이 득시글거린다던데요."

"강도는 서울에도 있어."

"사장님이 과장님 인사 받자마자 출장 보내시는 것 아녜요?"

"그런 셈이네."

"과장님 입사한 지 오늘로 사흘째죠?"

"나흘째."

"더군다나 여자를."

"남자, 여자 따지지 마. 성차별이야."

안지은이 눈을 흘겼다.

"좀 빠른 면은 있지만 내 적성하고 맞아. 내가 이런 식으로 일하려고 대기업에서 나온 것이니까."

"자금이 좀 부족합니다."

강동철이 소주잔을 쥐고 말했다.

"매출은 늘어났지만 경상이익이 줄었습니다."

김동호가 고개를 끄덕였다. 경쟁이 심해진 데다 사업장을 확장했고 이번에 북한에다 지점 4곳을 신설했다. 더구나 사원 25명을 증원했다.

"내일 산업은행에서 500억 대출을 받을 테니까 부사장이 준비를 해놔."

"예엣?"

놀란 강동철이 소주잔을 내려놓다가 잘못 놓아서 탁자 밑으로 떨어졌다. 그러나 대충 손바닥으로 방바닥의 술을 닦은 강동철이 눈을 크게 뜨고 김동호를 보았다.

"사, 사장님, 오, 오백억이라고 하셨습니까?"

250

"그래, 오백억."

"산, 산업은행입니까? 그, 그곳은······."

"내일 오전에 산업은행에서 연락이 올 거야."

"예엣."

"장기저리 대출이야. 10년 거치 분할 상환이지."

"강동철이 숨을 들이켰다. 그러나 김동호의 능력을 철석같이 믿는 터라 더 이상 말을 잇지는 않는다.

일식당 앞에서 강동철과 헤어진 김동호가 주춤거리다가 주머니에서 핸드폰을 꺼냈다. 오후 7시 반이다. 길가에 선 김동호가 핸드폰의 버튼을 눌렀다. 신호음이 3번, 5번, 10번 울릴 때까지 기다렸던 김동호가 핸드폰을 껐다. 핸드폰을 주머니에 넣은 김동호가 발을 떼었을 때 핸드폰이 진동했다. 김동호가 핸드폰을 꺼내 귀에 붙였다.

"여보세요."

곧 여자 목소리가 울렸다.

"전화하셨어요?"

"예, 그 전화 이선 씨 전화 아닙니까?"

"맞는데요."

조금 나이 든 여자다. 그때 여자가 물었다.

"혹시 김동호 씨 아니세요?"

"그렇습니다만."

"아, 맞네요."

여자 목소리가 떨렸기 때문에 김동호는 숨을 들이켰다. 그런데 저쪽으로 목소리를 타고 들어갈 수는 없다. 그때 여자가 말했다.

"나, 선이 엄마예요."

"아, 예, 안녕하십니까?"

여자가 대답하지 않았기 때문에 김동호가 숨을 고르고 나서 물었다.

"선이 어디 있습니까?"

"떠났어요."

"네?"

"사흘 전에, 그러니까 북한에서 돌아온 날 밤에 죽었어요."

순간 숨을 들이켠 김동호가 고개를 들고 앞쪽을 보았다. 마침 눈앞에 40대쯤의 사내가 지나가고 있다. 그런데 귀신이 붙었다. 두 겹으로 보이던 사내의 몸이 앞을 지나면서 귀신이 고개를 돌려 김동호를 보았다. 귀신만 머리를 이쪽으로 돌린 것이다. 김동호가 핸드폰을 고쳐 쥐고 물었다.

"북한에서 돌아온 날 밤에 말입니까?"

"네, 그런데 김동호 씨 연락이 오면 이렇게 전해달라고 하데요."

여자의 목소리가 가라앉았다.

"꼭 다시 만난다고 하더군요."

"……."

"그동안 잘살라고도 했어요."

"어머님."

목이 멘 김동호가 마침내 물었다.

"어, 어떻게 갔습니까?"

"그날, 북한에서 돌아와서는 아무 일 없었어요. 식구들하고 잘 이야기하고 웃고, 잘 먹고……."

"……."

"그러더니 그날 밤에 자기 전에 나한테 그 이야기를 하더군요."

252

"……"

"김동호 씨한테서 연락이 올 테니까 그 이야기를 해달라고요."

"……"

"그래서 네가 직접 하지 그러냐고 했더니 웃기만 했어요."

"……"

"그러고는 그날 밤 늦게까지 식구들하고 이야기하고 제 방으로 가서 잤는데……"

"……"

"아침에 깨우러 갔더니 웃는 모습으로 누워 있더군요."

"어머니, 그 전화 계속 갖고 계실 거지요?"

"그래야지요."

"제가 곧 찾아뵐게요."

"그래요."

핸드폰의 버튼을 누른 김동호가 다시 고개를 들고 앞을 보았다. 눈이 흐려져서 앞쪽 사물이 다 두 개, 세 개로 겹쳐 보인다. 마침내 김동호가 손등으로 눈물을 닦았다. 이선, 악마처럼 아주 산뜻하게 제 죽음을 처리했구나. 이선, 악마야, 잘 가라. 제발 또 보자.

6장
변신

부사장 강동철은 조폭 출신이다. 역삼동파 간부로 대부업체 바지 사장을 하다가 김동호를 만나 개과천선, 부하들과 함께 동호상사로 옮겨와 새 생활을 시작한 것이다. 강동철은 제 눈으로 김동호의 초능력을 목격한 터라 신뢰는 절대적이다.

다음 날 오전 10시가 되었을 때 강동철은 전화를 받았다. 국책은행인 산업은행 부행장실에서 온 전화다. 중소기업인 동호상사는 동네의 은행지점 3곳과 거래하고 있었지만 본사하고 연락할 이유도, 전화가 올 이유도 없다.

그런데 산업은행 부행장이 전화를 해오니 미리 김동호한테서 이야기는 들었지만 잔뜩 졸아붙은 강동철이 전화기를 귀에 붙였을 때 부행장이 말했다.

"김 사장님한테서 말씀 들으셨겠지만 오늘 오후 3시까지 을지로 본점 부행장실로 오시지요. 내가 서종호 부행장입니다."

"예, 부행장님."

"대표이사 인감도장만 가져오시면 됩니다."

"예, 부행장님."

"다른 건 다 김 사장님하고 끝냈으니까요. 오늘은 500억만 인수해 가시면 됩니다."

"예, 부행장님."

"그럼 이따 뵙지요."

전화기를 내려놓은 강동철의 등에서 식은땀이 주르르 흘러내렸다. 세상에, 이렇게 은행에서 돈을 대출받을 수가 있구나. 강동철은 이런 일은 꿈도 꿔보지 못했다. 뭘 알아야 꾸든지 말든지 하지, 돈이 500억인데.

그 시간에 김동호는 밝은 세상 교회에서 정영복 목사와 서수민 집사를 만나고 있다. 그들에게 김동호는 그야말로 신(神)의 아들이다.

밝은 세상 교회는 옛날 그대로여서 의자는 낡고 연단은 조금 기울기까지 했다. 그러나 바닥은 반질반질했고 의자도 깨끗했다. 유리창 깨진 것은 싹 갈았고 형광등도 새것이다.

그러나 25평쯤의 규모에 신도는 엄청 늘어나서 200명 가깝게 된다는 것이다. 입소문으로 찾아왔는데 서수민 등이 하루에 3부제로 예배를 드리기 때문에 겨우 소화를 한다. 교회에 60명 정도 밖에 수용할 수 없기 때문이다.

정영복이 조심스러운 표정으로 김동호에게 말했다.

"저 안쪽 골목에 개척교회 건물이 하나 있는데 건물을 내놨습니다."

정영복이 말을 이었다.

"가 보시면 알겠지만 건평이 150평에 화장실, 탈의실, 교육실이 따로 있고 3평짜리 숙직실도 있습니다. 제가 거기서 거처할 수도 있겠는데요."

그때 서수민이 거들었다.

"건물주가 세를 내놓았는데 2억 5천 전세예요. 그 돈은 저희들이 모을 수가 있어요."

정영복이 말을 잇는다.

"그때 주신 돈도 남았거든요."

"내가 전세금을 내지요."

김동호가 말하고는 자리에서 일어섰다.

"앞으로는 그곳을 본부로 삼아서 북한, 동북3성으로도 교세를 확장해야
되지 않겠어요?"

"그럼요."

정영복의 두 눈이 금세 번들거렸다. 서수민도 붉어진 얼굴로 김동호를
본다.

그렇다. 북한은 지금까지 교회가 없었다. 그래서 지금 교회가 물밀듯이 북
한으로 쏟아져 들어가고 있다. 정영복이 그것을 보고 몸이 불끈거리지 않았
다면 목사가 아니다.

교회를 나왔을 때 서수민이 따라 나왔다.

"오늘 밤에 집에 오실 거예요?"

다가선 서수민이 낮게 물었다. 시선이 마주치자 서수민의 얼굴이 금세 붉
어졌다.

"바쁘시면 다음에 하구요."

"갈게."

김동호가 웃음 띤 얼굴로 서수민을 보았다.

"그동안 열심히 살았구나."

"그래요."

서수민이 밝은 얼굴로 말을 이었다.

"새 생명을 얻었으니까 열심히 살아야죠."

그렇다. 서수민의 목숨을 김동호가 살렸다.

오후 4시 반, 김동호가 북한산 아래쪽 공원묘지 A구역 237호 앞에 섰다. 이선의 묘지다. 3월 중순이어서 개나리, 진달래가 활짝 핀 공원에는 참배객들이 드문드문 서 있다. 맑은 날씨다.

주위를 둘러보던 김동호가 새로 만든 묘비를 물끄러미 보았다.

이선. 2020년 3월 12일까지 산 인생이다. 1993년생. 27살, 한국 나이로 28살이다.

"너, 돌아올 거야?"

김동호가 묘비에 대고 물었다.

"언제 올 거야?"

묘비를 손으로 짚은 김동호가 말을 이었다.

"어떤 신호를 줄 거야?"

그때 뒤쪽에서 인기척이 났기 때문에 김동호는 몸을 돌렸다. 여자 하나가 다가오고 있다. 짧은 머리, 창백한 얼굴, 번들거리는 눈, 꼭 다문 입술, 검정색 원피스 차림의 여자. 20대 후반쯤 되었을까?

시선이 마주쳤을 때 여자의 얼굴에 희미한 웃음이 떠올랐다. 여자의 뇌 속에는 아무것도 없었기 때문에 김동호의 심장 박동이 빨라졌다. 그때 여자가 말했다.

"기다리고 있었어."

맑고 높은 목소리. 숨을 들이켠 김동호가 한 걸음 다가가 섰다.

"너, 누구야?"

"네가 기다리던 존재지."

여자의 얼굴에 다시 웃음이 떠올랐다.

"신(神)이야."

"악마지."

김동호가 똑바로 여자를 보았다.

"네가 이선 후계자냐?"

"아니."

여자가 고개를 저었다.

"네가 이선 후계자가 되었어, 김동호."

"개소리."

"내가 신(神)이다."

"니 맘대로?"

"넌 이선하고 같이 있으면서 이미 악마가 되기 시작한 거야."

여자가 똑바로 김동호를 보았다.

"지금부터는 네가 악마고 내가 신(神)이다."

"그럼 너하고 내가 한 번 자고 나면 또 바뀔 수 있겠군."

"슬슬 악마의 본색이 나타나기 시작하는군."

김동호가 다시 한 걸음 다가섰다.

"이름이 뭐냐?"

"난 양은조, 27세. 이선과 너와의 기억을 모두 머릿속에 담고 있어. 그날, 너하고 홍대 앞에서 헤어질 때까지의 기억 말이야."

김동호가 흐려진 눈으로 양은조를 보았다. 양은조의 얼굴 위에 이선이 겹치고 있다.

내가 악마가 되었다고? 누구 맘대로?

묘지를 나오면서 김동호의 얼굴에 쓴웃음이 번졌다. 이선을 찾아가면서 설레면서도 가라앉아 있던 가슴이 순식간에 사라졌다. 대신 전의(戰意)가 부글부글 끓어오른다. 반발심일 것이다.

주차장에서 차에 탄 김동호가 시동을 걸다가 앞을 가로막는 고급 승용차를 보았다. 김동호가 차를 빼려는 것을 모르는지 앞을 가로막은 채 운전사가 옆에 앉은 남자하고 이야기를 하고 있다. 차창을 반쯤 내려놓았기 때문에 안이 들여다보인다.

30대쯤의 미모다. 여자를 응시하던 김동호의 눈빛이 강해졌다. 눈에서 붉은색 빛이 나오는 것 같다. 그 순간이다. 승용차가 갑자기 급발진을 했다.

"악!"

그때 여자의 날카로운 비명이 울렸다. 다음 순간 굉음을 일으키면서 날아가듯이 달려간 승용차가 나무로 만들어진 난간을 부수면서 아래쪽으로 사라졌다.

"꽝!"

아래쪽 골짜기에서 폭음이 울렸다.

"이거 왜 이래?"

차를 운전해서 주차장을 빠져나오면서 김동호가 이맛살을 찌푸렸다. 갑자기 승용차가 골짜기로 떨어져 폭발하는 바람에 사람들이 난간 쪽으로 달려가고 있다. 도로에 나온 김동호가 차에 속력을 내었다.

전에는 이러지 않았다. 내가 진짜 악마가 된 것인가? 이선과 함께 있으면서 진짜 물든 것인가? 차를 급발진 시킨 것은 김동호다.

"오셨어요?"

문을 연 서수민이 웃음 띤 얼굴로 김동호를 맞는다. 오피스텔 안에서 김치찌개 냄새가 났다.

"맛있는 냄새구나."

"좋아하시지요?"

김동호의 옷을 받아들면서 서수민이 말을 이었다.

"30분만 기다리세요."

"아니, 그것보다."

돌아서는 서수민의 팔을 잡은 김동호의 눈이 이글거렸다.

"이리 와."

김동호가 서수민의 팔을 잡고 침대로 끌었다.

"아유, 잠깐만요."

얼굴이 빨개진 서수민이 따라오면서 말했다.

"불부터 끄구요."

그러나 김동호의 두 눈은 더 이글거렸다. 침대로 끌고 간 김동호가 서수민의 옷을 거칠게 벗긴다.

오전 4시 반, 방 안에 가득 차 있던 열기가 식어가고 있다. 주위는 조용하다. 침대에서 몸을 일으킨 김동호가 고개를 돌려 서수민을 보았다.

서수민의 헝클어진 머리가 어깨를 덮었다. 광란의 시간이 지나간 것이다. 쾌락에 울부짖던 서수민은 눈을 감은 채 가쁜 숨을 몰아쉬고 있었지만 만족한 표정이다. 아직도 잇새로 낮은 신음이 숨과 함께 뱉어지는 것이 그 증거다.

서수민을 내려다본 김동호가 어금니를 물었다.

'나는 악마가 된 것 같다.'

머릿속에 떠오른 생각이다.

'색욕을 절제하지 못한 색마부터 되었구나.'

김동호의 눈빛이 강해졌다.

'살인을 하면 쾌락을 느낀다. 나는 살인마인가?'

침대에서 몸을 일으킨 김동호가 옷을 주워 입으면서 또 생각한다.

'신과 악마의 차이는 그야말로 종잇장 하나구나.'

아침 일찍 출근한 김동호에게 안지은과 손하나가 출장 인사를 하려고 찾아왔다.

"출장 다녀오겠습니다."

앞쪽에 선 안지은이 인사를 했을 때 김동호가 물었다.

"출장비는 카드로 쓸 수 없을 텐데, 얼마나 가져가나?"

북한 지역은 아직 남한 카드가 통용이 안 되는 것이다.

"네. 하루 기존 숙박비 포함해서 1인당 20만 원씩 가져갑니다."

"며칠 예정이야?"

"일주일입니다."

"그럼 140만 원씩인가?"

"6박 7일이니까 130만 원씩입니다."

"부족하겠다."

서랍에서 5만 원권 1뭉치를 꺼낸 김동호가 안지은에게 내밀었다.

"이건 접대비로 써. 나중에 영수증만 첨부해서 경리부로 제출해."

순간 숨을 들이켠 안지은의 눈빛이 강해졌다.

'웬일이래? 바로 이것이 중소기업의 매력이라니까, 사장이 제멋대로 선심 쓰는 정책 말야.'

여러 잡생각이 머릿속에서 울렸지만 호의가 충만한 감정들이다. 안지은과 손하나가 방을 나갔을 때 김동호의 얼굴에 쓴웃음이 떠올랐다.

맑은 물에서는 고기가 못 산다. 악마도 마찬가지. 물이 좀 흐려야 고기를 잡아먹을 수 있지 않겠는가?

안지은이 나가고 나서 부사장 강동철이 들어섰다. 강동철은 어제 산업은
행에서 500억을 대출받고 나서 잠시라도 의자에 엉덩이를 붙일 수가 없다. 들
떠서 가만있지를 못한다.

"사장님, 당장 필요한 자금은 다 처리했고 예비비까지 1백억을 떼어놓았는
데 220억이 남습니다."

강동철이 상기된 표정으로 말을 잇는다.

"그 돈으로 섣불리 재투자를 할 수도 없고 금리도 없는 은행에다 박아놓
기도 그렇습니다, 사장님."

그때 김동호가 강동철을 보았다. 두 눈이 번들거리고 있다.

"내가 이번에 북한에 갔더니 중국과 국경 근처에서 마약 사업을 하는 자
들 이야기를 들었어."

눈만 껌뻑이는 강동철을 향해 김동호가 빙그레 웃었다.

"어때? 마약 사업을 해보는 것이?"

"사, 사장님. 그것은."

강동철의 얼굴에 쓴웃음이 번졌다. 고리대금 업체를 운영하다가 김동호
한테 '걸리고' 나서 '깨끗한' 대부업체로 전환했지 않은가? 그리고 동호상사
로 옮겨온 후에는 개과천선하여 세금 꼬박꼬박 내고 품질 나쁜 제품은 공급
안 하고 손해가 나더라도 불량품은 배격해 왔지 않은가? 그런데 마약 사업을
하라고? 그때 김동호가 물었다.

"어때? 마약 시장은?"

"사장님, 그것은……."

"부사장은 잘 알지?"

"알기는 합니다만, 손을 떼어서요."

"그래도 딴 놈들이 장사를 하지 않아? 엄청난 소득을 올리면서 말야."

"그건 그렇습니다만."

"수요가 있으니까 공급이 되는 것 아닌가? 우리가 손 털고 나오면 딴 놈만 행복하게 해주는 거지."

"……."

"아예 마약 사업이 없어진다면 모를까, 그렇게 안 될 바에 우리가 먹는 게 어때?"

"사장님."

쳐다보는 강동철의 눈동자가 흔들렸다.

"진심이십니까?"

"내가 농담하고 있는 것 같나?"

어깨를 부풀린 김동호가 강동철을 보았다.

"내가 산업은행에 아쉬운 소리를 하면서 느낀 거야. 이럴 것 없이 돈 벌어야겠다고 말야."

악마가 되니까 왜 이렇게 할 일이 많은지. 그리고 생각하는 일마다 자극이 오면서 쾌감이 증폭되는지 모르겠다.

강동철에게 마약 사업 시장 조사를 맡긴 김동호는 점심시간에 회사를 나왔다. 시청 앞의 크라운호텔에 도착했을 때는 오후 12시 반.

지하 1층의 일식당으로 들어선 김동호에게 안쪽에 앉아 있던 여자가 손을 들었다. 30대 중반쯤의 미모, 화사한 옷차림. 시선이 마주치자 환하게 웃는다. 김동호가 다가섰을 때 자리에서 일어선 여자가 손을 내밀었다.

"반갑습니다, 하애영입니다."

"김동호입니다."

악수를 나눈 둘은 식탁에 마주 보고 앉았다. 하애영은 탤런트로 지금도 TV에 얼굴을 비치고 있다. 오늘 김동호가 연락해서 만나기로 한 것이다. 김동호가 카톡으로 사진까지 보냈기 때문에 얼굴을 안다.

종업원에게 음식을 시킨 후에 하애영이 은근한 표정으로 김동호를 보았다.

"미니멈 3천인 줄 아시죠?"

"압니다."

"아가씨들은 보장해요. 모두 탤런트고 출연한 드라마를 보여줄 수 있어요."

하애영이 젓가락을 들면서 말을 이었다.

"방에 들어가서 테이프 보시겠어요?"

"예, 식사 끝나고 가시지요."

"방에서 고르시면 몇 시간 안에 옵니다."

"알겠습니다."

"지금이 1시가 되었으니까 오후 6시부터 내일 아침 6시까지 12시간 노시는 것으로 합니다."

"그러지요."

김동호의 얼굴에 웃음이 떠올랐다. 지금 김동호는 하애영과 콜걸 상담을 하고 있는 것이다. 하애영은 연예인 전문 뚜쟁이다. 고급 중개인으로 유명 탤런트, 가수 연예인 전문이라고 소문이 났지만 모두 가짜다. 비슷한 얼굴로 성형을 했거나 신인들을 훈련시켜 콜걸 군단을 거느리고 있다. 하애영이 서둘렀다.

"어서 식사 끝내고 올라가시지요."

호텔방은 뚜쟁이 하애영이 빌려 놓았다. 스위트룸. 하룻밤에 180만 원짜리다. 물론 그 방값도 김동호 부담이다.

"자, 보세요."

소파에 앉은 김동호 앞에 하애영이 노트북을 펼치면서 말했다. 옆에 앉은 하애영에게서 짙은 향수 냄새가 맡아졌다.

그 순간 모니터에 여자가 떠올랐다, 수영복 차림의 미녀. 바닷가에서 찍었다. 바닷가를 천천히 걷는 여자의 가슴이 출렁거렸고 엉덩이가 흔들린다. 그때 여자가 브래지어를 풀어 던졌다. 그 순간 풍만한 가슴이 드러났다.

그때 김동호가 침을 꿀꺽 삼키자 하애영이 풀썩 웃었다.

"10명이 더 있어요."

"아니, 이 여자가?"

놀란 김동호가 눈을 크게 떴다. 노트북에 펼쳐진 여자, 바로 TV 탤런트 오미호가 아닌가? 요즘 최고 시청률을 올리는 '별들의 태양'의 여주인공.

김동호는 자주 TV 드라마를 보진 않지만 동생 김윤희가 오미호만 나오면 환장을 했기 때문에 잘 안다. 그때 하애영이 빙그레 웃었다, 회심의 미소.

"그러실 줄 알았어요."

"아니, 오미호도 데려올 수 있습니까?"

"어렵지만 가능할 수도 있죠."

이 요물이 말 하는 것 좀 봐라. 정색한 김동호가 하애영에게 물었다.

"오늘 데려올 수가 있단 말요?"

"네, 하지만 스케줄 때문에 밤 10시에서 오전 2시까지 4시간밖에 안 돼요."

"……."

"4시간 하면 충분하지 않겠어요?"

시선이 마주치자 하애영이 눈웃음을 쳤다.

"지금 촬영 때문에 바쁘거든요. 오늘도 9시에 촬영이 끝나고 내일은 아침 7시에 제주도에 간다네요."

"바쁘네."

"한국에서 가장 바쁜 애죠, 인기도 최고고."

김동호가 입에 고인 침을 삼켰더니 '꿀떡' 소리가 났다. 그것을 들은 하애영이 이를 드러내고 웃었다.

"어때요? 부를까요?"

"4시간에 얼마죠?"

"1억."

"아니, 그럴 수가……."

"싫으면 놔 두시구요."

"아니, 그게 아니라……."

"요즘은 중국 부자들이 많아서 오미호라면 2시간에 3억 준다는 오퍼도 받았어요."

"중국 손님도 받았단 말요?"

"오퍼를 받았단 말이죠. 받았다간 큰일 나게요?"

눈을 휘둥그렇게 뜬 하애영이 고개까지 저었다.

"브랜드 가치가 얼마짜리 애인데. 갠 몸 함부로 굴리는 애가 아녜요. 오늘은 특별한 경우랍니다."

"뭐가요?"

"내가 김 사장님 연락받고 확인 안 한 줄 알아요?"

하애영이 웃음 띤 얼굴로 김동호를 보았다.

"동호상사 사장님. 회사 매출액, 임직원이 몇 명인가까지 확인하고 나서 사장님을 만나러 온 것이라고요."

"그럼 좀 깎아줘야지."

"두 번째는 깎아드릴게요, 스폰서로."

"스폰서?"

"미호는 함부로 몸 굴리지 않아요. 김 사장님이 처음이라고 한다면 거짓말이겠지만 아주 깔끔하게 주변 정리를 해 온 애라고요. 숫처녀나 다름없어요."

"농담이 심하시네."

"어때요? 데려와요?"

하애영의 시선을 받은 김동호가 빙그레 웃기부터 했다. 처음 만난 순간에 머릿속을 다 읽었으니 다시 들여다 볼 것도 없다.

한 시간 반 후, 장충동의 웨스턴호텔 방 안. 이곳은 오래된 3류 호텔이어서 후지다. 방바닥의 양탄자도 낡아서 끝이 너덜거렸고 냄새까지 난다. 장기 투숙자가 많기 때문에 어디선가 음식 태우는 냄새도 풍겨왔다.

방으로 들어선 하애영이 손으로 코앞을 젓는 시늉을 하면서 이맛살을 찌푸렸다.

"아유, 김치 냄새. 너 또 김치찌개 시켰냐?"

"응, 잘 됐어?"

"대박. 4시간에 1억."

"힉."

숨 들이켜는 소리를 낸 여자, 바로 톱 탤런트 오미호다. 그런데 오미호가 헐렁한 티셔츠에 팬티만 입고 입에서 김치찌개 냄새를 펄펄 풍기고 있다. 머리는 뒤로 묶어서 말꼬리처럼 되었는데 화장기가 없는 얼굴은 부석부석했지만 오미호다.

오미호가 이런 후진 호텔에서 빈둥거리고 있다니. 그때 손목시계를 본 하애영이 말했다.

"오늘 밤 10시야, 크라운호텔."

"방 잡았어?"

"응, 180짜리 스위트."

"그 사장이란 새끼 사기꾼 아냐?"

"진짜야. 애가 순진해."

그러더니 하애영이 깔깔 웃었다.

"사기꾼은 우리지."

"그럼 시간 남았네."

"빨리 미장원 갔다가 마사지 받고 와."

이제는 하애영이 정색했다.

"중국 놈들하고는 다르니까 실수하면 안 돼."

"걱정 마. 내가 오미호보다 더 오미호를 닮았으니까."

"오미호가 출연하고 있는 드라마 대사는 다 외우고 있지?"

"내가 오미호보다 더 연기를 잘할 거야."

정색한 오미호가 하애영을 보았다.

"걔 연기하는 걸 보면 역시 발연기야. 내가 부끄러워질 때가 있다니까."

"글쎄 말이다. 난 선숙이 널 보면 가끔 오미호로 착각할 때가 있다니까."

여자 이름은 고선숙. 32세. 10년쯤 전부터 룸살롱, 카페로 돌아다니다가 일본, 중국, 미국 원정까지 다녀온 후에 크게 결심한 바가 있어서 작년 초에 귀국, 거금 1억 8천을 들여서 얼굴을 전면 개조(?)했다.

바로 오미호의 얼굴로 만든 것이다. 한 곳에서 성형수술을 하면 증거가 잡힐까 봐 부산, 서울의 7개 성형외과를 거쳐 탄생한 얼굴이 오미호다. 작전 초부터 하애영과 함께 시작했기 때문에 둘은 동업자다. 왜냐하면 오미호의 얼굴 개조 작업에 하애영도 1억이나 투자를 했기 때문이다.

지금 현재까지 하애영은 오미호의 뚜쟁이 노릇으로 거금 5억이 넘게 매출을 올렸다. 요즘 오미호가 '별들의 태양'으로 뜨고 있는 바람에 뉴 오미호의 사업도 전성시대가 되었다.

김동호한테는 말하지 않았지만 중국인 구매자도 5명이나 거쳤다. 각각 5천에서 7천까지 받았는데 중국인들은 아직 오미호의 인기를 모르고 있기 때문이다. 하애영이 서둘렀다.

"나가자, 선글라스 잊지 말고."

선글라스를 벗으면 사람들이 진짜 오미호로 착각하기 때문이다.

방은 비워놓고 회사로 돌아온 김동호에게 강동철이 보고했다. 동호상사의 사장실 안이다.

"사장님, 내일 출장을 가겠습니다."

강동철의 두 눈이 번들거리고 있다.

"직원 둘을 데리고 갑니다."

"누군데?"

"역삼동파 시절에 마약을 좀 만진 놈들입니다."

"옳지."

고개를 끄덕인 김동호가 말을 이었다.

"그런 놈들이 필요하지. 저쪽 설탕 장사하는 놈들이 악질이라고 하더군."

"알고 있습니다."

강동철이 말을 이었다.

"이번에 가서 거래가 되면 어디에다 뿌릴까요?"

"어디가 가장 장사가 잘되겠나?"

"서울입니다. 그중에서도 강남, 분당, 용인까지가 좋지요."

"좋아. 서울에다 뿌려."

그때 강동철이 어깨를 부풀렸다가 내리더니 목소리를 낮췄다.

"역삼동파에서 마약 장사하던 애들을 다시 모아야 될 것 같습니다."

"나도 적극 도울 테니까."

그때 고개를 든 강동철이 김동호를 보았다.

"사장님, 저는 갑자기 사장님이 변하신 것이 조금 불안합니다."

강동철의 시선을 받은 김동호가 쓴웃음을 지었다.

"이상할 것 없어. 내가 시킨 대로 하라고."

"예, 사장님."

"우리가 가만있으면 마약 거래가 끊기나?"

"아니지요."

"다른 놈들 돈 벌게 해주는 거야."

"그렇지요."

"시작하자고."

어깨를 부풀린 김동호가 강동철을 보았다.

"자금은 충분히 있지?"

"물론이지요."

"결재는 나중에 받고 먼저 써."

파격적인 재량권 이양이다. 강동철이 커다랗게 고개를 끄덕였다.

"알겠습니다. 적극적으로 시작하겠습니다."

회사를 나온 김동호가 시청 앞에서 택시를 내렸을 때는 오후 5시 반이다.

아직 10시까지는 시간이 있었기 때문에 김동호가 호텔 건너편의 커피숍으로 들어섰다. 커피숍은 손님이 대여섯 명뿐이었는데 그중 안쪽에 마주 보고 앉은 두 여자가 눈에 띄었다.

20대 중반쯤의 오피스 걸이다. 목에 사원증을 걸고 있는 데다 사원 재킷도 걸쳤다. 김동호의 시선이 그중 긴 파마머리에게 옮겨갔다. 갸름한 얼굴형에 맑은 눈, 곧은 콧날의 미인이다. 시선이 마주친 순간 김동호의 머릿속에 여자의 내력이 떴다.

'한상윤, 26세. 하남상사 영업부 대리.' 앞에 앉은 여자는 '양정희. 하남상사 영업부 사원, 24세.' 지금 회사 이야기를 하는 중이다.

그때 김동호의 시선을 받은 한상윤이 자리에서 일어섰다. 그러고는 김동호의 앞쪽 자리에 와서 앉는다.

"시간 있어요?"

한상윤이 웃음 띤 얼굴로 말했다.

"회사가 바로 옆 건물이니까 바로 옷 갈아입고 올게요."

"그래."

김동호가 고개를 끄덕였다.

"넌 나를 만난 것이 행운이야."

한상윤이 자리에서 일어섰다.

한상윤은 오미호가 오기 전까지 시간 때우기 위한 대타다. 비싼 호텔방을 빌려 놓았으니 공실로 둘 수는 없지 않겠는가? 지금 김동호의 주머니에는 호텔방 키가 들어 있는 것이다.

그때 주방 쪽에서 여자들의 목소리가 들렸는데 낮지만 다투는 것 같다. 한상윤과 양정희가 나간 바람에 커피숍에는 중년 남자 둘만 남았다.

"너 아니더라도 알바는 얼마든지 있어. 지금 나가."

"오늘 8시까지니까 시간 채우고 나가겠어요."

대답한 가는 목소리는 알바생 같다. 그때 주인 여자가 말했다.

"필요 없어. 지금 나가. 지금 시간까지만 계산할 테야."

"싫어요."

"니가 뭔데? 난 분명히 말했어. 지금이 5시 50분이니까 10분 남았어."

그러더니 목소리가 높아졌다.

"자. 여기 시간수당 있다. 6시까지 4시간이니까 5천5백 원씩 계산해서 2만 2천 원!"

고개를 든 김동호가 주방에서 나오는 여자를 보았다. 스무 살 안팎으로 보이는 어린 얼굴, 160 정도의 아담한 키에 걸음도 힘이 없다. 무엇보다도 얼굴에 수심이 덮여 있다. 그때 김동호가 여자를 불렀다.

"이봐, 학생."

알바생이어서 학생이라고 부른 것이다. 고개를 돌린 여자가 김동호를 보았다. 시선이 마주쳤을 때 김동호가 자리에서 일어섰다. 계산을 마치고 커피숍 밖으로 나왔을 때 여자가 기다리고 서 있다가 물었다.

"왜요, 아저씨?"

여자는 임수민, 19세. 올해 고등학교를 졸업하고 대학 진학을 포기한 상태. 수능 점수나 내신 등이 서울 소재 대학에 입학할 수준이 되었지만 집안 형편이 안 되어서 포기한 상태다.

김동호가 눈으로 앞쪽 커피숍을 가리켰다. 이 근처는 두 집 건너가 커피숍이다.

"저기로 가자."

커피숍에서 마주 앉았을 때 김동호가 똑바로 임수민을 보았다.

"난 악마다."

그러자 임수민이 고개를 끄덕였다. 아까 시선이 마주쳤을 때 이미 혼을 빼놓은 상태. 그래서 지금은 김동호의 말에는 무조건 공감하고 호의적이다. 물론 자신이 왜 그렇게 되었는지는 모르고 알려고도 않는다, 이쯤은 악마의 기본 능력이니까. 김동호가 말을 이었다.

"너 고생 많이 했구나."

"그래요."

고개를 끄덕인 임수민의 눈에 금방 눈물이 고였다, 가득.

"이 세상은 불공정하고 불공평해요. 아무리 열심히 일해도 집 월세도 못 내고 밥도 못 먹는 사람이 있는가 하면……"

딸꾹질하듯 숨을 들이켠 임수민이 눈을 크게 떴지만 아차, 눈에서 주르르 눈물이 흘러 떨어졌다. 그러나 기를 쓰고 말을 잇는다.

"부잣집 자식으로 태어나 하루에 우리 집 한 달 집세하고 생활비를 쓰는 애들도 있더라구요."

"그건 네가 부모를 잘못 만난 탓이지."

"공부를, 일을 열심히 해도 벗어날 길이 없어요."

"분하지?"

"네, 분해요."

"너, 내가 누군지 알지?"

"악마라면서요."

눈물을 손등으로 닦는 임수민에게 휴지를 뽑아 건네 준 김동호가 말을 이었다.

"네 소원이 뭐냐?"

"돈요."

임수민이 바로 대답했다.

"커피숍 알바도 30분 늦었다고 쫓겨났어요. 들으셨지 않아요?"

"돈이 급하냐?"

"엄마가 아프고 내가 동생 둘까지 보살펴야 한다구요."

임수민의 아버지 임태경은 5년 전에 여자하고 바람이 나서 다니다가 교통사고로 죽었다. 그때 악마가 누구였는지는 알 수 없지만 잘한 짓이었다. 고개를 끄덕인 김동호가 물었다.

"얼마나 필요하냐?"

"5백만 원."

"그것 가지고 돼? 엄마 치료비가 350만 원이나 밀렸고 밀린 월세가 120만이다. 고등학교 2학년, 중학 3학년인 두 동생 학비, 용돈은 어떻게 하고?"

임수민이 숨만 쉬었고 김동호가 목소리를 낮췄다.

"내가 1억 원을 줄 테니까 처리를 해라."

김동호가 오미호에게 주려고 가져왔던 가방을 탁자 위에 내려놓았다. 묵직한 가방이다. 5만원 권 뭉치 20개가 들어 있다. 숨만 들이켠 임수민에게 김동호가 말을 이었다.

"그런데 조건이 있다."

"악마의 제자가 될게요."

임수민이 똑바로 김동호를 보았다. 두 눈이 번들거리고 있다.

"무슨 일이든 하겠어요."

김동호가 고개를 끄덕였다.

"너는 지금부터 이 세상에서 없어져야 할 인간을 발견하면 죽여라."

"예, 주인님."

274

"너는 지금부터 악마의 제자다."

김동호가 자리에서 일어섰다. 그렇게 말을 하지 않아도 임수민은 이미 악마의 제자다.

10분 후, 임수민이 커피숍으로 들어섰다. 30분 전까지 알바로 일했던 커피숍이다. 카운터에 앉아 있던 주인이 대번에 이맛살을 찌푸렸다.

"왜 왔어?"

낮지만 날카롭게 물은 주인 여자에게 임수민이 말했다.

"그래. 10분만 줄게."

"뭐?"

"10분만 준다고."

"뭘 줘?"

"네 목숨."

"뭐라고?"

"10분이다, 지금부터."

그러고는 임수민이 이를 드러내고 웃었다.

"아니, 저게 미쳤나?"

주인 여자의 말을 등으로 들으면서 임수민이 몸을 돌렸다. 돈 가방이 무거웠기 때문에 한쪽 어깨가 늘어졌다.

"쟤, 여기서 알바했던 애 아냐?"

임수민이 커피숍을 나갔을 때 안쪽 자리에 앉아 있던 조 사장이 물었다. 주인이 어깨를 치켰다가 내렸다.

"맞아, 그년이야. 아유, 속상해."

"왜?"

"맨날 늦길래 나오지 말라고 했더니 이년이 글쎄……"

"왜, 퇴직금 달래?"

"아, 시끄러."

마침 손님 둘이 들어섰기 때문에 주인이 주방으로 다가갔다. 주방에는 보조 아줌마가 하나 일하고 있다. 주방에서 물병과 컵을 들고 나오면서 주인이 보조 아줌마에게 투덜거렸다.

"그 알바 기집애 내보내기 잘했어. 아주 싸가지가 없는 년이야."

"아니, 왜요?"

"그년은 오래 못 살 거야."

생각하자 화가 치밀어 오른 주인이 눈을 치켜떴다.

"그 나쁜 년, 나보고……"

그 순간 주인이 들고 있던 쟁반을 떨어뜨리면서 입을 딱 벌렸다. 눈을 치켜 뜨고 천장을 올려다보면서 주방이 떠나갈 것 같은 비명을 질렀다.

"꺄악!"

다음 순간 주인이 뒤로 반듯이 넘어지면서 뒤쪽 주방 쇠 받침대에 뒷머리를 박았다.

"퍽석!"

뒷머리가 부서지는 소리다. 머리가 쪼개져 흰 뇌수가 쏟아졌고 주인이 주방 바닥에 쓰러졌을 때는 이미 사지가 경련을 일으키는 중이었다.

길가에 선 김동호는 사이렌을 울리며 다가온 앰뷸런스가 커피숍 앞에 멈춰 선 것을 보았다. 그러더니 차에서 내린 응급 요원 둘이 들것을 끌고 안으로 뛰어 들어갔다. 조금 전에 임수민이 들어갔다가 나온 것까지 본 것이다.

276

곧 응급 요원이 흰 천에 싸인 시체를 싣고 나왔다. 커피숍 주인이다. 몸을 돌린 김동호가 발을 떼었다.

오후 9시 반, 방에서 기다리던 김동호가 핸드폰의 진동음을 듣는다. 발신자는 하애영이다. 핸드폰을 귀에 붙인 김동호가 응답했을 때 하애영이 말했다.

"지금 방에 계세요?"

"예."

"그럼 10시 정각에 미호하고 같이 갈게요."

"알았습니다."

"다시 말씀드리지만 현금으로 준비하셨지요?"

"물론이죠. 무거워서 혼났습니다."

"에효, 과장도 심하셔."

하애영의 짧은 웃음소리.

"그럼 이따 봬요."

통화가 끝났을 때 김동호의 얼굴에 쓴웃음이 떠올랐다. 현금을 가져왔지만 줄 생각은 없었다. 그러나 그것도 이미 임수민에게 줘버렸다.

"나는 들어가서 바로 돈만 갖고 나올게."

차를 운전하고 가면서 하애영이 말했다. 차는 검정색 벤츠. 뒷좌석에 앉은 고선숙은 밤인데도 선글라스를 끼고 있다. 고선숙이 선글라스를 벗으면서 말했다.

"그 자식, 밑천 뽑으려면 4시간 동안 못살게 굴겠네."

"할 수 없지. 그건 견뎌야지."

하애영이 웃음 띤 얼굴로 백미러를 보았다.

"시간당 2천5백이야. 그건 할리우드 톱스타보다 더 많이 받는 거야."

"그런가?"

"서비스 좀 잘 해, 또 만나자고 할지 모르니까."

"알았어. 2시에 정확하게 데리러 와."

호텔이 가까워졌기 때문에 고선숙이 선글라스를 다시 끼었다.

"아유, 시간 맞춰 오느라고 혼났어요."

앞장서서 방으로 들어선 하애영이 고개까지 흔들었다.

"얘가 스케줄이 원체 타이트해서요."

뒤를 따라 들어선 가짜 오미호, 고선숙은 아직 선글라스도 벗지 않았다. 새침한 표정. 그때 고선숙을 본 김동호가 하애영에게 물었다.

"이분 누굽니까?"

"네? 누구라뇨?"

기가 막힌다는 표정을 지은 하애영이 고개를 돌려 고선숙을 보았다. 그 말을 들은 고선숙도 '이거 봐라? 내 모습을 보여주마.' 하는 식으로 선글라스를 벗는 중이었다. 선글라스를 벗은 고선숙이 '자, 어때?' 하는 듯이 턱을 조금 치켜들었다.

그 순간.

"악!"

하애영의 입에서 비명이 터졌다. 보라. 눈앞에 괴물이 서 있다. 눈꺼풀이 없어진 눈의 흰자위가 탁구공만 했고 탁구공 안에 눈동자가 박혔다. 코는 없어져서 콧구멍만 두 개가 뻥 뚫렸고 입술은 더 끔찍했다. 윗입술의 반쪽이 뜯겨서 잇몸과 이가 다 드러났다.

"으아악!"

자세히 보니까 더 흉측해서 하애영이 두 주먹을 턱밑에 붙이고 비명을 질렀다. 비명 소리로 방이 터질 것 같다.

"언니, 왜 그래?"

놀란 고선숙이 눈을 치켜뜨고 물었으나 하애영은 뒤로 물러서다가 발을 헛디뎌 엉덩이를 부딪쳐서 넘어졌다.

"괴물! 괴물!"

하애영이 소리쳤다.

"귀신이야!"

정신이 났는지 지금은 귀신이라고 소리친다. 반쯤 미친 것 같다.

"왜 그래!"

날카롭게 소리친 고선숙이 욕실로 달려가 거울을 보고는 더 큰 비명을 질렀다.

"꺄악!"

그때 김동호가 주저앉아 있는 하애영에게 말했다.

"지금 나한테 연극하려고 온 거요? 나, 그만 갑니다."

김동호가 발을 뗐지만 하애영은 이제 몸을 떨기 시작했다.

"꺄아아악!"

욕실에서 다시 고선숙의 비명이 울려 퍼졌다.

호텔 밖으로 나온 김동호가 택시정류장으로 다가갔다. 고선숙의 얼굴을 그렇게 만드는 것은 일도 아니다. 고선숙을 본 순간 그렇게 만든 것이다. 고선숙은 그 얼굴로 다시 오미호의 얼굴로 돌아갈 수 없다.

하애영? 앞으로 잘되겠는가? 아니지. 호텔에서 나와 차를 몰고 가다가 교

통사고가 날 것이다. 트럭이 운전석 위로 지나갈 테니까 그 결과는 나중에 알
게 되겠지.

"너, 뭐해?"

황수영이 묻자 임수민이 고개를 돌리지도 않고 대답했다.

"병원 가야지."

"병원?"

놀란 황수영이 상반신을 겨우 일으키더니 침대에 기대앉았다. 퀭한 눈이
번들거리고 있다. 옆에 있던 동생 미현이 임수민을 보았다.

밤 11시 반, 사당동의 반지하 셋방 안, 임수민은 어머니 황수영의 옷가지를
가방에 담고 있던 중이다. 황수영이 가빠진 숨을 고르고 나서 다시 물었다.

"병원에 왜?"

"입원해야지."

"어떻게?"

"입원하는 거지 뭘 어떻게?"

"내 말은……."

황수영이 기침을 했다. 황수영은 폐부종으로 수술을 해야만 한다. 수술만
하면 완치율 95퍼센트라고 하는 병이지만 고가 장비가 동원되고 12시간에
걸친 수술인 데다 최소 1달간 입원을 해야만 한다. 그것도 회복실, 중환자실
을 1주일이나 거쳐야 하는 과정.

황수영이 이제는 붉어진 눈으로 임수민을 보았다.

"돈이 어디에 있다고 입원을 해?"

그렇다. 의사의 권고를 받은 지 3달이나 지났다. 입원해서 수술을 받으라
는 권고다. 그러나 수술비가 7천만 원이나 드는 것이다. 의료보험을 다 적용

해도 그렇다.

병원에 입원하려면 먼저 수술 계약금 3천만 원을 입금시켜야만 하는 것이다. 지금까지 치료비도 350만 원이나 밀려 있는 상황인데 입원을 해? 받아주지도 않을 것이다. 그때 임수민이 말했다.

"아까 밀린 병원비 냈어."

황수영이 숨을 죽였고 임수민이 말을 이었다.

"그리고 입원비 선금도 냈어. 그러니까 병원에 들어가기만 하면 돼, 병실도 예약했으니까."

임수민이 어깨를 펴고 황수영을 그리고 동생까지 차례로 보았다. 가슴이 벅찼기 때문에 머릿속이 텅 빈 느낌이다. 그러나 이런 분위기를 위해서라면 악마에게 영혼을 100번이라도 팔겠다.

다음 날 오전, 신형 SUV의 뒷좌석에 탄 김동호가 창밖을 내다보고 있다. 차는 지금 개성을 지나 북상하고 있는 중이다. 옆에는 강동철이 앉았고 앞쪽에 전수남, 고영곤이 탔다. 둘은 이번에 사장, 부사장과 함께 출장을 가게 되어서 잔뜩 긴장해 있다. 동북3성까지 대한민국에 편입되면서 대한민국은 3개 연방으로 구성되었는데 남북한과 동북연방으로 구분되었다. 임홍원은 대한민국 대통령으로 3개 연방을 통치했는데 3개 연방은 각각 남한의 장진영 총리, 북한의 최용해 총리, 동북연방은 흑룡강성 당서기였던 협보가 총리 대행을 맡았다. 협보는 한족이었지만 최용해의 추천을 받아 임홍원이 임명한 것이다. 차가 개성, 평양 간 고속도로를 달릴 때 눈을 뜬 김동호가 강동철에게 말했다.

"이번에 북한산 마약의 생산과 판매망까지 조사하고 장악해버리는 거야."

강동철은 눈만 껌벅였고 김동호가 말을 이었다.

"마약 판로는 얼마든지 있어. 중국, 러시아, 일본, 그리고 미국."

김동호가 이를 드러내고 웃었다.

"마약 사업만큼 이익이 많이 남는 사업이 없다. 그야말로 노다지 사업이야."

"그렇습니다."

이제는 강동철도 부담 없이 대답했다. 지금까지 어항 속에 들어가 있던 물고기가 강으로 빠져나온 것 같다. 김동호가 말을 이었다.

"경쟁자는 가차 없이 없애버리는 거야. 그런 놈들은 암 덩어리나 같다. 많이 없앨수록 세상에 이득이다."

신(神) 양은조, 27세, 직업은 한남여행사 대리. 신(神)이 되고 나서 자신의 능력을 깨우쳐 가는 중이다. 오전 10시 반, 양은조가 사무실에서 담당부장 최미영의 호출을 받고 앞에 서 있다.

"양 대리, 어떻게 된 거야?"

날카롭게 묻는 최미영의 옆에 과장 오국진이 서 있다. 양은조가 고개를 들었다. 이번에 단체 여행팀 18명 중 12명이 갑자기 예약을 취소했다. 패키지여행에서는 자주 있는 일이었지만 이 경우는 동유럽 순방의 장기 여행이다. 여행사에서 항공사에 지불해야 할 페널티가 엄청난 것이다. 양은조가 담당이었으니 책임을 묻는 중이다. 그때 고개를 든 양은조가 말했다.

"놔두죠. 그걸 내가 어떻게 합니까? 가기 싫다는데 억지로 끌고 갈 수는 없잖아요?"

"뭐라고?"

최미영이 눈을 치켜떴고 과장 오국진은 외면했다. 양은조가 팔짱을 꼈다.

"이런 식으로 담당자한테 책임을 둘러씌우면 안 되죠. 책임을 지게 하려면 부장부터 시작해야 됩니다."

"아니, 너 미쳤어?"

벌떡 일어섰던 최미영이 양은조를 노려보면서 말했다.

"그래, 내가 책임을 져야 돼. 네 말이 맞다."

제 말을 제 귀로 들은 최미영이 숨을 들이켰다가 말했다.

"그리고 과장까지 같이 책임져야 돼."

옆에 서 있던 오국진이 몸을 돌려 최미영을 보았다. 눈을 치켜뜨고 있다. 둘은 그렇고 그런 사이다. 둘 다 유부녀, 유부남이지만 애인 사이인 것이다. 회사에 소문이 싹 났지만 본인 둘만 모르고 있다. 그때 양은조의 시선을 받은 최미영이 말을 이었다.

"내가 오국진 과장하고 어젯밤에 같이 자면서 상의했어……."

그 순간 최미영이 제 손으로 입을 막았다. 옆에 서 있던 오국진의 얼굴이 붉게 달아올랐다.

"내가 왜 이래?"

신경질적으로 말한 최미영이 숨을 고르고 나서 말을 이었다.

"그래, 어젯밤에 섹스를 두 번 했어. 오국진이 전보다는 정력이 떨어진 느낌을 받았어, 아이고."

미처 멈출 사이도 없이 술술 뱉다가 최미영이 새파랗게 질린 얼굴로 입을 딱 다물었다. 그러고는 이까지 악물고는 아예 입을 열지 않는다. 이마에 땀방울까지 솟아나 있다. 그때 양은조의 시선을 받은 오국진이 입을 열었다. 아직도 얼굴이 벌겋게 달아올라 있다.

"맞아, 어제 두 번 했는데 이 여자한테 지쳤어. 내가 성 상납하는 기분이야. 이 색골한테서 벗어나고 싶어."

이제는 오국진이 숨을 들이켜더니 어금니를 딱 물었다. 그때 양은조가 최미영에게 다시 한 번 시선을 주고 나서 몸을 돌렸다. 그러자 최미영이 양은조의 등에 대고 말했다.

"내가 알아서 처리할 테니까 이번 동구권 취소 건은 잊어버려."

능력을 실감한 양은조의 얼굴에 회심의 미소가 떠올랐다. 이렇게 하나씩 능력을 확인하는 것도 도움이 될 것이다. 신(神)의 자식으로서 임무를 다 해야만 하는 것이다. 이선이 죽은 순간에 악마까지 창조하신 조물주께서는 바통을 김동호에게 넘겨주었다. 김동호는 모르고 있었지만 말이다. 양은조는 이선의 묘지에 찾아온 김동호를 본 순간에 신(神)의 자식으로 탄생한 것이다. 그러고는 김동호에게 정체를 알려주었다. 모두가 조물주의 조합이다. 그날 양은조는 아버지 묘소를 참배하러 갔던 길이었고 그곳에서 신과 악마의 탄생이 이루어진 것이다. 물론 김동호는 신(神)의 아들에서 악마로 변신한 것이다.

"괜찮아요?"

자리로 돌아왔을 때 1년 차 팀원 문지나가 걱정스러운 표정을 짓고 물었다. 신(神)이 되기 전 같으면 이 표정을 그대로 믿고 가슴까지 먹먹해졌겠지만 지금은 아니다. 머릿속 말이 다 들린다.

'아마 시말서에다 감봉 처분을 받았겠지?'

걱정스러운 표정 안쪽의 뇌가 말하고 있다.

'내가 오 과장한테 꼬질르고 있는 건 이년은 죽었다가 깨나도 모를 거다.'

그 순간 양은조의 머릿속에 오국진과 문지나가 여관방에서 엉켜 있는 장면이 펼쳐졌다.

"양 대리가 과장님 욕을 입에 달고 살아요. 차마 듣기에 거북한 욕을요."

그때 양은조가 문지나에게 고개를 끄덕이며 웃었다.

"걱정해 줘서 고마워."

오늘은 이쯤 해두자. 남의 머릿속까지 다 읽을 수 있게 되니까 사는 것이 더 복잡해지는구나. 차라리 모르고 지나는 것이 나은 것 같다. 머리를 까닥하면서 몸을 돌린 문지나를 보고 아무리 내가 신(神)의 자식이 되었다지만 '병신' 짓만을 하면서 보낼 수는 없다는 생각이 들었다. 그리고 나서 저년, 문지나가 틈만 나면 손가방을 열고 화장을 한다는 것을 떠올렸다. 양은조가 고개를 돌렸더니 아니나 다를까, 문지나가 자리에 앉자마자 손가방을 집어 들고 손을 집어넣었다. 콤팩트를 꺼낼 것이다. 다음 순간이다.

"끼아아악!"

문지나가 손에 움켜쥔 뱀을 쳐들고는 사무실이 떠나갈 것 같은 비명을 질렀다. 그러고는 뒤로 벌떡 넘어졌는데 손에 쥔 커다란 뱀이 문지나의 얼굴을 휘감았다.

"끼아아아아악!"

문지나의 눈이 뒤집히더니 사지를 곧게 펴고 떤다.

평양을 지난 후에 길이 좋지 않았기 때문에 SUV가 안주에 도착했을 때는 오후 5시가 되어갈 무렵이다.

"여기서 쉬자."

김동호가 강동철에게 말했다.

"민박집을 찾아보도록."

이제는 북한의 제대로 된 집 대부분은 민박을 운영하고 있었기 때문에 숙소 걱정은 없다. 북한 정부에서 제한 없는 '민박 허용' 정책을 내놓고 있기 때문이다.

곧 일행은 시내 주택가의 단층 저택에 민박했는데 방 2개를 빌렸다. 방값은 1실에 10만 원. 이것도 주인 마음이다. 주인이 방값을 정하기 때문이다. 방에 들어갔을 때 김동호가 강동철에게 말했다.

"안주는 북한 최대 규모 탄광 중심 도시인 데다 바닷가야. 마약 거래에 적합한 도시다."

"예, 거리가 깨끗하고 넓은데요."

강동철이 말을 받았다. 이번에 북상해 오면서 이미 북한에 설치해놓은 의주, 강계, 혜산, 김책시의 지점에는 연락도 하지 않은 것이다. 회사에는 그저 출장으로만 알려주었다.

저택 주인은 50대 남자였는데 지금은 폐쇄된 수산물시장의 지배인이었다고 했다. 공산당원으로 지배 계급이었고 그 증거가 방이 7개짜리 대저택을 보유하고 있는 것이다.

저녁을 먹고 나서 강동철과 함께 마당으로 나왔던 김동호가 앞을 지나는 주인에게 물었다.

"주인아저씨, 안주에 나이트클럽이나 비밀요정 같은 유흥업소 없습니까?"

그때 주인이 김동호를 보았다. 시선이 마주쳤을 때 주인이 고개를 저었다.

"모르겠는데요."

몸을 돌린 주인이 발을 떼었을 때 김동호가 강동철에게 말했다.

"중앙로 쪽에 태양식당이 있어. 그곳이 연방이 되기 전에 유명한 접객 업소였는데 지금은 비밀리에 운영되는 중이다."

놀란 강동철이 숨을 들이켜고 김동호를 보았다.

"어떻게 아십니까?"

"조금 전에 주인 머릿속을 보았다."

"네?"

"전에 주인이 가끔 들렀던 곳이야, 자주는 못 가고."

"아아."

감동한 김동철이 다시 물었다.

"사장님, 태양식당은 어떻게 운영됩니까?"

"한국의 요정과 비슷하지만 접대하는 아가씨들이 평양에서 단련된 악단, 무용단, 기쁨조 출신들로 채워져 있어."

"그렇습니까?"

"태양식당은 각 민박집과 제휴해서 남한 손님들을 끌어들이고 있어."

둘은 마루 끝으로 다가가 나란히 앉았다. 김동호가 말을 이었다.

"물론 이 집 주인하고도 연락이 되어 있는데 주인은 우리를 경계해서 아직 소개하지 않는 것 같다."

강동철이 고개를 돌려 주인을 찾았지만 보이지 않는다. 마당에는 벌써 어둠이 덮이고 있다.

오후 8시 반, 중앙로 안쪽의 샛길로 1백 미터쯤 들어가자 눈에 띄는 한옥 한 채가 나타났다. 주위는 벽돌 단층집이었는데 이 집만 담장 윗부분도 기와를 올렸고 대문의 기둥 위쪽도 기와다. 김동호와 강동철이 다가가자 대문 앞에서 서성대던 사내 둘이 가로막듯이 섰다. 30대쯤의 눈매가 매서운 사내들이다.

"무슨 일입니까?"

사내 하나가 묻자 먼저 김동호가 대답했다.

"식당에 가려는 거야."

"누구 연락을 받으셨습니까?"

"박기철 시장."

"아."

놀란 사내가 숨까지 들이켜더니 비켜섰다. 그러고는 손으로 대문을 가리켰다.

"가시죠"

앞장서서 대문으로 다가간 사내가 손으로 문을 두드리자 옆쪽 쪽문이 열렸다. 안으로 들어선 김동호가 눈을 크게 떴다. 안은 200평도 넘는 잔디밭이다. 옆쪽에 정원이 갖춰졌고 정원 건너편의 저택은 불빛이 환했는데 유리창 안으로 오가는 남녀가 보인다.

"시장님 손님이야."

안내한 사내가 안에서 문을 연 사내들에게 말하자 그들의 태도가 달라졌다.

"이리 오시지요."

사내 하나가 앞장을 서면서 말했다. 이곳은 별천지다. 앞장서서 가는 사내도 말쑥한 양복 차림이어서 한국의 나이트클럽 웨이터 같다.

안으로 들어선 둘은 이제 한복 차림을 한 여자의 영접을 받는다.

"어서 오세요."

웃음 띤 얼굴로 둘을 맞은 여자는 눈이 크게 뜨일 만한 미모다, 30대쯤.

"시장님 소개로 오셨다구요?"

김동호가 고개만 끄덕였고 여자가 앞장서서 방으로 안내했다. 온돌방으로 안에 방석이 놓인 방이다. 뒤쪽에 병풍이 쳐져 있고 벽은 눈처럼 흰 벽지가 붙여져 있다. 둘이 방석에 앉았을 때 여자가 두 손을 모으고 물었다.

"사장님, 어떤 상으로 올릴까요?"

이제는 강동철이 김동호만 보았다. 여자의 시선을 받은 김동호가 빙그레 웃었다.

"시장님이 여기서 특A급 상을 개발했다고 하더구만."

그 순간 여자가 숨 들이켜는 소리까지 내더니 눈빛이 강해졌다.

"알겠습니다, 사장님. 아가씨 둘도 특A급으로 데려오겠습니다."

"그리고……."

김동호가 손짓을 하고 나서 목소리를 낮췄다.

"얼음도 최상급으로."

"알겠습니다."

이제는 여자의 얼굴이 붉게 상기되었다.

"잘 아시는군요, 사장님."

"박 시장한테 들었어."

김동호가 지그시 여자를 보았다.

"1회에 50만 원이지?"

"맞습니다, 사장님."

"술에 타서 마시는 것으로 해."

"네, 사장님."

여자가 허리를 90도로 꺾어 보이더니 치마로 바람을 일으키면서 방을 나 갔다. 문이 닫혔을 때 강동철이 망설이듯 물었다.

"사장님, 어떻게 그렇게 잘 아십니까?"

"머릿속을 보기 때문이다."

"아."

감동한 강동철이 고개를 끄덕였다.

"사장님의 능력을 잊고 있었습니다."

"이곳에서 마약을 관리하는 자는 영업부장 이진규라는 놈이다."

김동호가 웃음 띤 얼굴로 강동철을 보았다. 이제는 능력을 강동철에게 숨 길 필요는 없다.

"방금 마담의 머릿속에서 읽었어."

"아아."

"이진규를 만나면 마약 공급 루트를 알 수 있겠다."

오늘 태양식당에 온 목적이다.

"오!"

산해진미가 놓인 상보다도 함께 들어온 여자들을 본 김동호의 입에서 탄성이 터졌다. 미인이다. 지구상 60억 인간의 얼굴이 모두 다른 것처럼 똑같은 얼굴의 미녀도 없다. 60억 인간 중 2억이 미녀라면 그 2억의 얼굴이 모두 다른 것이다. 그것이 새로운 미녀들을 볼 때마다 감동이 일어나는 이유다.

둘은 한복 차림이었는데 날씬한 몸매가 드러났다. 한복 허리가 개미처럼 좁혀져 있다. 큰 키. 사뿐하게 앉아 퓨전 한국식으로 절을 한 여자들이 김동호와 강동철의 옆자리에 앉는다.

손님들의 만족한 표정을 본 마담이 물러나고 방 안에는 넷이 남았다. 산해진미가 놓인 교자상과 술은 발렌타인 17년이다. 김동호가 이향미라고 인사한 옆자리의 파트너를 보았다. 이향미는 본명이 이정숙이다.

"네 이름 이향미가 본명이야?"

"네, 본명입니다."

이향미가 정색을 하고 김동호를 보았다. 이정숙은 나이가 31살이다. 김동호가 다시 물었다.

"나이는 몇이야?"

"스물셋입니다, 사장님."

고개를 끄덕인 김동호가 심호흡을 했다. 이정숙의 고향은 평안남도 덕천이다. 덕천에서 고등학교를 졸업하고 기쁨조에 뽑혔다가 경비장교하고 연애질을 하는 바람에 군부대 공연단으로 보내져 고위 장교의 노리개로 7년을 보낸 후에 해방을 맞고 태양식당에 온 것이다. 김동호가 다시 물었다.

"여기 오기 전에 무슨 일 했지?"

"기쁨조로 지도자 동지를 모셨습니다."

"으음. 대단하구나. 그래, 모셨어?"

"네?"

"침대에서 모셨냐고?"

"모시지 못했습니다."

"그럼 넌 성 경험이 없어?"

"네, 사장님."

고개를 숙인 이정숙이 다소곳이 말했다.

"전 아직 남자 경험이 없습니다, 사장님."

앞쪽 자리에서 신음 소리가 났다. 강동철이다. 옆쪽 파트너하고 이야기를 하면서도 김동호와 파트너의 이야기를 듣고 있었던 것이다. 그러다가 기가 막혀서 저절로 신음이 터진 것이다. 김동호처럼 뇌 속을 읽지 못하지만 이정숙의 거짓말쯤은 알아차리지 못하겠는가?

"박 시장이 추천했단 말이지?"

이진규가 묻자 홍경애가 고개를 끄덕였다.

"응, 확실해. 특A급 개발한 건 박 시장밖에 모르거든."

특A급 상은 아가씨 팁 포함해서 두당 2백만 원인 것이다. 이진규가 어깨를 올렸다가 내렸다.

"좋아. 약은 내가 직접 가져가지."

수취인을 확인하고 싶은 것이다.

갑자기 소변이 마려웠기 때문에 이정숙이 김동호를 보았다. 발렌타인을 2병째 마시고 있는 참이다. 술좌석의 분위기는 좋았고 손님들은 술도 잘 마셨다.

"저, 잠깐 화장실에……."

"어, 그래."

김동호가 선선히 고개를 끄덕였고 이정숙이 자리에서 일어섰다. 그때 강동철이 제 파트너에게 말했다.

"너도 화장실에 갔다 와."

"네, 감사합니다."

강동철의 파트너가 밝은 표정으로 일어서더니 이정숙을 따라 방을 나갔다. 방에 둘이 남았을 때 강동철이 상반신을 김동호에게로 숙였다.

"사장님, 이진규를 찾아볼까요?"

"아니. 그놈이 궁금해서 우리를 찾아올 거야."

김동호의 얼굴에 웃음이 떠올랐다.

"조금만 기다려."

그러고는 힐끗 옆쪽 빈자리를 보았다.

"얘는 방에 못 들어오겠구만."

화장실에 앉은 이정숙이 길게 숨을 뱉었다. 양변기다. 허리를 편 이정숙이 쌌다. 그러나 배설 느낌이 수상했기 때문에 이정숙은 이맛살을 찌푸렸다. 그러나 어쨌든 쌌다. 배설을 마친 이정숙이 버릇처럼 휴지를 뽑아 밑을 닦았다. 다음 순간 이정숙이 고개를 숙여 밑을 보았다. 밑에서 무엇인가 길쭉한 것이 잡혔기 때문이다. 그 순간이다.

"으악!"

이정숙의 입에서 비명이 터졌다. 보라. 이정숙의 밑에 '물건'이 달렸다. 남자의 물건이다.

"꺄아악!"

다시 한 번 비명을 지른 이정숙이 변기 위에 털썩 주저앉았다. 그러고는 다시 엉덩이를 들고 물건을 내려다보고는 눈이 뒤집혔다.

"웬 소동이야?"

여자 화장실 쪽이 웅성거렸기 때문에 이맛살을 찌푸린 이진규가 다시 말을 떼었다. 복도를 건넌 이진규가 노크를 하고 나서 방으로 들어섰다.

방에 앉아 있던 두 사내가 고개를 돌려 이진규를 보았다. 젊다. 그러나 녹록지 않은 분위기다. 이진규의 시선이 다시 아랫목의 사내에게로 옮겨졌다.

이진규의 시선을 받은 순간 김동호의 머릿속에 마약 유통 라인이 순식간에 입력되었다. 김동호가 고개를 끄덕이자 이진규는 그것이 신호인 것처럼 무의식중에 주머니에서 마약 2봉지를 꺼냈다.

"히로뽕입니다."

김동호에게 마약을 내민 이진규가 말을 이었다.

"의주에서 온 박기팔한테서 받습니다, 사장님."

"그래, 알고 있어."

마약을 받은 김동호가 부드럽게 말했다.

"돌아가 봐."

"예, 안녕히 계십시오."

허리를 기역자로 꺾어 절을 한 이진규가 몸을 돌리더니 방을 나갔다.

"어, 어떻게 된 겁니까?"

입을 떡 벌린 채 그 장면을 보던 강동철이 더듬대며 묻자 김동호가 정색했다.

"말을 뱉게 한 것이지."

"그, 그렇군요."

"저놈은 방금 나한테 작별인사를 했다."

"작별인사라니요?"

"저놈은 방을 나가서 갑자기 세상살이가 싫어지는 거야. 그래서 제 사물함에 넣어둔 권총을 꺼내 머리를 쏘고 죽는 거다."

"……."

"총을 쏘기 전에 마담도 죽일 거다."

"……."

"이곳은 안주시장 박기팔이 비밀리에 운영하는 요정이야. 경리 책임자가 박기팔의 정부지. 저놈은 계산대에 앉아 있는 그 여자까지 죽여."

김동호가 이를 드러내고 입으로만 웃었다. 두 눈이 번들거렸기 때문에 강동철은 눈도 떼지 못한 채 몸을 굳힌다. 꼭 뱀 앞의 쥐 같다.

"그럼 그 소란 통에 우리는 점잖게 빠져나가면 된다."

무차별 살인이다.

김동호와 강동철이 민박집으로 돌아왔을 때는 10시 반이 되어갈 무렵이다.

"술 더 먹을 거냐?"

방으로 들어온 김동호가 물었기 때문에 강동철이 바로 대답했다.

"예, 먹지요. 그럼 술을 사오겠습니다."

몸을 돌려 밖으로 나가려는 강동철에게 김동호가 말했다.

"집주인에게 술 있는가 물어봐."

"예, 사장님."

술을 어디서 살까 머리를 굴렸던 강동철이 건성으로 대답했다.

주인이 술이 없다고 하면 심부름을 보내려고 전수남과 고영곤을 데리고 안채로 간 강동철이 밖에서 불렀다.

"아저씨, 계십니까?"

그때 방문이 열리더니 주인이 마루로 나왔다.

"무슨 일입니까?"

"술이 있으면 삽시다, 돈 드릴 테니까."

"술 말입니까?"

주인의 눈동자가 흔들렸다가 고정되었다.

"보드카가 있는데요, 세묘노프로."

일등급 보드카다. 서울 룸살롱에서는 50만 원까지 받는다. 그때 주인이 술술 말했다.

"5만 원씩만 내시죠. 2병 있습니다."

"아이구, 고맙습니다."

얼른 주머니를 뒤져 5만 원권 2장을 꺼낸 강동철이 주인에게 내밀었다.

김동호는 술병을 가져온 강동철에게 1병은 전수남과 고영곤이 마시라고 돌려보냈다. 강동철이 술안주로 밑반찬까지 얻어왔기 때문에 이번에는 민박집 방 안에서 둘이 술을 마셨다.

"사장님, 주인이 술을 갖고 있는 걸 어떻게 아셨습니까?"

술기운이 오른 강동철이 조심스럽게 묻자 김동호가 눈을 가늘게 떴다.

"지금 주인은 전화로 태양식당 사건을 듣고 있는 중이다."

강동철이 숨을 죽였고 김동호가 술잔을 들면서 말을 이었다.

"태양식당의 소문이 다 퍼졌군."

김동호가 이제는 강동철에게 자신의 능력을 털어놓는다.

"나하고 한 번 시선이 마주친 놈은 그놈만 떠올리면 그놈의 눈으로 주변을 볼 수가 있다, 머릿속 생각은 물론이고 말이다."

악마도 신의 능력을 갖춘 것이다. 강동철이 숨도 못 쉬고 김동호를 쳐다보고 있다. 신(神)을 보는 표정이다.

신이나 악마나 마찬가지. 이제 강동철은 절대로 심복하겠지.

안주를 떠나 의주에 도착했을 때는 오전 11시가 되어갈 무렵이다. 오전 8시 반에 출발했는데 100킬로도 안 되는 거리를 3시간 가깝게 걸린 것이다. 도중에 사고가 난 곳이 2곳이나 있어서 길이 막혔다.

"박기팔은 곧 점심을 먹으러 올 거다."

김동호가 말하고는 앞쪽을 손으로 가리켰다. 길가의 식당이다.

"저기서 점심을 먹자."

보신탕 식당이다. 식당 앞에 차를 세운 넷은 안으로 들어섰다. 이른 시간인데도 안은 손님들이 많아서 빈자리가 보이지 않는다. 대부분이 남한에서 온 손님들이다. 겨우 안쪽 테이블 하나를 찾아 주문을 마쳤을 때 김동호가 말했다.

"박기팔은 내일 조선성으로 들어간다. 그놈을 따라가는 것이 낫겠어."

"조선성에는 왜 갑니까?"

강동철이 묻자 김동호의 얼굴에 쓴웃음이 번졌다.

"도매상을 만나러 가는 거야."

박기팔은 북한군 중장이다. 의주 남쪽에 사령부를 둔 제14사단 사단장 겸 국경 경비 대장이었는데 지금은 조·중 국경이 없어지면서 부대가 재편되는 중이다. 조·중 국경이 조선성 북쪽으로 이동되었기 때문이다. 그동안 박기팔은 북한군 사단장 영향력을 이용해서 마약 공장을 운용해왔다.

"잠시 후에 박기팔이 이곳에 나타난다."

김동호가 혼잣소리처럼 말했을 때 셋은 모두 긴장했다. 눈을 가늘게 뜬 김동호가 말을 이었다.

"그놈이 사복 차림으로 애인하고 함께 이곳에 오는 중이야."

"……"

"너희들한테 박기팔 얼굴을 보여주려는 거다, 그놈이 앞으로 우리 사업에 큰 역할을 할 놈이니까."

강동철이 심호흡을 했다. 김동호가 이제는 신(神)이다. 놀랄 것도 없다.

5분쯤 후에 50대쯤의 사내가 여자하고 둘이 들어섰는데 밖에서 기다리던 지배인의 안내를 받고 있다. 말쑥한 진회색 양복 차림에 분홍색 넥타이를 매었고 구두는 반짝였다.

옆에 딱 붙어서 오는 여자는 30대. 밍크코트를 입었는데 미끈한 몸매, 곧게 뻗은 종아리를 보면 눈이 떨어지지 않는 정도다. 짧게 파마한 머리가 잘 어울렸고 갸름한 얼굴형의 미인.

안쪽 자리로 안내된 둘은 여유로운 표정으로 주위를 둘러보았다. 그때 김동호가 말했다.

"내가 곧 저놈을 이곳으로 불러오마."

그러고는 김동호가 두 손으로 손뼉을 쳤다. 그 순간 식당 안의 시선이 모였고 그때 김동호는 박기팔을 응시했다. 박기팔이 고개를 들더니 이쪽을 보았고 시선이 마주쳤다. 시선이 마주친 것은 3초쯤 되었다. 그때 김동호가 입을 열었다.

"자, 박기팔이 올 거다."

그때 박기팔이 자리에서 일어서더니 이쪽을 향해 다가왔다. 다가온 박기팔이 김동호 앞에 서더니 머리를 숙였다.

"저 왔습니다."

고개를 끄덕인 김동호가 서 있는 박기팔에게 말했다.

"여기 있는 사람들, 잘 기억해 두도록."

"예, 주인님."

"앞으로 자주 볼 테니까 말야."

"알겠습니다."

"그럼 가 봐."

"예, 주인님."

다시 절을 한 박기팔이 강동철, 전수남, 고영곤에게 차례로 목례를 하더니 몸을 돌렸다. 셋은 모두 긴장으로 몸이 굳어 있다.

잠시 후 식사가 나왔다. 점심을 먹으면서 김동호가 셋을 둘러보았다.

"박기팔은 전보다 생산량을 2배 늘렸다. 왜냐하면 중국 시장이 뚫렸기 때문이지. 그런데 가격이 떨어지고 있어."

김동호의 얼굴에 웃음이 떠올랐다.

"바로 우리 사업이다."

강동철에게 시장조사를 맡긴 김동호는 박문수를 찾아갔다. 오후 2시 반, 연락을 받은 박문수는 사무실에서 기다리고 있다가 김동호를 맞았다.

"갑자기 오셔서 놀랐습니다."

자리 잡고 앉았을 때 박문수가 상기된 얼굴로 말했다.

"열심히 하고 있습니다."

고개를 끄덕인 김동호가 사무실을 둘러보았다. 의주 중심부에 위치한 2층 건물이다. 2층의 면적은 1백 평쯤 되었고 사무실이 3개다. 박문수는 이곳에 동호상사 간판을 내걸고 여직원 2명을 채용했다. 지점이 설립된 지 한 달도 되지 않았지만 수산물과 광물 수입을 시작했다.

"지사에서 채용한 사원을 만나보시지요."

자리에서 일어선 박문수가 서둘러 나가더니 여직원 둘을 데리고 들어왔다. 김동호에게 인사를 시킨 박문수가 직원들과 함께 자리에 앉았다.

김동호가 오른쪽에 앉은 여직원을 보았다. 진양이라는 이름으로 24세, 의주전문대 식품가공과 졸업. 1년 동안 식품공장에서 품질관리원으로 일하다가 퇴직하고 동호상사에 입사했다.

"열심히 해."

김동호가 말하자 진양의 얼굴이 빨개졌다. 순수하다. 머릿속이 열심히 일해 보겠다는 의욕으로 가득 차 있다. 남북연방이 성립되자 다니던 식품회사가 망했는데 남한식품이 홍수가 난 것처럼 쏟아져 들어왔기 때문이다.

고개를 돌린 김동호가 옆쪽 직원을 보았다. 이기정, 25세, 김일성대 중국어과 졸업. 대학을 졸업하고 제8군단 참모부 소속 통역관으로 임명되었다가 남북연방 성립 후에 해직. 고향인 의주로 돌아왔다가 동호상사 의주지점에 취직한 것이다. 김동호가 물었다.

"꿈이 있나?"

"네?"

놀란 이기정이 숨을 들이켰다가 대답했다.

"네, 의주에 백화점을 세우는 것입니다."

"어떻게?"

김동호가 웃지도 않고 묻자 이기정이 말을 이었다.

"투자자를 모으는 것이죠."

"남한 투자자 말인가?"

"네, 조선성에도 재력가가 많습니다."

"어떤 방법으로 투자자를 모은다는 것인가?"

"경력을 쌓고 나서 설득시킬 것입니다."

고개를 끄덕인 김동호가 이기정을 보았다.

"그럼 여기서 열심히 경력을 쌓도록 해."

둘이 사무실로 돌아갔을 때 김동호가 박문수에게 물었다.

"이기정한테 영업 업무를 맡기고 있지?"

"예, 사장님."

박문수가 김동호를 보았다.

"본인이 원했습니다."

"이기정한테 영업을 가르쳐. 쓸모가 있어."

"예, 사장님."

"그리고 주시하라고."

"예, 사장님."

김동호의 얼굴에 웃음이 떠올랐다. 이기정은 꿈을 거짓으로 말했다. 영업을 하면서 제 영역을 만들려는 것이다. 그리고 나서 회사를 이용해서 목표를 이룬다. 경력을 쌓고 독립해 나갈 생각은 없다.

박문수에게는 강동철과 시장 조사차 왔다고만 했기 때문에 김동호는 다음 날 압록강 다리를 건너 조선성으로 들어갔다. 조선성도 이제는 대한민국령이 되었기 때문에 비자 받을 필요도, 여권을 보여줄 필요도 없다.

단둥에서 점심을 먹고 요녕성 심양으로 출발했다. 이곳은 고속도로가 잘

뚫려서 4시간 만에 도착했다.

"이곳은 1,500년 전에 고구려 영토였다가 중국에 빼앗겼던 땅이야. 이제 한국이 되찾은 것이지."

김동호가 설명했다.

"이곳에서 일어난 금나라, 청나라가 대륙을 정복했지만 지금은 저 아래쪽 원조 조선족이 대륙으로 나온 셈이다."

셋은 묵묵히 듣는다. 이번에는 심양 중심부의 특급호텔에 투숙했다. 오후 6시 반이다. 키를 받아든 김동호가 강동철에게 말했다.

"오늘 밤은 내가 할 일이 있으니까 내일 아침에 보자."

방에 들어온 김동호가 옷을 갈아입고 나서 창가의 의자에 앉았다. 의자의 등받이에 머리를 기댄 김동호가 박기팔을 떠올렸다.

"이것 보시오, 박 선생."

쓴웃음을 지은 서귀영이 박기팔을 보았다.

"이렇게 직접 찾아와줘서 편리하긴 한데 마약시장이 요즘 어떻게 변했는지 알지?"

"알아. 경쟁이 심해졌다는 거."

박기팔이 의자에 등을 붙이면서 입맛을 다셨다.

"가격도 내려갔고."

"심각해. 나도 죽을 맛이라고."

"엄살은."

눈을 흘긴 박기팔이 말을 이었다.

"나도 정보원이 있어. 서문파(西門派)는 매출이 30퍼센트쯤 늘어난 것 같더군."

"이익은 30퍼센트쯤 떨어졌어."

둘이 티격태격하는 이곳은 심양의 주택가인 북릉공원 오른쪽의 대저택 안이다. 박기팔도 심양에 와 있는 것이다. 저택의 호화로운 응접실은 넓어서 왕궁 같다. 지름이 50센티가 넘는 붉은색 기둥이 10여 개나 세워져 있다.

서귀영은 55세. 심양에서 백화점을 운영하는 사업가였지만 요녕성에 마약을 공급하는 마약 도매상이다. 지금까지 박기팔은 요녕성에 공급하는 마약은 서귀영을 통해왔다. 박기팔이 지그시 서귀영을 보았다.

"내가 이번에 5킬로를 가져왔어."

"이번에는 킬로당 50만 불밖에 안 되겠어."

외면한 서귀영이 말을 이었다.

"장하동파는 킬로당 40만 불씩 가져오고 있어."

"……."

"태국산을 가져오면 30만 불도 돼."

박기팔이 상반신을 세웠다.

"나한테 태국산 이야기를 한다는 건 거래 끊자는 건가?"

"경쟁이 그만큼 심하다는 거야. 요녕성에서 나 혼자 마약을 파는 것도 아니고. 장하동이한테 시장을 빼앗기고 있다는 말이야."

이제는 서귀영도 정색했다.

"동북3성이 조선성이 되고 나서 가장 타격을 받은 사업이 뭔지 알아? 우리 마약 사업이야."

어깨를 부풀린 서귀영의 목소리가 높아졌다.

"이젠 뒤를 봐주던 공안, 관리 놈들이 싹 바뀌고 다른 놈들이 들어오면서 마치 빗장 열린 문처럼 태국, 라오스, 캄보디아 마약이 쏟아져 들어온단 말야. 이놈들을 정리해야 해."

그러나 단속을 하면 기존의 업체인 서귀영, 장하동이 가장 먼저 걸릴 것이었다. 그때 박기팔이 몸을 일으켰다.

"내일 저녁에 다시 만나지."

밤 10시 반이 되었을 때 심양의 단결로 근처의 요리집 금(金)으로 김동호가 들어섰다. 금색 기둥이 세워진 금(金)은 심양 제1의 호화 요정이다. 늦은 시간이었지만 200평이 넘는 홀 안은 손님들로 가득 찼다. 금색 제복을 입은 직원이 김동호에게 다가와 물었다.

"혼자 오셨습니까?"

"손님이 기다리고 있는데. 특2호실의 박 사장."

"아, 예."

놀란 직원이 서둘러 지배인을 데려왔다. 황금색 모자까지 쓴 지배인이 허리를 굽히면서 김동호를 안내했다. 특실은 홀 안쪽의 붉은색 카펫이 깔린 복도를 돌아 가장 안쪽에 박혀 있었다.

이곳은 요정 분위기다. 복도를 오가는 여자들은 양귀비 같은 치장을 한 미인이다. 안내를 받은 특2호실로 들어서자 박기팔이 일어섰다.

"어서 오십시오."

테이블 위에는 이미 산해진미가 놓였고 술도 준비되어 있다. 자리에 앉은 김동호에게 박기팔이 술을 따르면서 말했다.

"이곳이 조선성이 되면서 마약 사업이 더 활성화되었습니다만 시장이 혼란해졌습니다."

고개만 끄덕인 김동호에게 박기팔이 말을 이었다.

"공급량이 많아졌고 공급처도 다양해졌지요. 그러다 보니까 경쟁이 치열해지면서 도매가격이 떨어졌습니다. 이번에도 킬로당 1백만 불까지 가던 히

로뽕 가격이 50만 불로 반토막이 났습니다."

"도매상은 장하동, 서귀영 둘인가?"

"예, 둘입니다."

고개를 끄덕인 박기팔이 말을 잇는다.

"전에 중국정부에서 정책적으로 둘로 만들었지요. 그것이 관리하기 쉬웠거든요."

"뇌물 뜯어 먹기가 수월했겠지."

"그런 면도 있습니다, 주인님."

"공급자가 많아진 것이 문제구나."

"그렇습니다. 그놈들 때문에 도매가격이……"

눈썹을 모았던 김동호가 박기팔을 보았다.

"이곳 심양에 태국의 생산업자가 와 있어. 그놈들이 지금 장하동을 만나고 있다."

"그, 그렇습니까?"

놀란 박기팔이 눈을 치켜떴다.

"그놈들이 전(前)에는 마음대로 오가지도 못했는데……"

그때 김동호가 천천히 고개를 끄덕였다.

"좋아. 내가 이번에 정리를 하지."

"어, 어떻게 말입니까?"

"내가 이곳 도매상도 장악해야겠다."

"……"

"동북3성이 조선성이 되었지 않느냐? 중국 놈들이 도매상으로 돈을 긁어모으게 할 수는 없지."

"그렇습니다."

박기팔의 두 눈이 번들거렸다.

"이곳도 이제 우리 땅이죠."

그날 밤, 12시 반이 되었을 때 함타이는 응접실로 들어섰다. 이곳은 고궁 근처의 주택가다. 중국식 정원이 있는 대저택이어서 방도 많았고 별채도 2채나 세워진 곳이다. 함타이가 데려온 수행원 15명을 투숙시키고도 방이 남는다.

집 안은 조용하다. 응접실의 소파에 앉았을 때 보좌관 아고탄이 다가왔다.

"사장님, 장 사장 전화 왔습니다."

아고탄이 손에 쥔 핸드폰을 내밀었다. 함타이가 핸드폰을 귀에 붙였다.

"여보세요."

"아, 함 사장, 나야."

장하동은 62세. 공산당원으로 심양시 공안부장을 지냈다. 심양의 가장 큰 도매상으로 부하들도 모두 공안 출신이다. 장하동이 말을 이었다.

"킬로당 35만 불로 해주면 가져온 것 다 구입하겠네."

"장 사장님, 하지만……."

숨을 고른 함타이가 말을 이었다.

"알겠습니다. 내일 가져가지요."

핸드폰의 전원을 끈 함타이가 아고탄에게 건네주면서 말했다.

"킬로당 35만 불 주겠다는 거다. 빌어먹을."

아고탄이 고개를 끄덕였다.

"지금 북한에서 공급자가 왔다는 소문이 났습니다, 사장님."

"누가? 박기팔 말이냐?"

"확인은 안 되었지만 서귀영 주변에서 나온 정보입니다."

"그 소문이 우리한테 전해질 것이라는 것도 알고 하는 수작 같군."

"아마 저쪽 서귀영 측도 박기팔 측에 우리가 온 것도 이용할 것 같습니다."

"도매상 놈들이 생산자들을 엿 먹이려는 거다."

어금니를 문 함타이가 말을 이었다.

"개새끼들."

김동호가 박기팔을 떠올리고 나서 박기팔의 머릿속에 들어 있는 서귀영을 보았다. 서귀영의 얼굴과 후에 박기팔과 이야기한 내용이 머릿속으로 전이되었다. 다음에는 지난달에 만난 장하동의 얼굴이 보였다.

그것은 장하동, 동북3성이 조선성으로 할양되면서 위기감을 느낀 마약 도매상 둘이 회동을 가진 것이다. 지금까지 당국에 뇌물을 바치고 보호를 받았던 터라 갑자기 옷이 벗겨지는 느낌을 받았기 때문이다.

이제는 장하동의 머릿속으로 들어간 김동호가 방금 함타이와의 통화 내용도 듣게 되었다. 악마의 능력이다.

다음 날 아침 식사를 마친 김동호가 강동철과 전수남, 고영곤까지 방으로 불렀다. 오전 9시 경. 김동호가 입을 열었다.

"먼저 심양의 마약 사업 구조를 알려주겠다."

김동호는 도매상 2명과 공급자가 10여 명이나 되는 현재의 마약 유통 구조를 설명해주고 나서 쓴웃음을 지었다.

"서귀영, 장하동 둘의 매출액은 년간 3천만 불 규모다. 그중 6백만 불이 정부 뇌물로 들어갔고 두 놈한테는 대략 2천만 불의 수입이 되었는데."

김동호가 강동철을 보았다.

"요녕성뿐만 아니라 3개성을 합하면 1억불이 넘는 사업이고 이건 얼마든지 더 커질 수가 있어."

"그렇습니다."

"심양부터 시작해서 정리해 나간다. 너는 이 사업의 총지배인이야."

숨을 들이켠 강동철에게 김동호가 말을 이었다.

"공급자들은 살려두기로 하지. 열심히 생산을 해야 하니까. 하지만 도매상
은 단일화시켜야 된다. 그래서 서귀영의 경쟁자인 장하동과 그 일당을 몰살
시킨다."

김동호의 두 눈이 번들거린다.

7장
신과 함께

"좋아. 이것으로 시장을 장악하는 거다."

앞에 놓인 마약 더미를 보면서 장하동이 말을 이었다.

"서귀영보다 30퍼센트 싼 가격으로 소매상한테 공급해. 그럼 단숨에 그놈의 유통 라인이 무너질 거다."

마약은 100그램씩 비닐봉지에 담겨 있는데 모두 120개다. 12킬로인 것이다. 100그램짜리는 밀가루와 비타민C 등을 섞은 혼합물과 1:1의 비율로 섞여서 200그램이 되고 그것이 각각 0.5그램씩 나눠 포장이 된다. 그래서 400개의 봉지가 되는 것이다.

둘러선 5명은 장하동의 심복들이다. 모두 공안 출신으로 휘하에 10여 명씩의 부하를 거느렸고 제각기 소매상들을 장악하고 있다.

오후 8시 반. 장하동은 방금 태국의 생산업자 함타이로부터 마약을 인수해 온 것이다. 물론 킬로당 35만 불이다. 그때 보좌관 유홍이 물었다.

"사장님, 서귀영파 소매상들한테는 얼마나 공급할까요? 이 가격이면 얼마든지 가져갈 겁니다."

"5킬로만 줘라."

"지금 심양에 서귀영의 공급자 박기팔이 와 있습니다. 그놈도 물건을 가져 왔을 겁니다."

"그렇겠지."

장하동의 얼굴에 웃음이 떠올랐다.

"이번에 서귀영이 치명상을 입을 거다."

"박기팔을 끌어들이면 북한산 마약까지 장악하게 될 것입니다."

유흥은 장하동의 제갈공명 역할이다. 이곳은 시 외곽에 위치한 장하동의 별장이다. 산속에 세워진 이 별장은 장하동의 성(城)이다.

본래 군(軍)에서 포탄 창고로 사용하던 건물을 개조했기 때문에 담장 높이가 5미터가 넘고 시멘트 벽 두께가 1미터나 된다. 지하 2층, 지상 3층이 철근 시멘트 덩어리나 같다. 장하동이 고개를 끄덕였다.

"나는 이 기회에 중국 대륙의 마약왕이 될 테다."

"저기다."

김동호가 손으로 앞쪽을 가리켰다. 어둠 속에서 건물의 불빛이 보였다. 숲에 가려져 있었기 때문에 위쪽 건물의 윤곽만 보인다. 박기팔이 숨을 죽인 채 건물을 보고 있다. 그때 김동호가 말을 이었다.

"내가 들어가서 청소를 해 놓을 테니까 넌 돌아가서 서귀영을 데리고 와라."

"서귀영을 말입니까?"

놀란 박기팔이 되물었다.

"저 건물로 말입니까?"

그때는 옆에 선 강동철도 놀라 몸을 굳혔다. 김동호는 이곳으로 박기팔과 강동철을 데려온 것이다. 장하동의 근거지를 알려주겠다고 데려오더니 이제는 서귀영까지 데려오라는 것이다.

"내가 건물 안에서 기다리고 있을 테니까."

몸을 돌린 김동호가 어서 돌아가라는 손짓을 했다.

"곧장 건물 안으로 들어와."

오후 10시 반. 다시 그 자리에 선 박기팔이 손으로 앞쪽 건물을 가리켰다. 아까 김동호가 했던 것과 똑같은 몸짓.

"저기야."

"잠깐. 저기로 가자고?"

서귀영이 이맛살을 찌푸렸다.

"저곳에 장하동이 있단 말이지?"

"그래. 저곳에 내 주인님이 기다리고 계셔."

"아까부터 주인님, 주인님 하는데……."

그때 옆에 서 있던 강동철이 눈을 부릅떴다.

"이봐, 말조심 하라고."

"아니, 이 자식은 아까부터……."

서귀영이 강동철을 노려보았다. 강동철은 주인님의 보좌관으로 소개되었다. 무슨 주인님이냐고 서귀영이 물었지만 대답을 하지 않았기 때문에 서귀영은 의심쩍은 상태다.

"자, 가지."

강동철이 앞장을 섰다. 박기팔은 발을 떼었지만 서귀영은 고개를 저었다.

"난 아직 영문을 모르겠어. 곧장 장하동의 본거지로 들어가다니, 혈혈단신으로 말야."

"글쎄, 주인님이 기다리고 계신다고 했잖아."

"글쎄……, 그 주인님이란 것이……."

그때 앞쪽 어둠 속에서 목소리가 울렸다.

"나다."

놀란 서귀영이 숨을 들이켰을 때 김동호가 다가왔다. 다가선 김동호가 서귀영을 똑바로 보았다. 정색한 표정. 다음 순간 김동호가 손을 휘둘러 서귀영에게 귀뺨을 쳤다.

"철썩!"

머리가 휙 돌아가도록 귀뺨을 맞은 서귀영이 비틀거리면서 두 발짝이나 밀려났다가 바로 섰다.

"내가 널 죽이지 않은 것만으로도 감지덕지해야 될 놈이."

혀를 찬 김동호가 다가서더니 다른 쪽 귀뺨을 다시 쳤다.

"철썩!"

이번에는 털썩 자빠져 앉은 서귀영이 두 손바닥으로 양쪽 볼을 감싸 안고 소리쳤다.

"아이고! 잘못했습니다!"

"저놈 데리고 따라와."

김동호가 서귀영을 턱으로 가리키며 말했다.

"저놈 때문에 내가 데리러 왔잖아."

저택으로 다가가던 박기팔은 1백 미터쯤 거리로 다가왔을 때 나무 밑에 앉아 있는 사내를 보고는 걸음을 멈췄다. 둘이다. 둘이 나무둥치에 기대앉아 있다. 서귀영도 놀라 발을 멈췄다. 5미터쯤 떨어진 거리. 그때 김동호가 말했다.

"이따 치워라."

숨을 들이켠 박기팔이 사내들에게 다가갔다. 그때 김동호가 말했다.

"두 놈이 맞쏘아서 죽었다."

과연 둘은 손에 권총을 쥐었고 심장에 총을 맞았다. 서로 상대방의 심장에 총구를 대고 쏘았다. 김동호가 앞장을 섰고 둘은 뒤를 따른다. 그때부터는 눈앞에 시체만 펼쳐졌다.

서로 찔러 죽거나 자해를 해서 죽은 시체들, 10여 명의 시체 사이를 지나 불이 환하게 켜진 저택 현관 안으로 들어섰을 때 서귀영은 전신에서 식은땀을 흘리고 있다. 그때 앞장선 김동호가 응접실을 가리켰다.

"으악."

서귀영이 비명을 질렀다. 응접실에는 20여 구의 시체가 앉거나 쓰러진 채 놓여 있었던 것이다. 그리고 응접실 소파의 상석에 앉은 장하동이 보였다. 장하동은 손에 총을 쥐고 있었는데 제 손으로 심장을 쏜 것이다.

"저기 탁자 위를 봐라."

강동철까지 넋이 빠져서 우두커니 서 있었는데 김동호의 목소리에 셋은 시선을 들었다. 김동호의 손가락이 가리키는 탁자 위에 마약 봉지가 쌓여 있다. 김동호가 서귀영에게 말했다.

"저걸 가져가라."

"예, 주인님."

서귀영이 시선도 들지 않고 대답했다.

"그리고 모든 보고는 네 옆에 있는 강 사장한테 하도록."

"예, 주인님."

"시체가 40구쯤 될 거다. 모두 자살했지만 귀찮아질 테니까 산속에 묻어라."

"예, 주인님."

서귀영의 양쪽 볼은 벌겋게 부풀어 있다.

오전 8시 반, 별장의 이층 응접실에서 김동호가 앞에 앉은 강동철과 박기팔, 서귀영을 보았다. 아래층에서는 서귀영의 부하들이 시체를 치우느라고 부산했다.

"앞으로 심양을 마약 사업의 근거지로 정한다."

김동호가 말을 이었다.

"이 사업의 총 지휘관은 강동철 사장이다."

서귀영과 박기팔이 머리를 끄덕였다.

"그리고 공급책임자는 서귀영이다."

이것으로 마약 사업의 틀은 정해졌다. 강동철의 지휘하에 서귀영은 공급을, 박기팔은 생산을 맡는 것이다. 생산 책임자인 박기팔은 이제 곧 태국, 라오스, 캄보디아산 마약도 총괄하게 된다. 그때 김동호가 말했다.

"앞을 가로막는 놈들은 내가 다 처리한다."

심양에서 서울행 비행기는 오후 4시 반 출발이다. 강동철과 전수남, 고영곤을 심양에 두고 김동호는 서울행 비행기에 올랐다.

비즈니스석 옆자리에 앉은 사내는 50대쯤으로 자리에 앉았을 때부터 승무원에게 심부름을 시켰다. 이륙하기 전에 벌써 세 번째 신문, 물, 물수건을 시키고는 고맙다는 인사도 하지 않았다. 악마 입장인 김동호가 봐도 불쾌한 인간이다.

비행기가 이륙했을 때 사내가 다시 오렌지주스를 시켰다. 그것을 본 김동호가 고개를 돌려 사내를 보았다. 시선이 마주쳤을 때 사내가 입을 열었다.

"저는 동남건설 안철주 전무입니다."

사내가 말을 이었다.

"이번에 심양에서 오더를 하나 땄지요."

"직원들하고 같이 왔군."

김동호의 말에 사내가 고개를 끄덕였다.

"예, 뒤에 여섯 명이 있습니다."

"그렇군."

이미 김동호에게 정신을 빼앗긴 사내가 말을 이었다.

"오더 따는 데 뇌물 3백만 불이 들었습니다. 그중에서 제가 1백만 불을 먹었지요."

오렌지주스를 가져온 승무원이 놀라 옆에 우두커니 서 있다. 혼자서 고개를 끄덕인 사내가 김동호를 보았다.

"제가 흥분해서 뭘 자꾸 시킨 것 같습니다."

고개를 든 김동호가 아직도 옆에 서 있는 승무원을 보았다.

"이제 이 사람은 더 이상 귀찮게 안 할 겁니다. 주스도 그냥 가져가세요."

그러자 사내가 승무원에게 말했다.

"예, 도로 가져가세요. 죄송합니다."

몸을 돌린 승무원은 도대체 무슨 영문인지 귀신에게 홀린 기분이 들었을 것이다. 승무원은 젊은 사내가 그 귀찮게 구는 사내를 그냥 죽여 버리려다가 비행기가 회항하면 귀찮아지기 때문에 저 정도로 그쳤다는 사실은 꿈에도 모르겠지.

양은조가 복도로 나왔을 때 뒤에서 박성한이 불렀다.

"양 대리, 나 좀 봐."

멈춰 선 양은조 앞으로 박성한이 다가와 섰다. 비대한 체격, 34살인데 머리가 벌써 반 대머리인 부장으로 양은조의 직속상관이다.

"이봐, 내일 카이로에 다녀와."

314

박성한이 말을 이었다.

"조 대리가 못 가게 되었으니까 양 대리가 맡으라고."

"못 가겠는데요."

양은조가 고개를 저었다.

"말씀드렸잖아요."

카이로 패키지여행 담당인 조한숙 대리가 아프다는 핑계로 결근했기 때문이다.

"전 다른 약속이 있습니다. 그것도 회사일이고요."

"그건 내가 다른 사람한테 맡길 테니까."

"약속을 해놔서 안 돼요."

"내 지시를 거부할 건가?"

"억지 지시는 받아들일 수 없죠."

"회사 그만 다니고 싶어?"

마침내 박성한이 눈을 부릅떴다.

"좋아. 그럼 사유서를 써, 카이로에 못 가는 이유를."

"좋죠. 박 부장이 국제항공 고 과장하고 짜고 비행기 요금을 횡령해 먹은 것까지 쓰죠. 지난달에는 1,500만 원 먹었죠?"

"뭐?"

박성한의 얼굴이 순식간에 붉어졌다.

"너, 지, 지금……."

"고용준 과장하고 둘이 나눠먹고 있지. 두 달 전에는 1,750만 원, 지금까지 해 처먹은 돈이 2억이 넘을걸?"

이제는 박성한이 숨만 쉬었다. 그때 양은조가 고개를 저으며 한숨을 쉬었다.

"한심하다, 박성한. 아예 매를 버는구나. 내일 아침에 출근할 때 2억을 현찰로 가져와라, 그럼 내가 쓴 네 횡령 사유서를 사장한테 제출하지 않을 테니까."

멍한 얼굴로 그 자리에 서 있는 박성한을 놔두고 양은조가 회사를 나왔다.

"도대체 어디 있는 거야?"

옆을 지나는 행인들을 보면서 양은조가 혼잣말을 했다.

"이 자식을 어디서 찾지?"

김동호다, 악마. 이선의 장지에서 만난 후로 찾지 못했다. 회사 직원들도 모른다.

두 겹으로 보이는 귀신이 지나갔을 때 김동호가 물었다.

"너, 신(神)을 만난 적 있어?"

"없는데요."

귀신이 고개를 돌려 김동호를 보았다.

"왜 그러시는데요?"

"방해한 적 없냐고?"

"그런 일 없는데요?"

40대 사내의 얼굴이 된 귀신이 눈썹을 찌푸렸다. 고개를 끄덕인 김동호가 발을 떼었다. 신(神)이 된 양은조는 아직 행동이 활발하지 않다. 그것은 악마의 활동이 상대적으로 시원치 않다는 것이나 같다.

그렇다. 악마의 소행에 익숙하지 않은 김동호가 원인이다. 쓴웃음을 지은 김동호가 사무실 건물 안으로 들어섰다. 어젯밤에 서울에 돌아온 것이다. 곧장 사장실로 들어선 김동호의 뒤를 안지은이 따라 들어섰다.

"사장님, 다녀왔습니다."

안지은이 밝은 표정으로 김동호를 보았다.

"김책시에서 시청 담당 과장까지 만나고 왔습니다."

"그래?"

김동호가 안지은이 내민 출장 보고 서류를 받았다. 안지은은 김책시에 가서 현지 사무소장 민희숙과 함께 시청 담당과장까지 만난 것이다.

"시청에서 바닷가 토지 2만 평을 불하해 줄 수 있다고 합니다."

앞쪽에 앉은 안지은의 목소리는 열기에 떴다. 두 눈이 반짝였고 반쯤 열린 입술에는 윤기가 흐른다. 김동호는 입 안에 고인 침을 삼켰다. 이제 알겠다. 신(神)이 주신 능력은 인류를 위해, 생명을 위해, 나아가서 선(善)을 위해 사용되는 것이다.

그리고 악마의 능력은 욕심을 위해 가차 없이 사용된다. 절제란 것이 필요 없는 것이다. 그때 김동호의 시선을 받은 안지은이 술술 말했다.

"누가 들어올 사람은 없지만 문을 잠그고 올까요?"

"그러는 게 낫겠다."

자리에서 일어선 안지은이 문을 잠그고 돌아와 앞쪽에 섰다.

"다 벗을까요?"

"뭐, 그럴 필요까지는 없다."

"그럼 아래만 벗겠습니다."

안지은이 앞에 선 채로 스커트를 벗어 옆에 개어 놓더니 팬티까지 벗어 놓았다. 그 순간 안지은의 풍만한 하반신이 드러났다. 그때 안지은이 앞쪽 소파로 다가가 누웠다.

병원에 있던 임수민이 전화를 받았다. 김동호다.

"너 지금 병원이지?"

"네, 주인님."

어머니 옆에서 떨어져 복도로 나온 임수민이 물었다.

"주인님, 지금 어디세요?"

"병원 로비에 있는데 이쪽으로 올 수 있지?"

"그럼요."

임수민이 서둘러 입원실로 들어가 어머니한테 말하고는 아래층 로비로 내려왔다. 로비에 서 있던 김동호가 임수민을 보더니 희미하게 웃었다.

"어머니는 수술 잘 끝났구나."

"예, 주인님."

다가선 임수민이 김동호를 올려다보았다.

"주인님, 고맙습니다."

"고마울 것 없다. 그런데."

김동호가 지그시 임수민을 보았다.

"넌 네 능력을 어디까지 썼지?"

"그, 그것은……."

당황한 임수민의 얼굴이 붉어졌다. 쓰기는 뭘 써? 알바집 주인을 죽인 것 외에는 없다. 그때 김동호가 말했다.

"따라와. 내가 알려주지."

병원 로비 구석의 의자로 다가가 앉은 둘의 앞에는 수많은 환자, 의사, 방문객이 오가고 있다. 그때 김동호가 앞쪽을 눈으로 가리키며 물었다.

"보이느냐?"

"뭐가요?"

318

임수민이 앞을 둘러보다가 김동호에게 물었다.

"누구 말씀이에요?"

"귀신."

"어디요?"

"안 보이는구나."

입맛을 다신 김동호가 임수민의 손을 잡았다. 당황한 임수민의 얼굴이 빨개졌다. 김동호는 당당하고 잘생긴 남자인 것이다. 그러나 그 순간 온몸에 뜨거운 기운이 덮였기 때문에 임수민이 숨을 들이켰다. 임수민이 번들거리는 눈으로 김동호를 보았다.

"주인님, 온몸이 뜨거워졌어요."

앉은 채로 몸을 비튼 임수민이 거친 숨을 몰아쉬었다. 김동호의 손을 힘껏 쥔 임수민이 헐떡이며 말했다.

"주인님, 못 참겠어요."

그때 김동호가 말했다.

"앞을 봐라."

그 순간 임수민이 숨을 들이켰다. 앞을 지나는 사내의 머리가 둘이었기 때문이다. 그중 하나가 고개를 돌려 이쪽을 빤히 쳐다보고 있다.

"머리가 둘인 것처럼 보이는 건 그중 하나가 귀신이기 때문이야."

김동호가 손을 떼고 물었다.

"자, 보이지?"

"보여요."

"귀신이 붙은 건 곧 데려갈 때가 되었다는 표시야."

"저기도 있네요. 저기도."

임수민이 눈으로 앞쪽을 가리키며 말했다. 로비에는 귀신이 득시글거리고 있다.

"넌 귀신하고 이야기할 수 있어. 물론 머릿속으로 말이다."

김동호가 설명했다.

"귀신이 너하고만 대화하는 것이지."

"그, 그렇게 할 수 있어요?"

"또 있다."

김동호가 똑바로 임수민을 보았다.

"상대방의 머릿속을 조종하는 능력은 써먹었지?"

"네, 주인을 죽였어요."

"죄책감은 없지?"

"그럼요."

"됐다."

고개를 끄덕인 김동호가 말을 이었다.

"저 귀신들은 데려갈 때가 된 인간들에게 붙었지만 네 역할은 달라. 무슨 말인지 알지?"

"예, 무작위로 순서에 상관없이, 가능하면 대량으로 데려가는 것 아닙니까?"

"그렇지."

"세상을 혼란에 빠뜨리고 신을 저주하게 만드는 것이지요?"

"저주할 기력도 없이 자포자기하게 만드는 거다."

"알겠습니다, 주인님."

그때 앞으로 환자복을 입은 20대 여자 하나가 지나갔는데 옆에는 보호자로 보이는 사내가 붙어 섰다. 여자는 회복되는 과정인 것 같다. 그 순간 여자가 그 자리에서 털썩 쓰러졌다. 앞으로 쓰러지면서 바닥에 얼굴을 부딪쳤다.

놀란 남자가 여자를 부둥켜안았을 때 머리 위로 여자 얼굴이 떠올랐다.

귀신이다. 귀신이 힐끗 임수민을 보더니 몸에서 떨어져 나갔다. 여자는 죽은 것이다.

"잘했다."

김동호가 고개를 끄덕이며 칭찬했다. 사람들이 몰려왔고 남자의 외침이 들렸다. 김동호가 말을 이었다.

"악마의 역할이야. 인정은 필요 없어."

동호상사 건너편의 커피숍에서는 현관이 똑바로 보인다. 양은조는 창가의 의자에 앉아 커피를 마시고 있다. 오전 10시 반, 김동호는 오늘 회사에 출근했다. 출장에서 돌아온 것이다.

한 모금 커피를 삼킨 양은조가 문득 이선을 떠올렸다. 이선이 김동호와 함께 지낸 모든 것이 자신의 머릿속에 옮겨졌기 때문이다. 신과 악마의 동행이었다. 이선이 죽고 나서 악마가 된 김동호가 무슨 짓을 하고 돌아다녔는지 아직 밝혀지지 않았다. 그러나 신은 악마하고 이선과 김동호처럼 동행할 수는 없더라도 서로 시선을 떼지 말아야 한다. 신은 악마의 만행을 막아야 하는 존재다.

그런데 신(神)이 된 양은조는 겨우 한 일이 회사의 부장과 과장들에게 능력을 사용했을 뿐이다. 초짜 신(神)이라고 변명할 염치도 없다, 제 능력이 무엇인지도 아직까지 알아보지 않았으니까.

그때 양은조가 들고 있던 커피 잔을 내려놓았다. 김동호가 현관에서 나왔기 때문이다. 혼자다. 지하 차고에 김동호의 SUV가 있었는데 차도 타지 않았다. 서둘러 자리에서 일어선 양은조가 커피숍을 나왔다.

택시 정류장에 선 김동호가 주위를 둘러보았다. 택시를 기다리는 손님은 셋, 김동호는 네 번째다. 택시가 드문드문 왔기 때문에 앞쪽이 줄지 않았다. 택시 한 대가 와서 앞에 둘이 남았을 때 뒤로 손님 하나가 붙었다.

무의식중에 고개를 돌린 김동호가 양은조를 보았다. 시선이 마주쳤을 때 양은조가 입술 끝만 올리고 웃었다.

"어디 가는 거야?"

양은조가 낮게 물었다.

"알아서 뭐하게?"

김동호가 지그시 양은조를 보았다.

"이제야 신(神)의 사명을 완수할 셈인가?"

그때 택시가 번갈아 와서 김동호 차례가 되었다. 양은조가 바짝 다가섰다.

"할 이야기가 있어."

"이야기는 무슨."

김동호가 혀를 찼을 때 택시가 왔다. 뒤쪽 문을 연 김동호가 안으로 들어갔을 때 양은조가 바로 밀고 들어왔다. 김동호가 자리를 비켜주면서 물었다.

"내가 가는 데 따라올 거냐?"

"그래."

"좋아."

김동호가 고개를 끄덕였다.

역삼동의 그린오피스텔 방 안, 30평형 원룸 오피스텔이었지만 욕실, 주방, 거실까지 정연하게 배치되었다. 거실의 소파에서 김동호와 양은조가 마주 보고 앉아 있다.

이곳은 김동호가 새로 마련한 악마의 지휘소다. 작전을 세울 때나 임시 휴게소, 또는 도피처로 사용하려고 만든 곳이다. 김동호가 곧장 이곳으로 양은조를 데려온 것이다.

"이곳이 작전 본부야?"

주위를 둘러보면서 양은조가 물은 것은 그런 느낌을 받았기 때문일 것이다. 김동호가 쓴웃음을 지었다.

"여러 가지 용도야."

"그렇군."

양은조가 김동호를 응시한 채 고개를 끄덕였다.

"이곳에 날 데려온 이유를 알 만하네."

"넌 자진해서 따라왔어."

자리에서 일어난 김동호가 냉장고에서 음료수를 서너 개 꺼내 탁자 위에 놓았다.

"마셔."

"약을 탄 건 아니지?"

"마약 말이냐?"

눈을 치켜뜬 김동호가 말을 이었다.

"넌 내가 마약 사업을 시작한 거 알아?"

모르고 있었기 때문에 양은조는 입을 다물었다. 김동호가 지그시 양은조를 보았다.

"곧 마약이 조선성을 덮고 중국 대륙, 대한연방을 뒤덮을 거다."

"……."

"넌 날 막을 수 없어. 막을 능력도 없고."

"……."

"네 의도는 뭐냐?"

불쑥 김동호가 묻자 양은조가 대답했다.

"널 죽이는 거야."

양은조가 말을 이었다.

"그래야 세상이 깨끗해져."

김동호가 고개를 끄덕였다.

"죽이려고 왔다면 죽여라."

오후 7시 반이 되었을 때 김동호가 밝은 세상 교회로 들어섰다. 밝은 세상 교회는 식당 2층에서 5백 석을 보유한 대형 교회로 탈바꿈되었다. 정영복 목사는 신(神)의 아들을 만난 덕분에 소원을 성취한 셈이다.

오늘 정영복은 밝은 세상 교회 교회당 개소식을 하려는 것이다.

"어서 오십시오."

목사실에서 정영복이 반색을 하고 김동호를 맞는다. 정영복의 시선이 김동호의 뒤를 따르는 양은조에게 옮겨졌다.

"내 조수야."

김동호가 양은조를 눈으로 가리켰다.

"마음씨가 나보다 훨씬 선한 사람이지."

"그렇습니까?"

정영복이 둘에게 자리를 권하면서 말했다.

"8시에 개소식입니다. 개소식 축사와 함께 신(神)의 말씀을 부탁드립니다."

"그러지."

며칠 전부터 받은 부탁이다. 김동호의 시선이 양은조를 스치고 지나갔다. 양은조는 오피스텔에서 다시 이곳까지 따라왔다.

연단에 김동호가 등장하자 우레와 같은 환호와 박수가 쏟아졌다. 연단 뒤

324

쪽에서 정영복과 나란히 앉은 양은조도 박수를 쳤다. 5백여 명의 신도들로부터 쏟아지는 열의는 굉장했다. 그것을 정면으로 보는 양은조의 심장 박동이 빨라졌다. 그때 김동호가 입을 열었다.

"잘 들어라. 너희들은 신(神)의 자식이다. 바로 내 자식이란 뜻이다."

두 손을 든 김동호가 번들거리는 눈으로 신도들을 보았다.

"나를 믿어라. 나를 믿고 내 지시를 받으면 능력이 생기며 걱정이 없어지고 소원이 이루어질 것이다."

그때 신도들이 일제히 소리쳤다.

"신이시어! 믿습니다!"

그때 김동호가 소리치듯 말했다.

"나에게 하나씩 오너라! 소원을 들어주마!"

그러고는 손으로 아래쪽 왼편에 앉은 신도를 가리켰다.

"너부터 이리 오너라!"

그러고는 고개를 돌려 정영복과 서수민에게 말했다.

"하나씩 데려오도록. 그래서 오늘 모두를 내 신도로 만들겠다."

첫 번째로 올라온 여자와 시선이 마주치자 김동호가 대뜸 말했다.

"너는 남편과 불화가 있구나. 걱정하지 마라. 네 남편은 외도를 하는 것이 아니라 실직을 했다. 가서 위로해 주거라."

"네에?"

놀란 여자가 비명처럼 외치자 김동호가 꾸짖었다.

"핸드폰을 보여주지 않는 것은 해직되었기 때문이야. 넌 그런 남편을 더 괴롭히고 있어. 어서 집에 가서 남편을 위로해 주고 교회 일을 해라."

손을 저어 여자를 내보냈을 때 아래에서 올려다보던 신도들이 웅성거렸다. 두 번째 신도가 올라왔다, 40대 남자. 이번에도 김동호가 보자마자 말했다.

"네 아들을 지금 성북동의 사랑의 집에서 보호하고 있다. 성북2동 사무소로 가면 네 아들을 인계해 줄 거다."

"예엣!"

펄쩍 뛰듯이 몸을 돌린 사내가 미친 듯이 밖으로 달려 나갔다. 신도들의 웅성거림이 조금 높아졌다. 정영복이 세 번째 신도를 데려왔는데 40대 여자다. 딸로 보이는 10대의 여학생이 부축하고 있다. 웅성거림이 멎었고 500쌍의 시선이 모두 그들에게 집중되었다. 그때 김동호의 얼굴에 쓴웃음이 번졌다.

"다 살릴 수는 없지만 오늘만 신술을 펼치겠다, 오늘은 특별한 날이니까."

자리에서 일어선 김동호가 앞에 선 두 모녀를 향해 소리치듯 물었다.

"위암이 전신에 번져 있구나. 오늘 마지막으로 기도를 하려고 온 거냐?"

"네."

대답은 딸이 했다. 두 눈에 눈물이 가득 고인 딸이 김동호를 똑바로 보았다.

"오늘 신(神)께서 오신다고 해서 제가 엄마를 모시고 왔어요."

또랑또랑한 목소리가 교당을 울렸다. 그때 김동호가 40대 여자에게 다가서더니 손을 뻗어 여자의 손을 잡았다. 모두 숨을 죽였고 40대 여자의 노랗게 변색된 얼굴이 차츰 붉어지기 시작했다. 교당 안은 숨소리도 나지 않는다. 김동호가 손을 쥔 채 여자를 보았다.

"몸이 뜨거워질 것이다."

김동호의 목소리가 교당을 울렸다.

"온몸이 뜨거워지면서 네 몸의 암세포가 녹아서 뿜어져 나올 것이다."

고개를 돌린 김동호가 딸에게 말했다.

"네 어머니한테 물을 줘라, 어서."

326

딸이 서둘러 몸을 돌렸을 때 교당의 신도들이 서로 일어나 플라스틱 물병을 내밀었다. 물병 2개를 받은 딸이 다가와 어머니에게 내밀었다. 다른 손으로 물병을 받은 여자가 갈증이 난 것처럼 1리터짜리 물을 입도 떼지 않고 마셨다. 그때는 여자의 얼굴에서 비 오듯이 땀이 흘러내리고 있었는데 땀 색깔이 노랗다. 얼굴이 노란색으로 번질거리고 있기 때문에 아래에서 올려다보던 신도들은 경악했다. 여자의 발밑에도 땀이 흘러 고일 정도다.

여자가 물병 하나를 다시 받더니 이번에도 벌컥대며 마신다. 신도들은 경악한 채 숨소리도 내지 않는다. 큰 교당 안에는 기침 소리도 들리지 않는다. 물을 다 마신 여자의 얼굴에서는 노란 땀이 물벼락을 맞은 것처럼 쏟아지고 있다.

그것을 본 양은조가 어금니를 물었다. 저것도 악마의 기적이다. 나는 신의 기적을 뿜어야 되지 않겠는가? 그때 김동호가 여자의 손을 떼면서 말했다.

"자, 네 암세포는 다 녹아내렸다. 너는 지금부터 정상인이다."

그때 여자가 길게 숨을 뱉더니 두 손으로 얼굴의 땀을 닦았다. 붉어졌던 얼굴도 희게 돌아오고 있다.

"고맙습니다."

여자가 또렷한 목소리로 말했다. 그러고는 숨을 들이켜더니 소리쳤다.

"이젠 하나도 아프지 않아요."

"엄마!"

딸이 날카롭게 부르면서 여자를 두 팔로 껴안았다.

"고맙습니다! 신님!"

"우왓!"

함성이 일어났다.

"우와앗!"

이제는 500 신도가 일제히 함성을 지른다. 악마의 신도들이다.

양은조가 환호하는 신도들을 응시하면서 심장 박동이 빨라지는 것을 느꼈다. 저것들은 모두 악마의 신도가 되고 있는 것이다.

다시 악마의 기적이 계속되고 있다. 양은조는 문득 김동호와 함께 기적을 일으키고 싶은 충동에 휩싸였다.

밤 11시 반, 기적을 끝낸 후 목사 정영복과 작별을 하고 교회를 나왔을 때 김동호는 뒤를 돌아보았다. 서수민이 따라 나오고 있다.

멈춰 선 김동호가 서수민을 기다렸다.

김동호의 옆에 선 양은조가 둘을 번갈아 보았다.

다가온 서수민이 김동호에게 물었다.

"언제 오실 건데요?"

순간 양은조가 김동호를 보았다. 그때 김동호가 대답했다.

"시간 나면 전화할게."

김동호가 말을 이었다.

"네 능력을 열심히 발휘해야 돼."

"기다릴게요."

서수민이 김동호를 똑바로 보았다. 눈동자가 번들거렸다.

고개를 끄덕인 김동호가 몸을 돌렸다.

"누구야?"

큰길로 나온 둘이 택시 정류장에 섰을 때 양은조가 물었다.

"보통 사이가 아닌 것 같던데."

328

"맞아."

고개를 끄덕인 김동호가 빙그레 웃었다.

"아주 뜨겁고 깊은 사이지."

"더러운 악마 놈."

"네 전임도 마찬가지였는데."

김동호가 똑바로 양은조를 보았다. 두 눈이 번들거리고 있다.

"네 기억 속에도 보관되어 있을 텐데."

그 순간 양은조의 얼굴이 붉어졌다.

그때 택시가 앞에 멈췄다. 택시 문을 연 김동호가 양은조를 보았다.

"어때? 같이 갈 거야?"

그 순간 양은조가 숨을 들이켰다.

오피스텔로 가지 않았다. 김동호가 택시에서 내린 곳은 압구정동의 카페 앞.

칼빈카페는 홀과 룸이 준비되어 있어서 고급 사교장 역할을 한다. 회원제는 아니지만 손님들은 제한되어 있다. 가격이 비싸서 일반인들은 출입하기 어려웠기 때문이다.

김동호가 안으로 들어서자 종업원이 다가왔다. 홀 안은 시끄럽다.

"이쪽으로 오시지요."

종업원이 안내한 방으로 들어서자 자리에 앉아 있던 안지은이 웃음 띤 얼굴로 일어섰다.

"어, 기다렸어?"

"아뇨."

안지은의 두 눈이 반짝였다.

머릿속이 비어 있는 것을 보면 말과 생각이 일치하고 있다는 것, 잡념이 없어지고 오직 김동호한테 몰두하고 있다는 증거다.

김동호가 옆쪽 자리에 앉았더니 안지은의 얼굴이 금세 붉어졌다. 기대에 찬 표정이다.

종업원이 들어와 주문을 받고 나갔다.

김동호가 팔을 뻗어 안지은의 어깨를 감싸 안았다.

"내가 이래도 돼?"

김동호의 시선을 받은 안지은이 고개를 끄덕이더니 몸을 붙였다.

"돼요."

이미 김동호의 눈빛에 녹아들었다고 할까? 색마에게 혼을 빼앗긴 것이다.

김동호가 고개를 숙여 안지은의 입에 가볍게 입을 맞췄다.

안지은이 두 팔을 들어 김동호의 목을 감싸 안았다. 그러더니 입을 벌려 혀를 내놓는다.

문에서 노크 소리가 났기 때문에 둘은 몸을 떼었다.

종업원이 들어와 술과 안주를 내려놓고 돌아갔을 때 안지은이 번들거리는 눈으로 김동호를 보았다.

"제가 어떤 역할을 하죠?"

"넌 내 심복이자 정보원이지."

다시 안지은의 허리를 당겨 안은 김동호가 말을 이었다.

"넌 악마의 심복이야."

"네, 악마의 심복."

"티내지 말고 행동해. 영업부에서 말야."

"당연하죠."

"네가 지금 사귀는 박경수는 앞으로 나타나지 않을 거다."

안지은이 고개를 끄덕였다.

박경수는 안지은이 2년 동안 사귀어 온 애인인 것이다.

"그따위 인간은 생각할 가치도 없어요."

"넌 회사에 남아서 내 눈과 귀가 되어야 돼. 입은 다물고 나한테만 여는 거다."

"네, 주인님."

안지은의 입에서 저절로 주인님 소리가 나왔다.

몸을 비튼 안지은이 김동호에게 바짝 붙었다. 가쁜 숨소리가 들렸고 얼굴은 붉게 상기되었다.

"절 어디로든 데리고 가요. 몸이 근질거려 미치겠어요."

김동호가 다시 안지은의 입술에 입을 맞췄다.

"술부터 마시자."

김동호가 몸을 떼면서 말했다.

"너하고는 언제든지 시간이 있으니까."

술잔을 든 김동호가 쓴웃음을 띤 얼굴로 방 안을 둘러보았다.

"내가 악마지만 이런 카페는 마음에 들지 않는구나. 없애 버려야겠다."

김동호가 말을 이었다.

"쓰레기 같은 놈들이 들락거리고 있어. 쓸모없는 놈들이야."

오피스텔로 돌아온 김동호가 옷을 벗고 소파에 앉았을 때 곧 문에서 노크 소리가 났다.

문을 연 김동호가 앞에 서 있는 양은조를 보았다. 시선이 마주친 양은조가 입술 끝만 희미하게 올렸다.

"웬일이야?"

김동호가 묻자 양은조는 안으로 들어서며 말했다.

"알면서 묻지 마."

문을 닫은 김동호가 다시 소파에 앉으면서 쓴웃음을 지었다.

"뭘 안다는 거야?"

"내가 이선의 기억을 갖고 있는 게 맞아."

"그래서?"

"난 이선의 후계자가 아니라 이선이야."

"그렇군, 악마 이선."

"이제는 천사야."

"그래서?"

"이선과의 관계를 계속하자고."

"악마와 천사의 입장을 바꿔서 말이냐?"

"이선과 양은조의 몸을 바꿔서 말이지."

양은조가 똑바로 김동호를 보았다.

"그 관계를 계속하자고."

"동거하잔 말이야?"

"그래."

"감시하겠단 말이지?"

"그래."

"차라리 죽이지그래?"

"그럴 능력이 없기 때문이지."

"내가 거절한다면?"

"색마가 거절할 이유가 없지."

양은조가 자리에서 일어서더니 재킷을 벗으면서 물었다.

"갈아입을 옷 없어? 셔츠라도."

뜻밖이다. 양은조가 이렇게 나오리라고는 생각도 하지 못했다.

양은조에게 셔츠를 건네주면서 김동호가 말했다.

"갈아입기 전에 샤워해."

힐끗 시선을 준 양은조가 셔츠를 받아 들더니 욕실로 다가갔다.

그 시간에 임수민이 압구정동의 칼빈카페 앞으로 다가가 섰다. 김동호와 안지은이 있다가 간 곳이다.

늦은 시간이었지만 카페는 손님들로 흥청대고 있다. 문이 열릴 때마다 오가는 종업원과 손님들이 보이는 것이다.

그때 손님을 마중 나온 종업원이 임수민을 보았다. 잠깐 시선이 마주쳤을 때 종업원이 물었다.

"지금 시작할까요?"

"문을 밖에서 잠가."

"예, 앞뒷문을 잠그면 빠져나갈 구멍이 없습니다."

"휘발유는 골고루 뿌리고."

"예, 주인님."

"불을 지르고 넌 빠져나와라."

"예, 뒷문으로 나와서 밖에서 문을 잠그지요."

종업원이 어둠 속에서 이를 드러내고 웃었다.

"오븐 속에 들어간 통구이가 될 겁니다."

전화벨이 울렸기 때문에 김동호가 핸드폰을 집었다. 임수민이다.

핸드폰을 귀에 붙이자 바로 임수민이 말했다.

"불에 타고 있습니다."

"음."

김동호의 시선이 욕실로 옮겨졌다. 양은조는 샤워 중이다.

임수민의 말이 이어졌다.

"앞뒷문이 잠겨 있어서 사망자가 2백 명도 넘을 것 같습니다. 손님이 150명 정도 되니까요."

"쓰레기 소각장이 되었군."

"전 그럼 병원으로 돌아갈게요."

"그래라. 어머니는 곧 퇴원하겠지?"

"네, 주인님 은혜를 받았습니다."

"어머니가 완쾌되시면 너도 한숨 돌리겠구나. 잘됐다."

핸드폰을 귀에서 떼었을 때 뒤에서 양은조가 물었다.

"악마가 누구 퇴원하는 걸 축하하는 거냐?"

샤워를 끝낸 양은조가 뒤에서 들은 것이다.

"응, 그래. 나도 그럴 수가 있지."

쓴웃음을 지은 김동호가 말을 이었다.

"다 나쁜 짓만 하는 게 아냐."

밤 12시가 되어 가고 있다. 소파에 앉은 양은조에게 김동호가 옆자리를 손바닥으로 두드렸다.

"이리 와. 여기 앉아."

"미쳤어?"

양은조는 앞쪽에 마주 보고 앉아 있다. 눈을 흘긴 양은조가 자세를 고쳐 앉았을 때 김동호가 쓴웃음을 지었다.

"저기 뉴스를 봐야 할 것 아냐?"

김동호가 TV를 향해 앉아 있는 것이다.

고개를 돌린 양은조가 TV를 보았다. 그 순간 양은조가 숨을 들이켰다.

TV 화면에 불길이 솟아오르고 있는 건물이 보였다. 그때 기자의 목소리가 울렸다.

"카페는 앞뒤의 문을 밖에서 잠근 채 불이 났기 때문에 사상자가 많았습니다. 소방 당국은 현재 158명의 시신을 꺼냈지만 안에서 더 나올 것 같다고 합니다."

그사이 양은조는 김동호의 옆자리로 옮겨와 있다.

헐렁한 김동호의 셔츠를 입었기 때문에 맨다리가 드러났다. 미끈한 몸이다. 물기에 젖은 머리를 수건으로 감싸 묶어서 긴 목이 드러났다.

김동호가 물끄러미 양은조의 옆얼굴을 보았다. 화장기가 없는 맨얼굴에는 윤기가 흘렀다.

그때 고개를 돌린 양은조가 김동호를 보았다.

시선이 마주친 순간에 양은조의 얼굴이 붉어졌다. 그때 기자의 목소리가 이어졌다.

"경찰청은 종업원 하나가 불을 지르고 밖에서 문을 잠근 것 같다고 추정하고 있습니다. 그래서 주변의 CCTV를 확인하는 중입니다."

양은조가 고개를 돌려 김동호를 보았다. 두 눈이 번들거리고 있다.

양은조의 시선을 받은 김동호가 빙그레 웃었다.

밤. 반쯤 열린 창문을 통해 도로를 지나는 자동차의 타이어 마찰음 소리가 울렸다.

방 안은 덥고 습한 공기에 덮여 있다. 마치 소낙비가 내리기 전의 여름 날씨 같다.

김동호가 가슴에 안긴 양은조의 머리끝에 턱을 붙였다. 양은조의 허리를 감싸 안고 있었기 때문에 둘의 몸은 빈틈없이 붙었다.

양은조의 가쁜 숨결이 김동호의 가슴을 스치고 지나간다.

처음에는 시체처럼 팔을 늘어뜨린 채 몸을 맡겼던 양은조는 인간의 몸이 된 신(神)이다. 신(神) 이전에 인간인 것이다.

뜨거워진 몸에 이끌린 양은조는 결국 김동호의 목을 끌어안았고 곧 쾌락의 탄성과 신음을 뱉어내고 말았던 것이다. 색마를 만난 신이 일체가 된 셈이다.

이때는 신도 없고 악마도 존재하지 않는다. 한 쌍의 결합, 조물주가 암수 한 쌍을 세상에 내놓았을 때의 시기로 되돌아간 것이나 같다.

그리고 나서 신과 악마가 구분되었지 않은가?

이윽고 숨을 들이켠 양은조가 두 손으로 김동호의 가슴을 밀어냈다. 빠져 나오려는 것이다.

"아직 멀었어."

김동호가 오히려 양은조의 엉덩이를 당겨 안으면서 말했다.

"이렇게 있는 동안에는 신도 악마도 없다."

"놔, 이 색마야!"

양은조가 몸부림쳤지만 김동호의 완력을 당할 수는 없다.

곧 방 안에 거친 숨소리가 울렸고 양은조의 신음이 이어졌다.

신과 악마의 화음이다.

다음 날 아침 눈을 뜬 김동호는 숨을 들이켜고는 얼굴을 펴고 웃었다. 김치찌개 냄새를 맡은 것이다.

침대에서 일어난 김동호가 주방에 서 있는 양은조를 보았다. 양은조는 헐렁한 셔츠 하나만 걸친 채 뒷모습을 보이고 서 있다.

그때 기적을 들은 양은조가 고개를 돌려 김동호를 보았다. 그 순간 금세 얼굴이 붉어졌다.

"이거, 밥까지 해주고. 과분한데."

김동호가 침대에서 일어나 양은조에게 다가갔다.

그때 양은조가 질색을 하더니 눈을 흘겼다.

"비켜, 다가오지 마!"

옆으로 다가선 김동호가 주방에 펼쳐진 반찬을 보고는 만족한 숨을 뱉었다.

"훌륭하다."

"저쪽으로 가."

"이렇게 너하고 둘이 살았으면 좋겠다."

양은조 뒤로 다가선 김동호가 뒤에서 껴안았다.

"저리 가!"

"빨리 밤이 왔으면 좋겠다."

몸을 비틀던 양은조가 곧 몸을 늘어뜨리더니 프라이팬의 계란을 다시 뒤집었다.

"그래서 말인데……."

뒤에서 안긴 채로 양은조가 말을 이었다.

"낮에도 같이 있을 거야."

"옳지!"

"그래서 말인데……."

"말해."

"네 회사에 나를 취직시켜 줘."

숨을 들이켠 김동호에게 양은조가 말을 이었다.

"내가 여행사 영업부에 있었으니까 네 비서가 되면 적당할 거야."

순간 김동호의 눈앞에 안지은의 얼굴이 떠올랐다.

안지은도 이제 악마의 종이 되었다. 그리고 비서실에서 영업부 과장으로 옮겨간 것이다. 본인의 요청이다.

양은조가 고개를 돌려 김동호를 보았다.

"어때? 해주겠지?"

김동호는 잠자코 양은조의 허리를 당겨 안았다.

"비서실장이야."

김동호가 둘러앉은 간부들에게 말했다. 지금 김동호의 옆쪽 자리에는 양은조가 시치미를 딱 떼고 앉아 있다.

오전 10시, 동호상사의 회의실 안이다. 테이블에는 과장급 이상 간부 20여 명이 모두 모여 있다. 김동호가 말을 이었다.

"이번에 사세가 확장되면서 비서실 역할도 중요해졌어. 앞으로 양 과장이 많이 도와줘야겠어."

"잘 부탁드립니다."

자리에서 일어선 양은조가 고개를 숙여 간부들에게 인사를 했다. 부사장 강동철은 조선성의 심양에서 동호상사 '북한' '조선성' 총괄법인 사장으로 영전되어 나가 있는 상황이다. 양은조가 자리에 앉았을 때 김동호가 주위를 둘러보았다.

"내가 자리를 비웠을 때는 양 과장이 내 대리 역할을 할 거야."

모두의 시선이 양은조에게 옮겨졌다. 사장 대리인이라는 말이다. 물론 사장이 그만큼 힘을 실어줘야겠지만 비서실장이 이인자 노릇하는 것은 쉽다,

더구나 이런 미인이라면.

회의를 마치고 사장실로 돌아온 김동호를 양은조가 따라 들어섰다. 양은조의 얼굴은 상기되어 있다.

"영업3과장 안지은의 눈빛이 수상하던데."

"알아챘구나."

김동호가 쓴웃음을 지었다.

"내 심복이야, 종이지."

"그럴 줄 알았어."

따라 웃은 양은조가 말을 이었다.

"그래서 나도 내 심복을 하나 키워야겠어."

"얼씨구. 연가시가 될 작정이냐?"

"우린 서로 입장을 바꾸는 관계니까 누가 숙주가 될지는 알 수 없지."

"신(神)께서는 이번에 담대한 대리인을 보내셨군."

"이선 때부터 그런 시도를 하신 거지."

이번에는 양은조가 정색했다.

"신과 악마의 공생을."

"두고 봐야지."

김동호가 나가라는 듯이 턱짓을 했다.

"이봐, 여긴 회사야. 침대에서처럼 올라타려고 하면 안 돼."

그때 양은조의 얼굴이 빨개지더니 자리에서 일어섰다.

외출할 때 비서랍시고 양은조가 따라붙지는 않았다, 따라오게 하지도 않겠지만.

악마의 역할이 무언가? 쉽게 표현하면 세상을 꼬이게 만드는 것이다. '정의가 실종되고' 따위의 어려운 말 쓸 것이 없다. 세상을 혼란에 빠뜨린다든가 원한을 품게 만든다든가, 살인, 방화 따위의 단어를 쓸 필요도 없다. 그저 세상을 꼬이게만 하면 다 해결된다.

당연히 이루어져야 할 일이 뒤집히고, 선한 자, 정직한 자, 의로운 자가 악당한테 당하는 것, 그리고 당연히 그것이 그것으로 끝나야 된다. 그러면 꼬인 세상의 분노한 인간들이 악마를 믿게 될 것이다.

회사 근처의 택시 정류장에서 귀신을 만났다. 잘생긴 30대쯤의 사내에게 붙어 있다가 고개를 돌려 김동호를 보았다.

"뭘 봐?"

본체에 붙은 귀신은 자연스럽게 본체의 성품을 닮는다. 짧은 시간이지만 본체의 성품이 그대로 나타난다. 귀신의 시선을 받았어도 김동호에게 본체의 내력이 주르르 입력되었다.

조기성. 부동산 사기범, 청산유수의 언변과 외모, 능란한 거짓말을 무기로 사기를 쳐서 무려 100여 명의 고객들로부터 200여억 원을 사기 친 인물이다.

지금 부산에서 올라와 은신처로 돌아가는 중이다. 그런데 시쳇말로 신이 무심하지 않아서 귀신이 붙은 것이다. 김동호가 똑바로 귀신을 보았다.

"언제 데려가는데?"

"30분쯤 후에."

귀신이 말을 이었다.

"중앙선을 침범한 레미콘 트럭에 깔려서 가."

"그놈이 조금 더 일해야 되는데."

"왜?"

"세상을 조금 더 꼬이게 만들어야 돼."

"그건 안 되겠는데."

"이 자식 봐라?"

김동호가 눈을 치켜떴다.

"너, 돌아가."

귀신이 숨을 들이켜더니 순식간에 사라졌다. 본체만 남은 것이다. 그때 김동호가 사내를 불렀다.

"야."

사내가 몸을 돌렸을 때 김동호가 빙그레 웃었다.

"예, 사장님."

김동호의 시선을 받은 사내가 고분고분 대답했다.

"사기 친 돈은 모두 달러로 바꿔서 미국계 은행에 입금시켜 놓았습니다."

고개만 끄덕인 김동호에게 사내가 말을 이었다.

"알겠습니다. 내일까지 현금으로 찾아서 갖다 드리겠습니다. 동호상사 계좌로 입금시키지요."

조기성과 헤어진 김동호가 택시를 타고 내린 곳은 밝은 세상 교회 앞이다. 김동호가 교회 안으로 들어서자 정영복과 서수민이 기다리고 있다가 맞는다.

오후 1시 반, 교회 안은 텅 비었다. 셋이 목사실에 들어가 앉았을 때 김동호가 말했다.

"내가 둘만 부른 건 둘이 이 교회의 중심이기 때문이야."

"감사합니다, 주인님."

정영복이 두 손을 모으고 대답했다.

"저는 주인님의 종입니다."

서수민도 두 손을 모은 채 김동호를 응시하고만 있다. 그러나 두 눈이 번들거렸고 얼굴은 상기되었다. 그때 김동호가 말했다.

"내가 자주 들르지 않더라도 둘이 신도들을 이끌어 가도록."

"예, 주인님."

둘이 동시에 대답했을 때 김동호가 말을 이었다.

"내가 둘에게 능력을 주겠다."

"어떤 능력을 말씀입니까?"

얼른 묻는 정영복의 두 눈이 욕심으로 반짝였다. 정영복은 이제 악마의 종이다. 서수민도 마찬가지. 두 쌍의 시선을 받은 김동호가 손을 뻗어 둘의 머리 위에 손바닥을 덮었다.

"인간은 구제할 필요가 없다. 인간에게 불신과 절망감, 증오심을 심어주도록 해라."

"예, 주인님."

둘이 동시에 대답했다.

"인간에게 신(神)만 내려준 것은 불공평하다. 그래서 인간이 번성하여 이 땅을 무자비하게 어지럽혔다. 이제는 우리가 반성하여 인간의 번식을 그치도록 해야 될 것이다."

"예, 주인님."

둘의 눈이 마치 안에 불을 켠 것처럼 번들거렸다.

"내가 너희 둘에게 잔인성을 심어주마."

"예, 주인님."

그 순간 둘의 얼굴이 시뻘게지더니 똑같이 부르르 떨었다. 능력이 전달된 것이다.

"내가 너희들의 손이 닿는 인간들에게 증오심과 공격성이 전이되도록 해

342

주마."

"예, 주인님."

다시 둘이 부르르 떨었다.

"너희들 눈에는 귀신이 보이게 될 것이다."

"예, 주인님."

둘의 얼굴은 더욱 시뻘게졌다. 두 눈이 번들거리고 있는 것이 바로 악마다.

"귀신과 함께 인간을 증오심에 들끓게 하고, 잔인하게 제거하도록 해라."

"예, 주인님."

김동호가 손을 떼자 둘이 어깨를 늘어뜨리면서 얼굴에서 비를 맞은 듯 땀을 쏟았다. 이제 둘은 악마가 되었다. 악마의 시종이다.

경리부 장부를 덮은 양은조의 얼굴이 굳어져 있다. 요즘은 자료가 컴퓨터에 보관되지만 중요한 자금 거래는 경영진과 경리부 간부만 알도록 수기(手記) 장부로 기록되고 있다.

양은조는 지금 동호상사의 비자금 장부를 본 것이다. 비서실 과장으로 사장 대리 역할인 양은조다. 경리부에서 비자금 장부까지 제출받아 볼 수가 있는 것이다.

악마 김동호는 지금 북한과 조선성에 방대한 규모의 마약 사업을 전개하고 있다. 대한민국의 3개 연방 국민 1억 5천만을 모두 마약 중독자로 만들어 버릴 수 있는 마약 사업.

장부에는 이름이 A, B, C 등 이니셜로만 표기되어 있었지만 윤곽은 알 수 있다. 북한에서 생산하여 중국과 북한, 그리고 남한에까지 공급되는 것이다. 엄청난 사업이다.

김동호가 영업부 안지은의 눈을 통하여 양은조가 경리부를 왔다 갔다 하고 자리에서 장부를 살피는 장면을 본다. 마약 사업의 윤곽을 파악했을 것이다. 동호금융에서 고리대금업을 다시 시작하려는 것도 알 수 있겠지.

지난번 강동철이 일했던 역삼동파 관할의 고리대금업이다. 쓴웃음을 지은 김동호가 발을 떼었다. 바쁘다.

임수민, 악마의 제자. 정영복이나 서수민이 악마의 능력을 받은 시종이라면 임수민은 제자다. 분신이라고 봐도 된다. 김동호의 대행자다. 김동호에게 혼을 빼앗긴 강동철, 안지은 등은 조종에 의해 움직이는 로봇 수준이다.

오후 3시 반. 김동호는 병원 건너편의 커피숍에서 임수민과 마주보고 앉아있다.

"신(神)의 자식이 지금 내 비서로 와 있어."

임수민이 놀란 듯 고개를 들었고 김동호가 쓴웃음을 지었다.

"너 알고 있어? 이 세상에 신과 악마가 함께 존재하고 있다는 것 말이다."

"모르고 있었는데요."

임수민이 반짝이는 눈으로 김동호를 보았다.

"신의 자식이라면 없애야 되지 않나요?"

"신의 딸인 셈이지."

다시 웃은 김동호가 말을 이었다.

"내가 신의 아들이었다가 악마로 변신한 것도 너한테 말해주지 않았구나."

"그럴 수도 있어요?"

"가능한 일이지."

"저도 신의 아들의 후계자가 될 수도 있었겠군요."

"다 마찬가지다."

344

어느덧 정색한 김동호가 지그시 임수민을 보았다.

"우리는 악마로 살다가 신이 되어서 죽게 될 테니까 신경 쓰지 마라."

"신으로 다시 돌아온다는 말씀인가요?"

"그렇지."

김동호가 고개를 끄덕였다.

"네가 앞으로 밝은 세상 교회를 도와라."

"네, 주인님."

"그곳의 정영복과 서수민이 내 종이다. 능력을 주었으니까 신도들과 함께 악마의 역할을 잘 수행할 거다."

"네, 주인님."

"정영복과 서수민에게 이미 네 존재를 심어 주었으니 부담 없이 너를 받아들일 거야."

"실망시켜 드리지 않겠습니다."

임수민이 똑바로 김동호를 보았다. 결의에 찬 두 눈이 번들거리고 있다.

임수민의 존재는 양은조가 모를 것이다. 지금 현 상황으로는 악마의 입장이 초짜인 신보다 한 걸음쯤 앞서 나간 것 같다. 양은조가 동거에 이어서 회사에서까지 함께 동반하려는 이유는 뒤쳐진 상황을 옆에 붙어서 만회하겠다는 고육지책이다. 몸을 바쳐서 임무를 달성하려는 결사적 자세다.

지금 양은조는 동호상사에서 벌이는 마약 사업과 고리대금업을 방해하려고 들 것이고 곧 신의 딸의 시종을 배양하겠지. 임수민같은 후계자를 양성하려고 들지도 모른다. 김동호의 얼굴에 쓴웃음이 떠올랐다. 그래도 내가 한 발 앞서간다.

그 시간에 양은조는 회의실에서 고윤성과 마주앉아 있다. 고윤성은 동호상사의 경리부장이다. 양은조의 시선을 받은 고윤성이 어깨를 펴고 말했다.

"알겠습니다. 주인님의 말씀에 따르지요."

고윤성이 말을 이었다.

"악마 무리하고의 전쟁에 목숨을 바치겠습니다."

"김동호는 악마야. 그놈하고 시선을 마주치지 마라. 네 정체가 탄로 난다."

"알겠습니다, 주인님."

"너한테 신의 능력을 주마."

자리에서 일어선 양은조가 고윤성의 머리 위에 손을 올려놓았다.

"너는 지금부터 내 능력을 받았다. 귀신이 보이고 악마가 보일 것이다. 그리고 귀신을 처리할 능력도 갖게 되었다."

그 순간 고윤성이 온몸을 부르르 떨더니 어깨를 늘어뜨렸다. 능력이 전달된 것이다. 이제 동호상사 안에 '신의 시종'이 탄생했다. 눈동자의 초점을 잡은 고윤성이 양은조를 보았다.

"악마 김동호와 그 추종 세력을 제거하겠습니다."

오후 9시가 되었을 때 김동호가 오피스텔로 들어섰다. 소파에 앉아 있던 양은조가 고개를 들고 김동호를 맞는다. 양은조는 헐렁한 원피스 차림이다.

퇴근한 남편을 맞는 것 같지만 차분한 표정이다. 김동호가 옷을 갈아입고 소파로 다가와 앉는다.

"바빴구나."

김동호가 말을 이었다.

"회사에서 업무 체크하느라고 말야."

"그래."

자리에서 일어선 양은조가 냉장고에서 오렌지주스 캔 2개를 꺼내 앞에 놓았다.

"밥은 먹고 왔을 테니까 마셔."

"고맙군, 냉장고를 채워줘서."

캔 뚜껑을 연 김동호가 벌컥대며 세 모금을 삼키고는 내려놓았다.

"시원하다."

"세상은 공평해."

양은조가 가라앉은 목소리로 말을 이었다.

"악마가 마음대로 횡행하도록 놔두지 않아."

"그런 말 많이 들었어."

고개를 끄덕인 김동호가 양은조를 보았다.

"나도 네가 설치도록 가만두지 않아."

"그렇게 될까?"

"두고 봐야지."

김동호의 얼굴에 웃음이 떠올랐다.

밤 12시 반, 이제는 둘이 소파에서 술을 마시고 있다. 집에 있던 발렌타인 21년을 마시는 것이다. 한 모금에 술을 삼킨 김동호가 물었다.

"너, 내가 마약 사업하는 것도 알겠구나."

"응. 그거 곧 부술 거다."

양은조가 술잔을 들고 말했다.

"너는 만들고, 나는 부수고. 악마가 만든 집을 신이 부수는 것이지."

"고리대금업도?"

"마찬가지."

"그럼 네가 이기는 건가?"

그때 한 모금 술을 삼킨 양은조가 이를 보이며 웃었다.

"반복되겠지만 지금은 안 돼."

"자신하는 거야?"

대답 대신 양은조가 남은 술을 마셨고 김동호는 자리에서 일어섰다. 술병이 어느덧 비어 있다.

"자, 이제 침대로 가지. 네가 좋아하는 시간이야."

밤 2시 반쯤 되었다. 방 안의 열기는 아직 식지 않았고 거친 숨소리도 가라앉지 않았지만 둘의 움직임은 그쳐 있다.

김동호가 가슴에 안긴 양은조를 내려다보았다. 양은조는 김동호의 가슴에 뺨을 붙인 채 더운 숨을 내뿜고 있다. 김동호가 손끝으로 양은조의 이마에 붙은 머리칼을 걷어 올려 주었다. 그때 양은조가 눈만 올려 뜨고 김동호를 보았다.

"악마와 신의 동거는 처음일 거야."

"왜? 네 전임하고도 내가 동거했는데."

"역할은 바뀌었지만 이선은 곧 나야."

"그런가?"

김동호가 양은조의 허리를 당겨 안았다. 둘의 벗은 몸이 빈틈없이 붙었다.

"신의 몸이 되었지만 인간의 몸이 기반이니 성품은 다르구나."

"당연하지."

김동호를 감싸 안은 양은조가 이를 드러내고 웃었다.

"이선은 부드럽고 차분한 성품이지만 난 거칠고 격렬한 성품이지."

"그런 것 같다."

"미안해."

그러자 이번에는 김동호가 웃었다.

"아냐, 자자, 내 신이여."

"그래 잘 자."

양은조가 김동호의 가슴에 입을 맞췄다. 한동안 정적이 흐른 후에 김동호가 양은조의 머리끝에 턱을 붙이고 말했다.

"넌 오렌지주스에 3시간 후에 죽는 치사량의 독극물을 넣었지만 난 위스키에 독약을 넣었어. 네가 가져온 BOH 독약이지."

양은조는 길게 숨만 뱉었고 김동호가 말을 이었다.

"떠날 시간은 10분쯤 남았다. 자, 함께 떠나자."

"이렇게 되는군."

양은조가 다시 김동호의 허리를 감아 안았다.

"몸이 굳는 것 같아. 세게 안아줘."

"나는 이미 굳어가고 있어."

"잘 가."

"아니, 같이 가자."

김동호가 고개를 숙여 양은조의 입을 맞췄다. 양은조가 입술을 달싹였지만 말은 뱉어지지 않는다.

<끝>